中國詠物詩「託物言志」析論

林淑貞◎著

目 錄

i

自　序

　　對治知識的方式有二種，一種是將知識視爲外在的客體，以建構理型的、秩序的知識爲主要目標，在追求的過程中，往往多了一份理性的分解，卻少了一份感性的潤澤；另一種是嘗試從知識中，求解生命中的困惑與迷惘，透過知識的獲得，來豐潤枯槁的生命。

　　在求學的過程中，一直以感性的方式體契知識與學問，故而常陷溺在「可愛而不可信」的當兒，年紀漸長，治學的焦慮由對生命意義的悵惘，轉向典籍經世的可能性與可行性，古代士人如何對治世局的殽亂以及生命中的困阨偃蹇？而二十一世紀的我們，又當如何面對紛亂雜沓的世局以及是非泯沒、唯利是圖的軌轍？身處悠悠的天地中，我們究竟在思考什麼？追求什麼？存在的理由與立場是什麼？人世遭逢猶如鐘擺，不斷迴環返復，歷史中的哀感頑艷、愛恨情愁，道德是非，透過語言形式來表現，而我們應如何理解？如何放置在時代的脈流中，形成流域廣　　　　　　　　　　　　　　　　　　　向人世流布？

　　「試上高峰窺皓月，偶開天眼覷紅塵，可憐身是眼中人」，激情而非理性、陷溺而偏執、冥漠而畸笃，無法勘破與跳脫的困境，使我們亦復爲紅塵之人，仍在迷夢之中織夢；文學的意義與價值在與科技對治時，顯得孤弱微渺與闇然不彰，我們的焦慮不會因時日俱增而稍減，反而生發另一種悵恨與無奈的感喟。

1

　　在惘惘不甘中，言說與書寫，成爲存在的另一種形式
與慰藉。

第一章　緒論

　　詠物詩，包括兩種基本的寫作模式，一種是客觀的觀
物寫物，詩家以摹寫外在審美客體爲主；一種是主觀的寫
物，欲藉由「物象」的特質、處境來表抒自己情志或特殊
遭逢的方式。第一種觀物寫物，是以具現外在景、物爲主
述，第二種詠物方式，必須扣緊物象特質來表述自己特殊
的感懷或情志，其技巧之運用常以興寄、擬譬、託論的方
式爲之，此即是李重華云：「詠物詩有兩法，一是將自身放
頓在裡面，一是將自身站立在旁邊。」(《清詩話‧貞一齋
詩說》，頁856)，將自身放頓裡面，即是「有我」的寫法，
主要是藉物抒寫個人情志或藉物寄託曲隱難達之意；將自
身站立旁邊，即是「無我」的寫法，純以客觀寫物爲主。
而主觀式的藉物象來表抒情志時，取象的意義又常關連到
社會文化對物象所建構象喻系統之運用，讀者在解讀詠物
詩時，必須進入此一特殊的文化語脈中才能體契作者之
意，如是，寫物、觀物與解讀詠物詩，並非是一種單向的
創作活動，而是一種交光互攝的投映方式。在中國的詩歌
文化活動中，詩歌創作不僅是詩人或文學家藉以表抒自己
情志的創作手法之一，同時也是一種文化體系中的互動行
爲，先秦時期的「采詩」、「作詩」、「賦詩」、「獻詩」、「教
詩」等活動，即可證明詩歌活動在上古時期已成爲一個體
系龐大的文化行爲。據顏師崑陽所云，在中國的詩歌活動

3

中，一直存在一種「託喻」的系統，所謂的「託喻」，即是一種連結作者之「實存情境」、作品「語言情境」，與讀者「語言情境」的連類脈絡中所進行以詩歌爲媒介的社會文化行爲。是故解讀中國詩歌時，不可僅視爲一種作者的個己行爲而已，實際上已關涉到整個作詩、讀詩、賦詩、教詩的文化活動了。[1]

　　詠物，本應以圖寫形貌爲主，但是，自《詩經》、〈楚辭〉以降，即形成藉物起興、擬譬、託諭的詠物傳統，此一特殊的表述方式，是中國詠物詩的特質之一，詩人不僅用以客觀詠物而已，往往藉客觀之物與主觀情志關合，這種特殊的表抒方式，形成中國託物言志的詩歌傳統，職是，考察此種文化語境成爲解讀詩歌的谿徑之一，我們擬藉由中國古典詩歌中的詠物模式，來探賾「託物言志」的理論基礎、物象取義、義理內容求意方法、審美效能等課題。

　　從功能論的視域來看，語言文字僅是一種「載體」或是「符徵」而已，最重要的是，作者藉由此一「符徵」到

---

[1] 攸關「託喻」一辭，據顏師崑陽所言，首出於《文心雕龍・比興》，涵有三義：寄託、譬喻、勸諫或告曉。請參見〈論詩歌文化中的「託喻」觀念——以《文心雕龍・比興篇》爲討論起點〉輯入《魏晉南北朝文學與思想學術論文集》第三輯，台北：文津、**1997**。

底要傳達什麼「符旨」？關於「言」與「意」的論辯相當多，最重要且最具代表性的是莊子及王弼的論述；《莊子‧外物篇》云：「筌者所以在魚，得魚而忘筌；蹄者所以在兔，得兔而忘蹄；言者所以在意，得意而忘言。」其次是王弼《周易略例‧明象》云：「夫象者，出意者也。言者，明象者也。盡意莫若象，盡象莫若言。……故立象以盡意，而象可忘也；……。」由這兩段引文得知「言」所以盡「意」，當「意」可獲或已獲時，則「象」、「筌」、「言」可捨而棄之，因爲它已達致功能性的效果了。「詠物詩」亦然，藉由客觀形象之物來表抒詩人主觀的情志或寄寓的諷諫告諭的目的，在達成「意」的傳遞後，「物」即可捨棄，然而此中關涉數個問題，從作者的視角出發，我們不禁要問：一、詩家常運用何物來比擬、譬況、寄託自己的情志，才能切合自己所欲傳達的意涵？二、詠物表抒的組構方式如何？三、藉物之形象與自己所欲比擬的情志的關連性何在？有無傳統的文化語境可供擇用？四、作者如何表抒才不會使讀者誤讀而能讀出「言外之意」或是明悉「寄託」的意涵？再從文本（text）而言，自從羅蘭‧巴特（Barths Roland.）宣告「作者已死」（The Death of the Author）將文學研究導向一個穩定的內部結構，此一結構具有守恆性與封閉性，其意義可以自足完滿地自我詮解，無須透過外在歷史或進入文化語境才能詮解的路向，由是，我們在解讀「詠物詩」時，是否可完全藉由「文本」的語言文字結構方式來理解

其所欲比擬、寓寄的對象，而無須進入作者所建構的情境
語脈中？我們相信，若僅是藉由「文本」解讀，無足以進
入、拆解作者「詠物」所欲達致的寄託情境中，必沿承作
者的存在處境，方得理解其「詠物」與「託喻」之關涉。
再從讀者的視域觀之，讀者在解讀作者詠物作品時，可沿
作者存在處境去感通所欲傳達的寓寄之情志，然而亦有可
能出現誤讀的情形或是重新建構一套解讀的基模，或是基
於自己的歷史感受而有新的詮讀方式，這些在在說明，解
讀「詠物」詩，不僅關涉讀者對作者、作品的理解程度，
同時也關切到讀者的預期視界等問題，是故，作者如何透
過詠物來傳遞自己的訊息，如何架構詠物的詮讀語姿？讀
者解讀詠物的進路如何？這些皆是本文所欲探賾者，我們
將三者之關係以圖表說明如下：

表一：作者表抒路徑

授受者	作者	文本	讀者
表抒路徑	作者情志	藉物表抒 →	傳達作者之意 →
意符效能	作意	載意	得意

從上表可知，詠物詩表抒的路徑是由「作者」藉由「文本」

傳達自己的情志，再由「讀者」透過解讀「文本」來體會「作者」之意，「作者」所扮演的角色即是「作意者」而「文本」是「載意者」，「讀者」則是解讀的「得意者」，但是，作者之意未必全部能被讀者理解，而讀者所居的歷史脈絡亦會影響解讀的能力，有「誤讀」的可能，亦有重新建構解讀的理解模式，所以順上所言，是理序上的進路，然而經過歷史汰洗、預期視界的不同，再加上讀者可能有的歷史存在的處境，在在皆會影響詮讀的可能性，所以，在逆向思考中，亦有一套解讀的進路：

表二：讀者解讀路徑

授受者	作者	文本	讀者
解讀路徑	體契 ← 作者情志	← 藉物傳意	閱讀
意符效能	作意	載意	得意 誤讀 重新詮解

從表二可知，「讀者」逆溯作者之作意，可能會出現幾種效能：會通作者之意、誤讀、重新詮解，此中有一困難處即是，如何解讀才真能會通作者之意？因為後世讀者經過不

7

斷地詮解，而產生「文化積累」，此一積累，將原意增厚、擴大甚至產生意義轉移的現象，更何況不同的文化語境所解讀出來的歧義更不可避免[2]，然而，「誤讀」並非全具有負面的效應，有時可豐富原詩的意涵，但是，無論能否豐富原詩，對於作者而言，已非原來作意了。再換個視角觀察，作者不可重出，文本透過歷史進程的積澱，新的意義不斷在擴增中，而傳統的詮解，據愛德華‧希爾斯（Edward Shils, 1911—）所言，傳統的象徵符號和形象被人們繼承之後，都會發生變化，因爲傳統本身即蘊含可變因子，在延傳的過程中，人們對所接受的傳統進行解釋，在接受之後也會改變其原貌，這種傳統的延傳變鏈（chain of transmitted variants of a tradition）也被稱爲傳統，是故傳統是圍繞被接受和相傳的主題的一系列的變體。[3]準此，傳統歷史的演化

---

[2] 龔師鵬程曾指出作品的意義有兩個層面，一是意義的主觀面，此即是作者主觀的原初意向；二是意義的客觀面，即指讀者從作品獲得的意義。並且強調讀者要由作品的指涉去追躡作者的經歷和作者與實存事態之間的對應關係，困難重重，若要由作品含意去坐實作者主觀的意向，亦是艱難之舉。請參見《文學散步‧文學意義的認知》，頁 107—116，台北：漢光，1985，。

[3] 請詳參《論傳統‧導論》頁 16，傅鏗、呂樂譯，台北：冠桂，1992。

過程中，舊文化傳統意義會經由不斷地詮解而有新的內容
加入原有傳統的時間鏈中，是故「誤讀」或「重新詮解」
亦會匯入歷史的時間鏈，成爲傳統的一環。

　　先秦時期，中國詩歌的文化活動，包括作詩、采詩、
賦詩、獻詩、詩教等項，是一種集體的社會行爲，屈原的
《離騷》開創抒情自我的新局面之後，詩歌的創作逐漸由
集體創作導向文人創作的路向，迄東漢末年，詩歌成爲表
達自我的方式之一，創作活動雖然回歸到單一的作者層
面，但是詩人創作詩歌時，不僅希望透過文學的藝術技巧
來表述自我，同時也希望藉由詩歌的閱讀過程，將自己的
作意傳達出來，這時候，如何運用文學的表現手法，迂曲
地表達自己曲隱難達之情志，成爲詩人創作時的一大課
題。由是，詩歌運用比興的創作法來「寄託」作意，成爲
表抒這種曲隱情志的方式之一，所以「比興」常與「寄託」
相鉤連，此中需要將「託物言志」、「寄託」二者辨析清楚，
容後再述。
本論題所涉，以探尋作者如何藉物託意言志？文本可否負
載作者之意？而讀者果真可藉物逆探作意所在？據此開展
「託物言志」的理論架構，此中所論關涉三部份：一、物；
二、託物；三、言志：
第一部份：物
　　關於「物」的部份，先確立「物」的範圍，也就是詠
物詩的範圍。再論主體之詩人如何建立與客體「物」的關

係，也就是探討「物我」的關係。而託物言志之「物類」包括那些？「物性」與「物義」的對應關係又如何？

第二部份：託物

詩人取物象作託喻時，常使用什麼手法來表現？哪些物類比較容易取義？建立出來的物義究竟是公有義，還是私有義？詩學史上，是否有相關的論述？

第三部份：言志

　　主要討論的有：作者如何表述「志」？言志的內容包括哪些？讀者又該如何求作者之意？作意是「言內意」或「言外意」，如何求「言外意」？或另闢蹊徑？此一託物言志的審美效能是什麼？

本文由「物」──「託物」──「言志」三層開展，層層論析，冀能彰顯「託物言志」的意義與價值，論述理序如下：

一、確定論述範圍，先對「詠物詩」作一定義，以確定取材範疇，再針對「託物言志」作一釐定，辨析「託物言志」之「志」的意涵是什麼？「託物言志」之「託物」的方式與詩歌中的「寄託」方式究竟是重出或迥異？「託物言志」所要表達的「意」是「言外意」抑是「言內意」？與「寄託」的「言外意」或與「旁通」的「言外意」是否相同或

10

歧出？[4]

二、論述「託物言志」的理論基礎是什麼？

首先，從「物」與「我」的關係，來討論中國詩論中如何對應「物」與「我」、「形」與「神」的關係？也就是中國人如何觀物？觀物的進程如何？物我如何統攝？與「託物言志」之關係又如何？此一物我關係所建構出來的意義又如何？

　　其次，從用語的方式來探討「託物言志」詩歌的基模，先論物象呈現的方式有哪些？再論物象託喻的組構方式有哪些？

　　復次，從「意」與「象」的關係來探討「託物言志」所表抒的「意」究竟是「言內意」或「言外意」，作意之隱顯的表抒方式如何？若是「言外意」，是否可求？又應如何求得？

三、論述「託物言志」如何藉「物」來傳遞含意？其示現的「物義」是什麼？「物象」與「物義」如何鉤連成「託物言志」的「象」與「義」？「象」與「義」的內容如何？

首先，確立詠物詩之物類取象範疇，主要以《佩文齋詠物

---

[4] 學者施逢雨曾經撰文將解讀中國古典詩詞的方法，擘分爲「寄託」與「旁通」二種，此二分法是從「讀者」的視域入手。請參見〈旁通與寄託——兩種解讀詩詞的特殊方式〉輯入《清華學報》，頁1—30，第二十卷第一期，1993年。

詩選》作爲取材的範疇，說明森羅萬象之物類，在中國詩歌中，哪些較易成爲歌詠的對象？哪些較易有託喻的效果？這些「物類」究竟如何「取象」？「託物言志」又依據哪些「物性」來取義？內容如何？「物象」與「物義」之間是否會形成「公有義」的締建？或是僅有「私有義」，不論是公有義或私有義，其意義何在？

其次，再論述中國詩話、詩格中討論物象的類型化及其意義，主要從《詩格》、《二南密旨》、《流類手鑑》、《詩中旨格》四部份入手，說明在詩格中早已歸納出物性、物義的對應關係，以確立「託物言志」之傳統至少在唐、五代時期即已建構完成了。

四、討論「託物言志」的義理內容是什麼？

前章論述物象與物義的對應關係，本部份則針對這種對應關係，探討其確實的義理內容究竟指涉什麼樣的情志？也就是詩人透過託物的方式，到底要傳遞什麼樣的情感內容？分從人與自己、人與他人、人與社群、人與大自然的對應關係說明其情志之隱顯。

五、討論「託物言志」的「言內意」、「言外意」是否可得？如何求得？求意的方法是什麼？

本部份論述從「意在言內」與「意在言外」入手。首先，從作者視域求意，則有哪些面向可探求作意所在？其次，從「文本」的角度切入，如何透過語言文字的隱顯，

以及組構方式來求意？最後，從讀者視域求意，讀者以什
麼樣的角度求意之所在？

六、探討託物言志所呈現的審美效能是什麼？

　　詩人以「託物言志」的方式來曲達隱意，這種藉迂曲
的方式來表達自己情志時，可傳達什麼樣的美感？從社會
方面而言，又可達到什麼樣的社會效能？詠物詩擬象取
譬，可建構出什麼樣詠物詩歌的美典？從語言形式而言，
以興寄、擬譬的方式來表述時，又可形成什麼樣的美感效
能？閱讀「託物言志」之詠物詩，若能鉤棘深意，體契作
者之情，則爲託喻之效，若讀者逆出作者之意而有自己存
在的感受、理解的歷史視界時，則未妨又是另一種新的創
作，可納入詩學活動中，那麼「誤讀」與「重新詮解」又
能創發什麼樣的審美效能？

第二章　「託物言志」釋名與釋義

　　本章旨在闡釋詠物詩「託物言志」之名義問題。首先，釐定詠物詩的範疇，再就所託之「志」來論析「志」之意涵何指？託喻之「意」與「寄託」是否迥異？最後再爲「託物言志」確立一個清晰的義界。

第一節　詠物詩釋名

　　詠物詩，始自《詩經》，在三百零五篇裡，有兩種類型，其一是整首詩當中有部份詠物者，例如〈關雎〉篇以「關關雎鳩，在河之洲」寫雎鳩生長河洲；〈葛覃〉篇以「葛之覃兮，施于中谷，維葉萋萋」寫葛草生長茂密、以「黃鳥于飛，集于灌木，其鳴喈喈」寫黃鳥集於灌木，鳴聲喈喈；〈樛木〉篇以「南有樛木，葛藟纍之」寫樛木上有葛藟纏繞依附；其二是全首詩皆是詠物的例子，例如〈豳風‧鴟鴞〉以鳥語自訴勞瘁，〈魏風‧碩鼠〉寫碩鼠食黍、苗，我欲他往的呼告[1]等，諸如此類，揭示《詩經》已有詠物之事

---

[1] 據〈尚書‧金縢〉所云，〈鴟鴞〉爲周公避流言之謗，居東二年，後又作此詩以貽成王。全詩以鳥語呼告，自訴勞瘁。究竟〈鴟鴞〉一詩是否爲周公自訴之作，眾說紛紜，然，可確知者，在〈鴟鴞〉全詩中，皆以鳥語自呼，可視爲「比」詩。至於〈魏風‧碩鼠〉據詩序所云，用以刺重斂，全詩亦以「比」法爲之。鴟鴞、碩鼠，

實，然而，此中的詠物非徒以物象的摹寫爲主體或旨趣所
在，而是藉由物象來起興，如前所引之關雎、葛覃；或由
物象來比況所諷諭的對象，如鴟鴞、碩鼠等，可知在《詩
經》時期，已知透過物象來表述所欲諷詠的對象。故俞琰
在〈歷代詠物詩選序〉中云：「古之詠物者，其見於經則灼
灼寫桃華之鮮，依依極楊柳之貌，杲杲爲出日之容，瀌瀌
擬雨雪之狀，此詠物之祖也」[2]揭示《詩經》即有詠物之實，
而專以某物爲吟詠的對象，除了《詩經》有〈鴟鴞〉、〈碩
鼠〉之外，在《楚辭》亦有〈橘頌〉，以橘之木，經冬猶綠，
橘之果，可薦嘉賓，來自喻節操；而〈楚辭〉一篇更開闢
一條中國人寫物觀物的擬譬託喻的系統，此所以王逸注離
騷時，序文中指出：「離騷之文，依詩取興，引類譬諭，故
善鳥香草，以配忠貞；惡禽臭物，以比讒佞；靈脩美人，
以媲於君，宓妃佚女，以譬賢臣；虯龍鸞鳳，以託君子；
飄風雲霓，以爲小人……」成爲詩歌託喻的典範。

皆爲託詠之物，詩人自有寓意，存寄其中，但是全詩皆以詠一物
爲主。

[2] 其實俞琰此段文字乃源自《文心雕龍・物色》，其云：「故灼灼
狀桃花之鮮；依依盡楊柳之貌；杲杲爲日出之容；瀌瀌擬雨雪之
狀，喈喈逐黃鳥之聲，喓喓學草蟲之韻……」，〈物色篇〉舉這些
物例的用意，是爲了用來說明感物吟志之情形，而俞琰的序言是
要說明詠物之源，肇始於《詩經》，故以例明之，二者雖所舉詩
例相同，用法迥異。

攸關「詠物」一詞，據廖國棟先生指出應始自《國語·楚語上》:「若是而不從，動而不悛，則文詠物以行之。」[3]，此中所謂「詠物」是指寫作技法，以藉物託諷方式來表抒情志。而真正以詠物為一種文類之名者，據洪順隆考察，應始於鍾嶸《詩品》下品「許瑤之」條，其云:「許長於短句詠物」[4]，此「詠物」即是專指一種文體的題材內容，職是，宏觀中國詠物詩的流變，自《詩經》、《楚辭》以降即形成傳統，到了六朝始有以「詠物」一體大量創作詩歌者，例如魏代有繁欽〈詠蕙詩〉、〈生茨詩〉、〈槐樹詩〉;晉代有陸雲〈芙蓉詩〉;齊代有王融〈詠琵琶詩〉、〈詠幔詩〉、〈藥名詩〉、〈星名詩〉、〈詠池上梨花詩〉、〈詠梧桐詩〉、〈詠女蘿詩〉等，謝朓有〈詠風詩〉、〈詠竹詩〉、〈詠落梅詩〉、〈詠牆北梔子詩〉等;王揖有〈詠鏡詩〉、〈詠畫扇詩〉、〈詠酌酒人〉等;沈約有〈詠篪詩〉、〈詠竹檳榔盤詩〉、〈詠簷前

---

[3] 請參見廖國棟所著《魏晉詠物賦研究》第一章第一節，頁1，台北:文史哲，1990。

[4] 洪氏並指出，到了隋朝稱為詠物階，南宋周弼「三體唐詩」有「詠物體」;魏慶之《詩人玉屑》引《呂氏童蒙訓》有「詠物詩」之稱，元代謝宗可有《詠物詩》二冊（四庫全書珍本六集），明代瞿佑有《詠物詩集》（叢書集成三編第五函），清代張廷玉奉敕編纂《佩文齋詠物詩選》。請參見洪順隆所著《六朝詩論·六朝詠物詩研究》頁5至6，台北:文津，1985。

竹詩〉、〈翫庭柳詩〉、〈詠桃詩〉、〈詠青苔詩〉等[5]，許瑤之
即在此風潮鼓動中，大量創作，此即《文心雕龍‧詮賦》
所指稱：「至於草區禽族，庶品雜類，則觸興致情，因變取
會。擬諸形容，則言務纖密，象其物宜，則理貴側附。斯
又小制之區畛，奇巧之機要也。」亦即蕭統〈昭明文選序〉
云：「若其紀一事，詠一物，風雲草木之興，魚蟲禽獸之流，
推而廣之，不可勝載矣。」的推廣。迄唐代李嶠，更踵事
增華，傾力創作，有詠物詩百餘首，開創詩家以詠物為創
作主要內容者，自是詠物成為詩歌中重要的一種題材。宋
代阮閱所編輯的《詩話總龜》[6]，是一部詩話總集，該書成
於北宋徽宗宣和五年（西元 1123），有前集、後集各五十卷，
〈前集〉第二十、二十一卷編有〈詠物門〉，〈後集〉第二
十七、二十八卷亦列有〈詠物門〉二卷，所記詠物之詩，

---

[5] 本部份所舉詩題，以逯欽立輯校之《先秦漢魏晉南北朝詩》為
本，台北：木鐸，1988。

[6] 攸關《詩話總龜》，據周本淳所言，第一位編者為阮閱，原名《總
龜》，成作於北宋徽宗宣和五年，可能未刊刻，至南宋高宗紹興
年間，閩中才有刻本，改名《詩話總龜》，宋末元初之方回見過
七十卷本，未流傳下來；明代傳鈔本是一百卷，迄嘉靖年間明宗
室月窗道人刻了九十八卷本，是今日流傳唯一的刻本。請參見《詩
話總龜‧前言》，周本淳校點本，北京：人民文學出版社，1998
年。

以說明詩歌本事為要[7]，由《詩話總龜》之分類編纂，可知詠物可獨立成為一種門類。元代的謝宗可則以詠物為詩集，名為《詠物詩》，明代瞿佑承謝宗可，亦撰有《詠物詩》百首[8]，迄清代更有康熙敕編的《佩文齋詠物詩選》，卷秩多達四百八十六卷，編輯年代上起先秦，下止明代，是一部洋洋大觀的詠物詩選，清人俞琰另編有《歷代詠物詩選》[9]等以收唐宋元明諸朝之詠物詩為主，一一歸類標示。由是可知詠物一體在文學史上自有流變，自成脈流，蔚成廣大的詩歌流域。

歸結言之，詠物之事實始自《詩經》、〈離騷〉，詠物之名稱始自《國語‧楚語上》，而將詠物視為創作之一體，則以鍾嶸〈許瑤之〉條下所云為先，至於詠物的範圍應包括那些範疇？

壹、詠物詩的範疇

---

[7] 章學誠《文史通義‧詩話》將詩話擘分為兩大類型：論詩及辭、論詩及事；前者以詩學理論為主述，後者以說明本事，考證詩歌為主。《詩話總龜》屬於後者，以輯錄本事為主。

[8] 瞿佑《詠物詩》輯入叢書集成三編之《武林往哲遺著》中，本文採用嚴一萍選輯之台北：藝文印書館版本，該版採光緒丙申年錢塘丁氏刊印本。

[9] 本文採用台北：廣文書局版，1968 年，題為《詳註分類歷代詠物詩選》凡上下二冊，為易縉雲、孫奮揚二人合註之本。

　　詠物，自《詩》、〈騷〉以降，即形成藉物起興、擬譬、託諭的詠物傳統，此一特殊的表述方式，是中國詠物詩的特質之一，而我們在檢視中國詠物詩時，發現對於物象的掌握，眾說紛紜，究竟那些範疇可視為物象來吟詠？洪順隆在定義詠物詩時，指出「詠物」必須是指主旨在吟詠物的個體，包括自然界與人造的部份，若以寫景、抒情為主的作品，悉應從詠物詩中篩檢而出，至於有關描寫人物，包括麗人、耳、口等，應屬於宮體詩的範圍不可列入，「天時」與吟詠兩物以上者，亦不可列入詠物詩。[10]廖國棟在定義詠物賦時，亦採用相同的定義，指出吟詠物之個體為主旨之賦，謂之詠物賦，此類賦篇乃作者有感於物，只要是力求「體物」、「狀物」、「窮物之情」、「盡物之態」的作品皆可視為詠物。[11]二氏對於詠物的定義重在對於「客觀具體有形之物」之描寫者，方可稱為詠物。但是我們考索歷代對於「詠物」應包括那些範疇時，發現其中有兩條脈流。

一、以一物一題方式吟詠具實物象為主的詠物詩。

　　例如六朝的詠物詩，何遜〈詠早梅〉、蕭綱〈詠螢〉、蕭繹〈綠柳〉、庾信〈梅花〉等。唐代李嶠〈日〉、〈月〉、〈星〉、

---

[10] 同注 2 所引書頁 6 至 7，洪氏指出詠物應是作者因感於物，而力求工切地「體物」、「狀物」、以「窮物之情」、「盡物之態」，且出之以詩體的，才是詠物。

[11] 同注 1，頁 4。

〈風〉等,宋代阮閱編輯《詩話總龜》所舉詩例亦以刻摹
物象爲主的詠物詩,例如方干〈擊甌〉、李貞白〈詠月〉、
劉希夷〈聞砧〉等。明代瞿佑撰有《詠物詩》百首,觀覽
其詩,亦以詠物象爲主,有〈採蓮舟〉、〈織錦機〉、〈茶鐺〉、
〈紙團扇〉、〈菊花枕〉等凡一百物,並刻意與謝宗可之詠
物詩區隔,不重出而詠。

二、藉物起興或抒懷,且不限於摹寫具實物象的詠物詩。

　　康熙敕編《佩文齋詠物詩選》,共編收一萬四千五百九
十首詩,舉分品類有四百八十六類,從取象的類型檢視,
包括人物類詠物詩及非人物類詠物詩,人物中包涵詠女
子、詠神話傳說、歷史人物、仙、釋、道、佛、僧等人物。
非人物部份則有生物類之動物、禽鳥、魚族、蟲類;植物
類之花木;無生物之天象、天候、時令、節日、山石、水
系、宮室等等,可謂包羅萬象。其後,俞琰編《歷代詠物
詩選》時亦將「詠歲時」視爲「詠物」收編入內,我們對
照《佩文齋詠物詩選》與俞琰《歷代詠物詩選》二書之編
輯體例,發現俞琰知有《佩文齋詠物詩選》一書,且收編
的體例與之相近,其在〈詠物詩選凡例〉中指出:「歲時非
物也,然是集本爲初學而設,良辰美景存之可以備取材,
謹遵《佩文詠物詩選》之例,亦爲編入。」可知二書編選
的體例,包括了洪順隆先生認爲應排除在外的抒情、寫景
及詠天(歲時)等詩歌。

　　對於詠物詩編選範圍及對「物」的認定,《佩文齋詠物
詩選》與當今學者爲何會有如此大的差距呢?今人在定義

21

「詠物詩」時，是否犯了「以今律古」的錯誤？或是《佩
文齋詠物詩選》自有其選取的標準？

貳、《佩文齋詠物詩選》檢視與理解

　　《佩文齋詠物詩選》是中國最重要的一套詠物詩選，
由張玉書、汪霦等人奉康熙皇帝之命，編纂而成的御定詠
物詩，書前並有康熙帝之序，凡一萬四千五百九十首，四
百八十六類（附類有四十九），起迄時間，上起古初，下迄
明代，是一套蒐羅詳盡的御定書。我們檢視所列之詠物品
類時，可發現所選詠物詩，多有未合今人之詠物標準，今
日定義「詠物」時，以純粹摹寫物象爲主，此即是洪順隆
先生所主張者，須以「詠物」爲主體，凡是抒情、寫景皆
非詠物詩也[12]。爲何會有如此歧出呢？我們可從下列幾方面
來觀察二者不相符應之處：
一、從題目檢視
　　詠物詩如果以純粹詠物爲主，則詩題應是〈詠牡丹〉、
〈詠松〉之類的詩題，但是在〈佩文齋詠物詩選〉中我們

---

[12] 洪順隆先生云：「主旨在吟詠的個體（包括自然界和人造的）
也即作者因感於物，而力求工切地「體物」、「狀物」、以「窮物
之情」、「盡物之態」，且出之以詩體的，才是詠物詩。」是故凡
以寫景、抒情者皆不隸屬「詠物詩」的範疇。請參見氏著《六朝
詩論‧六朝詠物詩研究》頁7、台北：文津，1985 年版。

可發現所列詩題，並非是詠物詩，而是有人物的參予或關懷，甚或大量存取寫景、抒情之詩，大約可分爲下列數項來檢視：

1、有主觀人物之參予，非僅客觀寫物

　　例如唐代張子容〈璧池望秋月〉透過「望」字點出人物的存在性。唐代王灣〈奉和賀監林月清酌〉是一首奉和詩，「清酌」寫出人物的動作與情態。宋代王阮〈姑蘇汎月〉「汎」寫出人物夜裡汎槎的情景。

2、明顯表抒人物的情志或關懷

　　在詠物詩選當中，有存量頗多的表抒作者情志的詩歌，例如同是詠雁的詩歌，有唐代韋承慶〈南中詠雁〉、唐代褚亮〈秋雁〉、韋應物〈聞雁〉、宋代陳師道〈雁〉、元楊維楨〈秋雁圖〉……等等[13]，從詩題判斷，凡是雁、白雁、詠雁、秋雁等詩題皆是詠物詩，但是另有一批詩作是具有人物主觀的情志，例如元代黃庚〈見雁有懷〉或是明代王叔承〈月夜下桐江陣聞孤雁〉，其中「有懷」、「聞」即具有強烈詩人的情懷寓寄其中。

3、摹寫景象者亦列入

將「景」視爲「物」加以摹寫者，例如元代牟巘〈四安道中所見〉即是摹寫途中所見農夫在稻田中辛勤工作，早出晚歸，如同泥中之鶴。又如司空圖〈自河西歸山〉亦是描寫途中所見，水闊風高，孤舟欲行，卻懼去路危險，只見

---

[13] 請參見卷四百二十六卷，雁類。

群鶴繞樹而飛，不借閒人暫騎。又如明代程誥〈送芸上人〉寫芸上人行盡春山，坐聞山鐘於新林浦月之際，亦是以景為主，最後以長鳴鶴將歸巢於何松作結，想見其以鶴喻人，未知芸上人此行何寄的託寓？

由上可知，在詠物詩選當中，從詩題觀察，即有許多抒情、摹景之作，甚或作者主觀情志融入其中，《佩文齋詠物詩選》皆視為詠物詩，編輯於入。

二、從選詩之類別觀察

《佩文齋詠物詩選》凡列四百八十六種類，我們可將之擘分為人物與非人物兩大類，人物部份有漁、樵、牧、農、圃、織、女紅、佛、僧、道士、仙等類別，非人物有動物類、禽鳥類、魚族、穀蔬、花木、天象、時令、節日、山石、水系、宮室、城舟……等等，我們從類別檢視，可知，「物」的範疇甚廣，連各種職業的人物亦視為「物」，而在非人物的部份，所謂的天象、節令、文書、武備亦視為「物」，可知，選詩時，其包容兼賅的種類，幾乎是天地上下求索，無一不可視為「物」來看待，如是，則似乎可以不必名之為「詠物詩選」而竟可視為萬物詩選呢！究竟詠物詩選的標準何在？為何包羅萬象？而俞琰在〈詠物詩選凡例〉中亦揭出選編詠物詩的內容、範圍是：「是集雖名詠物而眾體兼全，歲時之內不乏感興，地部之中亦多憑弔游覽，即存乎山水閒情，已備於麗人，言懷酬贈，附見諸詩，學者讀之正不必廣覽旁搜，而運用有餘。」此中所選

亦是將歲時、憑弔、遊覽、言懷、酬贈等作品收錄其中。

我們透過上面簡單分析《佩文齋詠物詩選》及俞琰《詠物詩選》二書所選的詠物詩時，竟然發現所選之種類含天時、景物等，尤其《佩文齋詠物詩選》還包括人物與非人物種類多達四百八十六種，甚至連抒情、寫景之詩亦視爲詠物詩，如是觀之，則此部詠物詩選，幾乎無所謂的揀擇標準了？

事實不然，吾人認爲此部卷秩繁多的詠物詩選，所選的詩有一定的選擇標準，我們切不可拿今人定義詠物的尺規來衡量古人所選之詠物詩，而是嘗試去理解爲何會將體系龐大的門類，皆視爲詠物詩，如此方不會犯了「以今律古」的弊病。職是，則〈佩文齋詠物詩選〉的選擇標準何在？

首先，我們透過詠物詩序來理解，康熙云詠物詩創作之由：「然則詩之道其稱名也小，其取類也大，即一物之情而關乎忠孝之旨，繼自騷賦以來，未之有易也，此昔人詠物之詩，所由作也歟。」既然肯定詠物詩有關忠孝之旨，則詠物必有其選取的重要性，身爲帝王者擬藉由「詠物詩」之託喻的忠孝之旨來喻示臣下。那麼爲何要藉由詠物來達到「忠孝之旨」？詠物如何可能達到忠孝之旨呢？選擇的標準爲何？序云：「佩文齋詠物詩，蓋蒐采既多，義類咸備，又不僅如向者所云，蟲魚鳥獸草木之屬而已也，若天經、地志、人事之可以物名者，罔弗列焉。」由是可知，所選之詠物詩非僅是蟲魚草木之類而已，只要是可以稱爲物

25

者，包括天經、地志、人事皆可視為選取的對象，那麼什麼是「可以物名者」，即是指凡可以視為「物」來觀看、體察者皆可視為物，此所以詠物詩選將抒情、寫景皆網羅在內，基本即是將之視為「物」來觀賞、體察。故前文所舉之抒寫情志、摹寫景物者，皆視為物來體察，將之選入詠物詩選當中。詠物詩果真可達到「忠孝之旨」？如何可能？選詠物詩之目的何在？據序所云：「將使之由名物度數之中，求合乎溫柔敦厚之指，充詩之量，如卜商式之所言，而不負古聖諄復詁訓之心，其於詩教有裨益也夫」指出其目的或效能在求合於詩教，高興亦云：「歌詩原本於性情，而名物悉關乎義理，若不廣為采擷，曷以萃厥菁英？」。高興進呈時又云：「詠歌言志，詩教因以諧音，品類殊名，風人託以寄興，綜古今之論述，四始宏該，極功德之形容，五常具備，屬辭選義，既興觀群怨之咸宜；寓物抒情，亦鳥獸蟲魚之兼及」，故，選編詠物詩的目的，是因為詩人「寓物抒情」，「物」即含賅五常之倫，除了可達到政教的作用之外，尚可興發興觀群怨之思、寓物抒情之效能。既然編選詠物詩有其目的性存在，那麼其重要性則不言而諭，但是，在選取物類時，那些才能算是「詠物」的內容呢？也就是詠物詩的種類，應包括那些呢？據高興所云：「大則觀文察理，取象高深，細則喙息跂行，肖形毫末，其間包羅眾品，薈蕞群材，服食器用之需，皆歸逸響，律呂權衡之事，並入妍辭，農牧樵漁，恍見野人之趣，圖書藥物，足抒大雅之襟，以及仙釋之遐蹤，將帥之行陣，異卉名花之

悅性，纖鱗弱羽之逐生，莫不次第臚陳，後先區別。」由
此可知，包羅萬象，正是以「物趣」觀之，仙釋遐蹤、圖
書藥物，無一不在物趣之中，遂成爲詠物詩選的品類之一。

　　準此，《佩文齋詠物詩選》有其編輯的目的、效能、標
準，及應有的物趣存在，今人斷不可以後世之詠物定義來
規範此一卷秩龐大之詩選，而應重新體察《佩文齋詠物詩
選》的意蘊。

參、詠物詩其他面向檢視

　　上述《佩文齋詠物詩選》有其選物的目的、標準、功
能，我們不可犯了以今律古之弊，但是，我們亦不可陷落
《佩文齋詠物詩選》的格局中，而無重新省視的能力。
盱衡文學史上的詠物詩，我們分從兩個面向來重新思考
「物」之命題。

一、從物象觀察

　　物象，依其可視可觸者來分判，可區分爲具象與抽象
兩大類別，具象之物是指可視可觸之實質物體，而抽象則
指事、理、情、意等等。詠物之「物」究竟應指具象之物
或指抽象之物，一般人的認定，「具象之物」才能視爲物象
來吟詠，但是，抽象之物，含人的體態神情、歲時流轉、
四季遞嬗、人的情意迴環等等，是否也應視爲物象來描寫
呢？前已述及，有「物趣」或可視爲物來品賞者，皆可視
爲詠物之對象來摹寫，此所以天地日月星辰風雲草木等皆

可視爲物象來體察，故詠物之「物」應包括具象與抽象二類，因爲人心感物而能吟志。

二、從題目觀察

　　考察歷代的詠物詩，我們可以發現詠物呈現在詩題時，可分爲兩類：

1、有詠物之名的詩題

　　有些詩題以詠物爲名，但是可能出現兩種情形：

　　一、有詠物之實。例如王勃〈詠風〉詩云：「蕭蕭涼風生，加我林壑清，驅煙尋澗戶，卷霧出山楹，去來固無跡，動息如有情，日落山水靜，爲君起松聲。」（《全唐詩卷三十五》）；又如董思恭有〈詠日〉、〈詠月〉、〈詠星〉、〈詠風〉、〈詠雲〉、〈詠雪〉、〈詠露〉、〈詠霧〉、〈詠虹〉、〈詠桃〉、〈詠李〉、〈詠弓〉、〈詠琵琶〉等。[14]以上詩例皆是詩題有詠物之名，內容亦是以一題一詠的方式呈現。

　　二、藉物起興或以言他事爲主。例如晉代鄭豐作〈答陸士龍詩四首〉[15]，其中鴛鴦有六章、蘭林有五章、南山有五章、中陵有四章，其序自云，鴛鴦是美賢，蘭林是歡至好，南山是酬至德，諸詩皆是藉詠物之名來表抒自己的情

---

[14] 董思恭爲蘇州吳人，唐高宗時官中書舍人，《全唐詩》錄存詩作有十九首，其中詠桃、李、弓、琵琶一作太宗詩。請詳見《全唐詩》卷六十三。

[15] 請參見《先秦漢魏晉南北朝詩》晉代卷六，頁719—723。

志。又如樂府古辭中的〈薤露〉一詩爲喪歌,藉薤上之露來擬譬人生短暫,人死無歸的根觸。以上諸例揭示,有些詠物詩,是藉詠物之名來興寄自己的情志或另有寄託之作。

2、無詠物之名的詩題

　　詩題雖與詠物無涉,但是內容容或與詠物攸關,吾人將之區分爲下列數類:

I 借物起興

　　例如漢代琴曲歌辭中有〈怨曠思惟歌〉,詩云:「秋木萋萋,其葉萎黃,有鳥爰止,集于苞桑,養育毛羽,形容生光,既得升雲,獲倖帷房……」寫昭君遠嫁單于,心恨帝始不見遇,心念故國,乃作此歌。歌之前,以秋木萋萋起興,藉物之枯萎寫自己飄零異鄉的感懷。

　　例如漢代古詩中有〈古詩一首〉詩云:「青青陵中草,傾葉晞朝日,陽春布惠澤,枝葉可纜結,草木爲恩感,況人含氣血。」(《先秦漢魏晉南北朝詩》頁343)藉陵中之草寫草木尚知感恩於陽春傾照日光,何況人爲氣血之身能不感恩圖報?詩題並無詠物之名,但是詩中卻以物象比擬於人。

II 以物抒懷或言志

　　例如左思〈詠史詩〉有八首,詩題是詠史,但是其二云:「鬱鬱澗底松,離離山上苗,以彼徑寸莖,蔭此百尺條……」藉松來比況自己沈淪下僚的不遇情懷。

張九齡〈感遇〉詩有十二首，其中「蘭葉春葳蕤」、「江南有丹橘」諸詩皆以物象比擬自己高尚品德，凡此雖詩題與詠物無涉，但是皆以物來自譬自況處境或襟懷。

職是，我們判斷詠物詩時，到底是以「詩題」或以「內容」為判準呢？如果僅以詩題為準，可能漏失許多中國詩歌傳統中的物象典型，例如，相傳班婕妤所寫的〈怨歌行〉，詩題無扇，然內容卻以詠團扇為主，深懼秋來見捐。又如張九齡〈感遇‧江南有丹橘〉中的「橘」，自屈原〈橘頌〉以降，即形成經冬猶綠，欲舉用於世，奈何無人援引的意象。是故，本文擬採用廣義的詠物詩定義進行論述，亦即以詩歌的內容為判準，不限定以詠物為題的詩歌為主述，尚包括無詠物詩題，卻以物起興的詩歌，或藉物擬譬自己情志、遭逢的詩歌作品。至於狹義的詠物時，即今人之定義必以一題一詠為形式要求者，本文亦一併論之。因為這樣，我們才能很精準地知道物象與興寄、擬譬之託物言志的內涵與意蘊：

Ⅰ 詠物詩自當以刻摹物象為主，凡是天象、女子、僧、道以物之品味，而能展現「物趣」者，皆視為詠物之一類，此「物」非必為非人類之生物。

Ⅱ 以詠物起興，藉以抒發所欲詠嘆之情志時，亦可視為詠物；或是藉物來託喻、言志者亦屬之，並非僅是客觀寫物、體物方稱為詠物詩。

Ⅲ 詩題雖無詠物，但是內容與物象關涉者，亦視為詠物詩論述。

　　確立本文所論詠物詩的範圍後，須再分析者，即是究竟以客觀摹物爲主，抑是另有寓意爲主？我們擬借俞琰所編之《歷代詠物詩選》來說明，該書凡八卷，詩逾千首，起自六朝，止於明代，自序中云：「凡詩之作所以言志也，志之動由於物也，感於物而動，故形於言，言不足故發爲詩，詩也者，發於志而實感於物者也，感於物而其體物者不可以不工，狀物者不可以不切於是，有詠物一體以窮物之情，盡物之態，而詩學之要莫先於詠物矣。」明示「人」能體物、感物，以「詩」的形式創作，可表述己志，是知，人與物的關係，本應主客交融，或達到「神與物遊」的境域，故詠物詩之工，可窮物情、盡物態，而其作用則在遣懷表志，錢鑾序《歷代詠物詩選》時亦云：「詩能體物，每以物而興懷，物可引詩，亦因詩而睹態，……聿緣情之有作，唯物之爲多……」，因此，吾人認爲中國詠物詩，並非僅以客觀的視域來摹寫外在的事或物或景，往往透過物象的比擬來表抒自己不得直言的情志，所以談詠物詩，若僅落跡於體物寫貌則不能深契中國詠物詩歌的特質，此即本文所欲開展之論述，旨在揭示中國詠物詩可能蘊含的「言外意」、「藉物抒情」「託物言志」的書寫模式，由此契入，方能明悉中國詠物詩的特質所在。此亦即《詩話總龜》詩舉王安石石榴詩云：「濃綠萬枝紅一點，動人春色不須多」，舉黃山谷臘梅詩云：「金蓓銷春寒，惱人香未展，須無桃李紅，風味極不淺」以上所舉詩例，皆以追摹刻寫物象爲主，但是在舉詩例時，已注意到詠物並非純粹的刻摹物象了，

31

例如舉杜甫詩歷五季兵火，尚有疑闕者，對後人注解杜詩
「以文害辭」及「以辭害意」者，有所指斥，其云：「原子
美之意，類有所感，托物以發者也。亦六藝之比興、離騷
之法歟。……」（頁 171），又例如援引《碧溪詩話》卷二論
及杜甫詠馬及鷹極多，亦屢用屬對，指出杜氏有致遠壯心，
並舉左氏傳云：「見無禮于其君者，如鷹鸇之逐鳥雀也。」
（頁 169）可知編者在編取時，已關注到物象之外的寓寄的
意義了。

第二節　託物言志釋義

壹、釋「言」

「託物言志」之「言」，非名詞之言語的「言」，而是
動詞之「言」，其意為：表達、傳達、敘述或說明，也就是
詩人藉由物類來表達自己情志的一種動作或行為。「言」既
為動詞，其運用或表達意旨的方式是什麼？由於「託物言
志」本即是為了曲隱情志，以一種較迂迴的、旁推曲罍的
方式來傳達，所以在表述或運用時，也往往應以迂曲的方
式來表述。但是，我們考察詠物詩時，發現「託物言志」
的詩歌並非全然是「意在言外」的曲隱方式，而是還有「意
在言內」的方式，但是「意在言內」與「賦」的鋪陳直述
手法仍有區隔，我們分從「直言」與「曲言」兩組相反的
運用方式來說明。

　　所謂的「直言」就是正面立意、意在言內。例如白居易的〈新製布裘〉云：

　　「桂布白似雪，吳綿軟于雲，布重綿且厚，爲裘有餘溫。朝擁坐至暮，夜覆眠達晨，誰知嚴冬月，肢體暖如春。中夕忽有念，撫裘起逡巡，丈夫貴兼濟，蓋裹周四垠，穩暖皆如我，天下無寒人。」

全詩共有十六句，詩意分成兩部份，前半寫桂布雪白，綿軟如雲，朝暮穿著，嚴冬亦暖如春；後半接著寫大丈夫應有兼濟天下之大志，豈能獨善一身，遂有求天下無寒人，穩暖如己的壯志。此詩的結構，前半寫物，後半寫志，志在言內，而且是正面和盤托出。由此例可知，「託物言志」並不全是意旨在「言外」，有時也可以在「言內」。

　　「曲言」就是以迂迴的手法傳達隱晦難言之作意。例如韓偓〈觀鬥雞偶作〉云：「何曾解報稻粱恩，金距花冠氣遏雲，白日梟鳴無意問，惟將芥羽害同群。」詩中描寫鬥雞的性情不知圖報主人之恩，只知爪帶金距與同儕爭鬥，天上梟鷹威逼弱小時，亦不聞不鳴，只作意以芥粉飾羽，準備在鬥雞時以傷同儕，贏取勝利。全詩以鬥雞爲喻，未透顯任何關連的作意，但是讀者可以會通其言外之意乃指不知圖報、殘害儕輩、未能濟弱扶傾的凶殘之輩。這種創作法即是將「作意」曲隱在「言外」。

　　由上所述，可知「言」爲動詞，而表述方式有「直言」

與「曲言」兩種。

貳、釋「志」

關於「志」，其意義常與「情」關連，在中國詩歌文化活動中，向來都將「詩言志」與「詩緣情」當成兩組對反的觀念。先秦時期，首先將「詩言志」的觀念拈出，迄六朝陸機才正式提出「詩緣情」的觀念，二者到底是應分為二，抑是有可相通的地方？或是互相融攝？

一、志與情相對相反之用法

如果將「志」與「情」當成兩個對反的概念運用時，「志」的意義是指人的意志、思想的總體表現，含有理性的導引作用，落實在社會層面則具有教化的功能性。例如《尚書·堯典》云：「詩言志，歌永言，聲依永，律和聲，八音克諧，無相奪倫，神人以和。」，鄭玄注云：「詩所以言人之志意也」，即是將「志」視為人的意志作用。又如《毛詩序》云：「詩者，志之所之也，在心為志，發言為詩。」，此志則是潛隱在內心的意念、想法或思想。黃廬〈碧溪詩話跋〉云：「志以言而章，言以文而遠，文以敘而傳，敘以德而久。古太史氏職採民謠，緝為歌詩，以獻於王，王以知其才而見其志，于是乎伸之。及古道廢闕，英才埋沒，往往託之著述比興以自見者多矣；然非得當世聞人表而出之，則亦無以取言於後世。」（《歷代詩話續編》頁 420）黃氏所論亦

是側重在「志」的表意效能上，「志以言而章」，「章」即是
「彰」、表彰之意，志氣、襟抱、思想透過語言文字來傳達
才能彰顯出來，因有文章才能傳世，而傳世作品必須有益
道德教化才能傳之久遠，所論不僅將志的表抒、文學的功
能性指出來，而且還重在道德社會的功能面。另外，潘德
輿《養一齊詩話》卷一也指出：「『詩言志』，『思無邪』，詩
之能事畢。人人知之而不肯述之者，懼人笑其迂而不便於
己之私也。雖然，漢、魏、六朝、唐、宋、元、明之詩。
物之不齊也。『言志』、『無邪』之旨，權度也。權度立，而
物之輕重長短不得遁矣；『言志』、『無邪』之旨立，而詩之
美惡不得遁矣。不肯述者私心，不得遁者定理，夫詩亦簡
而易明矣。」（《清詩話續編》頁 2006）這一段話不僅將「詩
言志」與「思無邪」鉤連成詩歌創造的內蘊、權衡的矩矱，
同時也指出創作的功能性與目的性，將詩言志的意涵擴充
成與思無邪等量齊觀。

　　以上諸說皆指出詩言志的作用性及社會效能。

　　相對而言，「情」的意義則是感性的，是自然流露的情
感波動，例如子夏〈詩序〉所謂的「發乎情、止乎禮」、或
如陸機〈文賦〉的「詩緣情」，或〈毛詩序〉的「情動於中」
等，皆將「情」視爲內蘊的情感，是物感而動的情緒變化。

　　當「情」與「志」對反時，情代表感性的情感，志代
表理性的制約；情是受物感而遷化，志是思想、志氣或襟
抱的總體。先秦時期討論詩歌，以「志」爲主，自漢代以
降，以氣感論性，提出氣類感通的觀念，才使文學與藝術

得以開展，也使道德可通向美感，使言志與緣情有了會通
的交點，才能逐漸開發六朝文學轉向個人情感的抒發。[16]然
而「詩言志」與「詩緣情」的對反概念，應是從陸機《文
賦》拈出「詩緣情而綺靡」之說開始，自此中國的詩學觀
念派分二系，主「詩言志」者，走向詩的社會性功能，主
「詩緣情」者，著重於文學藝術本質的開發，認為創作是
一種抒情的自我表述。[17]

二、志與情是互相融攝的，志即情，情即志

---

[16] 根據龔師鵬程〈從「呂氏春秋」到「文心雕龍」——自然氣感
與抒情自我〉一文論證，由於漢人以氣感論性，提出感性主體，
使文學與藝術開顯出來，漢人以氣類感通可以通往道德與美感兩
端，使六朝「緣情說」才得以開展。此文打破傳統以「詩緣情說」
起於六朝的說法，同時也拈出漢代氣感說開發了六朝的審美意
識。事實上，最早關切此一問題者，乃蔡師英俊在《比興物色與
情景交融》一書中即已提出兩漢美刺諷諭的「比興說」與晉宋「物
色」的觀念置於情景交會的美學觀中，才有內在的關連性，同時
〈毛詩大序〉所示現的志與情，其實是共存的。龔文輯入《文學
批評的視野》頁 47—84，台北：大安出版社，1990；蔡文《比興
物色與情景交融》，台北：大安出版社，1986。

[17] 主張「言志」者，多偏向詩歌的社會功能性格例如元白；「緣
情」者多偏向性靈表抒，例如公安三袁。論者甚多，本文不擬贅
引。

　　有時「志」與「情」並非是截然可分的，可以是互相融攝的代詞，彼此意義可互通，例如《左傳昭公二十五年》云：「民有好惡喜怒哀樂，生於六氣，是故審則宜類，以制六志」，孔穎達《左傳正義》云：「此六志《禮記》謂之六情，在己爲情，情動爲志，情、志一也」。即是將二者合爲一體的用法。此時情是內蘊的，而志是外現，二者互爲表裡。

　　學者成復旺曾經指出，從儒家而言，言志是詩歌的本質，是理性的、社會性、功能性的，而緣情是另一種文學創作的路向。[18]並揭示《文心雕龍·明詩》中的：「人稟七情，應物斯感；感物吟志，莫非自然」是陸機一派的繼承與發展。

　　吾人認爲詩歌的表抒必透過內蘊的「情」與外發的「志」共同譜成，此即是情志是互通的，例如朱庭珍《筱園詩話》卷四云：

　　　「詩所以言志，又道性情之具也。性寂於中，有觸則動，有感遂遷，而性生矣。情生則意立，意者志之所寄，而情流行其中，因託於聲以見於詞，聲與詞意相經緯以成詩，故可以章志貞教，怡性達情。……而意中意外，志隱躍其欲現，情悱惻其莫窮，斯言之有物，衷懷幾若揭矣。

---

[18] 請參見《中國美學範疇辭典》頁448，北京：中國人民大學出版社，1995。

故可以感動後人，以意逆志，雖地隔千里，時閱百代，而
心心相印，如見其人，所謂言爲聲，人各有真是也。」(《清
詩話續編》頁 2404—5)

明確指出詩是言志，又是道性情的，而黃子雲《野鴻詩的》
也有相同的主張，其云：「一曰詩言志，又曰詩以導性情，
則情志者，詩之根柢也。」。無論是情或志，皆是詩歌創作
的根柢，黃氏之意，亦是將二者視爲互通的義涵。

事實上，學者鄭毓瑜曾就「詩言志」與「詩緣情」兩
種創作模式作一剖析，指出「詩緣情」是指情受外物感動
而產生察識與反省的創作過程，而「詩言志」則是指心受
物感而有察識、反省能力之後的解決的一種創作過程。歸
結出來的論點是：情是詩歌的本質，「詩緣情」與「詩言志」
是詩歌創作的兩種模式，而詩言志是奠基於「詩緣情」[19]，
其說洵然。

其實，從藝術創作而言，志與情原是一系不可分的，

---

[19] 鄭毓瑜推論極爲詳密，曾將二者定義爲：

「詩緣情」——「情」指情之活動，故「詩緣情」代表「物—>
感受—> 察識—>反省」的創作過程。

「詩言志」——「志」指志之活動，故「詩言志」代表「物—>
感受—> 察識—>反省」之後的「解決」之創作過程。請參〈詩
歌創作過程的兩種模式——「詩緣情」與「詩言志」〉，中外文學
第 11 卷 9 期，1983 年 2 月。

吾人認爲情與志的關係是：

表三：情志互攝表

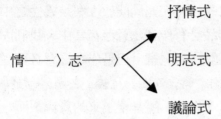

抒情式

情——〉志——〉 明志式

議論式

上圖所示，「情」是指內在的情感，「志」是指內蘊的思想，志的內容包括情，情是內蘊的感性的情緒波動，未經過理性制約，而志正是情的理性制約，用以收束情識的朦朧，至於「志」表達的方式，可以偏向抒情，也可以偏向理性的制約，有三種表達式：抒情式、明志式、議論式。本文所論的「志」即是含情識朦朧之情，而以理性制約所外現的情感、意志、思想的總體表現。

參、釋「託物言志」

　　美國 E.D 赫施（Eric. Donald Hirsch 1928— ）所著的《解釋的有效性》（Validity in Interpretation）[20]曾經對流行中的

---

[20] 本文所採用的版本，乃王才勇翻譯，北京：生活‧讀書‧新知三聯書店，1991 年版。

詮釋學（Hermeneutics）[21]作一指正與駁議。詮釋學是從讀者的視域來解讀作品，作品之意是經由讀者闡釋出來的，不同的讀者、不同的存在感受，會產生不同的詮釋與理解，此一理論基礎，將意義建構在充滿開放性與歧義性之中。但是，赫施則認為作品必有作者之意存在其中，我們固然不能精確地掌握或理解作者之意，但是作者之意必可從作品透顯出來，並且嚴分「含意」與「意義」之異，指出「含意」是「作者」透過「作品」所呈現出來的意旨，而「意義」則是「讀者」從「作品」理解的意旨，此兩層意旨不可相混。赫施之意是從保衛作者的立場出發，「意義」是可以無限開發，但是作者之「含意」卻是固定的、可求知的，透過語言文字形式的掌握，可以進入作者敘述的語境中，此一論述重新護衛作者「作意」的可知性，打破「一切理解皆是解釋」的詮釋框架。

其次，詩歌的解讀方式，根據學者施逢雨先生研究指出，有兩種方式，其一是指「寄託」，其二是指「旁通」，

---

[21] 詮釋學又稱為解釋學或釋義學，其源始與初義是古希臘人將隱晦的神意轉換為可理解的學問，迄中世紀的 A.奧古斯丁、卡希昂等人才將之系統化研究，其後，歷經馬丁路德、J.丹豪色等人建構如何理解文意內容時，才有實用性的運用此一理論。古典時期的解詮釋學以施萊爾馬赫（1768—1834）、狄爾泰為主，現代詮釋學則以海德格、伽達瑪為首。此一理論主要是從讀者的視域來解讀作品，作品的意義是經由讀者不斷地詮釋與開發出來的。

前者是從解讀過程中，可以看出作者寓託之意，超過字面意義，顯現更高遠、更寬闊的情境或感懷來；後者是讀者解讀出超過字面意義更高遠、更廣闊的意義來，但未必是作者所欲表現的意義。二者之差別，在於前者爲「作者之意」所在，而後者卻完全是讀者會通出來的，與作者無涉。[22]施先生所論關涉「作者之意」與「讀者之意」兩層。蔡師英俊則從用語方式來分析「意在言外」，「意在言外」即是一種「含蓄」的美典，其理論基礎建構在「寄託」與「神韻」兩層用言的方式上[23]。

我們根據前人建構的理論基礎，從「意」的視域來分析：

　　赫施的「作者之意」是屬於「含意」，而「讀者解讀之意」是屬於「意義」。

　　施逢雨所論是從讀者出發，「寄託」指讀者能讀出作者之「言外意」，而「旁通」則是讀者觸類旁通的「言外意」。

　　蔡師英俊則是從「意在言外」論述，無論是「寄託」或「神韻」皆是作者表抒的「言外意」的用語方式，與讀者無涉。

　　我們論述「託物言志」時，若從作者切入，則作者藉

---

[22] 請參見施逢雨所著〈旁通與寄託──兩種解讀詩詞的特殊方式〉，輯入《清華學報》第二十卷第一期，1993 年，頁 1─30。

[23] 請參見蔡師英俊所著《中國古典詩論中「語言」與「意義」的論題──「意在言外」的用言方式與「含蓄」的美典》，台灣學生書局，2001 年版。

物表抒時有「言內意」與「言外意」二層，例如白居易的
《新樂府》五十篇中，自云〈青石〉意在激忠烈；〈捕蝗〉
意在刺長吏，〈百鍊鏡〉意在辨皇王鑒，〈兩朱閣〉意在刺
佛寺寖多，凡此皆作者自言託意，是屬於「言內意」。而作
者不言，意在言外者，例如劉禹錫〈聚蚊謠〉全首詩共十
四句，前四句寫夏夜飛蚊如雷，轟轟作響；次四句寫群蚊
利嘴乘黑暗攻擊人類；又四句寫昂藏七尺之軀與微芒之蚊
鬥爭，最末二句寫秋日一來，飛蚊只能飼丹鳥。全詩只寫
群蚊傷人及最後被鳥消滅的情形，未明確指涉任何事、物、
人，但是我們藉由劉禹錫的遭逢，可知該詩暗諷嘈然欻起
的群小，以飛蚊之暗夜傷人，何異於群小之進讒誹謗，其
「言外意」隱然可得。

　　若從「讀者」的角度切入，則「作者之意」應可從語
言文字求知，縱然未必能精準把握，仍能在傳統的共同意
義中求知，此中可得的「作意」有作者之「言內意」與「言
外意」兩種。另外，循著詮釋學的路向來理解時，有時，
讀者亦會溢出作者之意，而有新的體悟或自己存在感受的
理解方式，此即是讀者自己開發出來的「言外意」，與「作
者之意」無涉。如是觀之，則「託物言志」有作者之「言
內意」與「言外意」，同時也會有讀者誤讀或新的體悟而產
生新的「言外意」。

　　託物言志與寄託之區別何在？與比興之關涉又如何？
根據萬雲駿所云，比興之涵意大於寄託，比興含「有寄託」
與「無寄託」兩類，其說甚確，但是，他認為寄託是一種

具有廣大、深遠的社會、政治意義的東西。[24]吾人認為「寄託」所指的意涵，不一定須具有社會或政治的意義，有時也可能是詩人藉物來表抒自己的情懷，例如庾信以孤雁自喻處境，不一定要有確實的社會意義，班昭的〈怨歌行〉以秋扇見捐為喻，亦不須涉入政治意味。另外，林玫儀也曾在〈論清真詞中的寄託〉中指出寄託有三個特質，其一是寄託必以比興手法為之。其二是不限於個人感懷，更傾向對政治社會之反映。其三是隱約其辭，不可矢口直陳。[25]此說直揭寄託的意涵。至於「託物言志」的意義應置於那一個層次呢？

吾人認為寄託的內容可以包涵個人的情志或社會家國的政治諷喻，而其取譬寓寄的物象，不僅以「物」為喻，尚包括以歷史人物、夫婦等作為託喻的對象，例如馬美娟《中國古典詩歌中的寄託》中指出三種寄託的類型：以男女追求寄託君臣遇合、詠物寄託、詠歷史人物寄託。[26]至於詠物詩歌的意涵可包括「有寄託」與「無寄託」兩型，而託物言志之詠物詩的範圍則是屬於有寄託的詠物詩。我們可用圖表來說明其範圍：

---

[24] 請參見〈清真詞的比興與寄託〉輯入《詞學論稿》、上海：華東師大，1986 年，頁 179—180。

[25] 該文輯入《宋代文學與思想》，台大中研所主編，台北：台灣學生書局，頁 346。

[26] 請參見國立清華大學文學研究所，1993 年碩士論文。

表四：託物言志與詠物詩、寄託之範疇圖

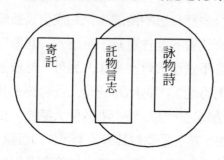

「詠物詩」的範圍包括無寄託與有寄託兩類型,「寄託」包括以物為寄託與非物為寄託兩型,而本文所論述的託物言志,則落在兩者的交接地帶,既是寄託的一部份也是詠物的一部份,但是託物言志的採用手法,並非僅有比興一法,而有興寄、擬譬與託喻三項,前二項與比興的性質相近,後一項則以諷戒諭示為主,所以嚴格說起來,託物言志的範圍小於詠物詩與寄託兩型,但是運用的手法則兼採二者所長,既內含寄託之比興手法,又兼有詠物詩追摹、諭示的技法。由是,「託物言志」迂曲的表達方式同時兼有二種表予的美感。

「比興」是一種創作的手法,而「寄託」則是一種表意的方式,常以「比興」手法為之。從創作手法而言,比興的用法大於「寄託」,因為運用比興時可以包含「有寄託」與「無寄託」兩型,而寄託的創作手法必須借助比興手法來完成。從意義而言,比興可以有「言內意」與「言外意」,

而「寄託」必須有「言外意」。至於詠物詩的「託物言志」應放在哪一個層次呢？基本上「託物言志」是屬於有寄託的詠物詩，而此一寄託方式，其寄意的呈現，有「言內意」、與「言外意」兩層，而運用的創作手法亦是常以「比興」的手法為之，是故區隔託物言志與寄託二者的異同如下：

表五：託物言志與寄託異同表

	創作法	表意方式	取材範圍
寄託	比興	意在言外	不限
託物言志	比興	意在言外 意在言內	限於物類

二者皆以比興手法為之，「寄託」之表意方式，是「意在言外」，「託物言志」的表意則有「意在言外」、「意在言內」二型，再從取材範圍而論，「寄託」的取材可以用人事中的夫妻對應關係來比擬君臣遇合，或用歷史人物的遭逢來寓寄自己遭逢之類似，或借詠史、懷古的方式來表抒自己的感懷，更可以用物類來託喻，所以取材範圍大於詠物詩中的「託物言志」，因為它只限於物類而已，進一步說，「寄託」與詠物詩「託物言志」中的「意在言外」的部份是重

疊的。

　　託物言志，即是藉物來表抒自己曲隱難達的情志，廣
義之「物」，非僅限於一詩一題，或是專詠一物的詩，只要
是關涉到託藉的物皆屬之。「言」是一種表達、傳釋的行爲
或動作，「志」是指與情互相融攝的志，內蘊爲情，外現爲
志；而外現之志，又含偏感性之抒情方式或是偏理性之表
志方式。而這種藉物寓寄的方式是一種比「賦」之平鋪手
法較迂曲，所謂的迂曲是指表達的手法以「比」、「興」、「比
興」來表達，而表達的「意」可以是在「言內」之「直言」
法，或是含蓄的意在「言外」的「曲言」法。

　　綜上所述，我們認爲寄託與託物言志之異同，主要可
從三個面向切入，一、從創作手法而言，寄託與託物志所
採用的方法皆是比興法，二、從言與意的角度而言，寄託
的「意」是寄在「言」之外，也就是從字面可以讀到關連
的情感，但是往往不可確知是指什麼，託物言志的「意」
往往可寄在「言內」與「言外」兩者，「言內」可內尋作意，
「言外」則須旁推曲罄。三、從所託的內容來看，「寄託」
寓寄的對象可以是人物，包括當時或歷史人物；可以是物
象，上至天象，下至地理之山水石林等皆可；更可以是人
倫中的對應關係，例如夫妻之比擬爲君臣遇合，[27]凡此等

----

[27] 馬美娟在《中國古典詩歌中的寄託》中指出寄託的類型有三
種：以男女追求寄託君臣遇合、詠物寄託、詠歷史言物寄託。請
參見清大碩論，1993 年。

等，皆爲可寄託的對象；而「託物言志」的對象則固定爲
詠物之詩。

　　所以從宏觀的角度來看，寄託所託的是範圍較廣泛。
但是寄託通常所表達的方式是「言在此，而意在彼」；而「託
物言志」所表現的方式是「言內」、「言外」皆有，而本文
所用之詠物的範圍，不僅詩題是詠物才列入，只要是關乎
詠物的事實而有托意者皆爲論述的範圍，（非僅從題目是詠
物入手）。所以託物言志可以說是寄託的一部份，但是，必
以物象爲主，再加上「意在言內」、「意在言外」二層，才
使其與寄託有所區隔。

第三章　託物言志之理論基礎

　　在詠物詩的傳統中，表述物象的方式可分為客觀圖寫形貌及主觀表現情志兩大系統；圖寫形貌，僅是刻畫外形物象；表現情志，則是藉物或託物的方式來觀照物象，並藉物之特質或特徵來表達曲隱難顯的情志，如果詠物以刻摹形象為主，必黏滯物相，遺神取形，非為上乘，詩歌所重，當在藉物表現主觀的意向性，是故，體契中國詠物詩之妙，不在形貌刻鏤之精工，而在以物寫人，物我雙寫中呈現主體精神風貌，若不由此徑契入，必不能體契詠物勝境。此中關涉「物」與「我」的關係，而「物」的理論建構在「形」與「神」的命題上，「形」是客觀、外在的，是物象的表層形與象，「神」是內蘊的，是物象深層的精神氣韻，神因形而外現，形由神而有風姿。在抒情的傳統中無論人心受物感而動，或內心憂樂外現於形，皆會形諸言語、歌舞，以抒發憤悶積鬱的心緒，例如〈魏風・園有桃〉云：「心之憂，我歌且謠」、〈小雅・四月〉云：「君子作歌，維以告哀」、〈小雅・白華〉云：「嘯歌傷懷，念彼碩人」。不論是自作歌謠，或引嘯他人歌謠，皆是一種表抒自我的方式，其後，創作才逐漸成為一種完成自我的過程與方式。而在詩歌當中，藉由物象來傳達心中旨趣，成為一種抒發的模式。《易繫辭上》云；「聖人有以見天下之賾，以擬諸其形容，象其物

誼，是故謂之象」，指出「象」是物之形容，在天地萬物當中，物各有體，體各有象，易經即取象於天地，成就八卦，後推演爲六十四卦，此即充份運用物形，約簡爲物象，成爲抽象的一種擬譬自然現象。詠物之「物象」亦是以有形之貌，約取物體之象，以成就比興擬譬的基本原素。詩人藉物、託物來表抒情志，形成一種詩歌傳統，然而此一種特殊的表述方式，其理論基礎何在？也就是託物「抒情言志」的理論基礎爲何？此中關涉中國人對於「形」與「神」的看法，原本「形」「神」是一組相反相成，對立存有的哲學命題，用來指涉人之形軀與精神之關係，此即司馬談云：「凡人所生者神也，所託者形也」（《史記・太史公自序》），中國人廣泛地運用這組觀念，且不限於針對人體生命的指實，而是通透到各種理論基礎當中，成爲中國思想的根源探究。「託物言志」如何對應「形」與「神」的課題？或則說詩人如何運用外在的形象表述內在的精神，「物相」與「精神」如何得到統協？詠物如何呈現「物」與「我」的關係？

第一節　不即不離——物我關係

詠物詩，「詠」是透過主體心靈觀照，將形象以文字媒材捕捉下來，「物」是外在客體心靈觀照的對象，「詩」則是一種文字精煉的語言表達形式，「詠物詩」即主體心

靈如何觀物、寫物與狀物，在主體與客體之間，以「詩」
之形式捕捉主體心靈所要表達的情志，藉由「物」來傳
達，成為詩人折射心靈的一種表述方法。

　　中國觀物的層次由感物而體物，再由體物而達物我
交融、神與物遊。所謂的「感物」是指人心受外在客觀
環境的引發觸動，生發心緒激蕩悵怏之情，情思流動順
隨外物而流轉，鍾嶸《詩品》云：「氣之動物，物之感人，
故搖蕩性情，形諸舞詠」，凡此種種感蕩心靈的物色，皆
可依託詩歌以寄情展義。徐禎卿《談藝錄》也說：「情者，
心之精也，情無定位，觸感而興，既動於中，必形於聲。」
（《歷代詩話》頁 756）或云：「夫情能動物，故詩足以
感人。」（頁 766）；或如王世懋《藝圃擷餘》云：「觸物
比類，宣其性情」所言皆直指外物動心，情識活動受物
染而發，隨時流動，不可拘控。《韻語陽秋》卷一亦云：
「老杜寄身於兵戈騷屑之中，感時對物，則悲傷係之。
如感時花濺淚是也。」並指出杜詩中多喜用「自」字，
如〈田父泥飲詩〉云：「步屨隨春風，村村自花柳」；〈遣
懷詩〉云：「愁眼看霜露，寒城菊自花」；〈憶弟詩〉云：
「故園花自發，春日鳥還飛」；〈日暮詩〉云：「風月自清
夜，江山非故園」；〈滕王亭子〉云：「古牆猶竹色，虛閣
自松聲」等等詩例，皆有「自」字，此一「自」字點出
萬物自然生發之理，順隨歲時自發，無待於人，但是人
類對於外在物境，卻有喜有悲：「言人情對境，自有悲喜，

而初不能累無情之物也。」(《歷代詩話》、頁 484)寫出
人的情思因物境而起偏執悲喜之情，心識既受外物觸
引，則不能不指事造形，窮情寫物，此即「體物」的工
夫，但「體物」卻非上乘，自六朝巧構之風盛行，似乎
指出中國追求形似之美的路徑，實則不然，在形似的蹊
徑中，逐漸開出「詩禁體物」之風潮，尤其到了宋代更
以追求「意」勝於「形」與「象」的境界，《石林詩話》
云：「詩禁體物語，此學詩者類能言之也」(《歷代詩話》
頁 436)指出詩忌體物太過於工巧，文字太貼切物象，
拘執物相，即有滯有障，不能悠然出入其中，所以中國
最忌貼物太緊，若只得物相，未能得物神，難免有憾，
此即東坡譏「論畫以形似，見與兒童鄰」。體物之妙須在
物相之外，求其形神相應，而非取形遺神。桓譚云：「精
神居形體，猶火之然燭，如善扶持，隨火而側之，可毋
滅而竟燭」(弘明集卷五)即說明形神之關係互為表裡，
而在詠物詩中，如何對應「物」、「我」之「形」、「神」
關係？

壹、觀照物象的進程

　　詠物詩如何摹寫物象？如何藉物達志？我們將其擘
分為下列進程。

一、指物呈形，刻畫惟肖

　　詠物詩既然以品題物象爲主，則物象之呈展，成爲
作詩者狀寫物象的工力所在。《彥周詩話》云：「王筠爲
沈約作草木十詠，直寫文詞，不加篇題。約曰：『此詩指
物呈形，無假題注。』東坡作竹䶉鼠詩，模寫肥腯醜濁
之態，讀之亦足想見風彩」（《歷代詩話》、頁 395）指出
狀寫物象維妙維肖，故能不著篇題，觀覽者亦能見詩而
猜想其風貌；不假詩題，而語意自足，即是刻畫工巧之
作。六朝巧構形似之風，蔚成風尙，沈約《宋書·謝靈
運傳論》云：「相如工爲形似之言」；鍾嶸《詩品》銓評
張協云：「張協巧構形似之言」；鮑照條下云：「其源出於
二張，善製形狀寫物之詞，得景陽之詼詭，含茂先之靡
嫚，然貴尙巧似。」（《歷代詩話》、頁 14）；顏之推品評
何遜云：「何遜詩實爲淸巧，多形似之言」（《顏氏家訓·
文章篇》），所以劉勰針對時代風尙，指出「文貴形似」
的寫作風氣：「巧言切狀，如印之印泥，不假雕削，而曲
寫毫芥，故能瞻言而見貌，即字而知時也」（《文心雕龍·
物色》）正是對時代發言，再對照沈約的郊居十詠，不署
題即能知其物，充份發揮巧構形似之寫作理則，所以宋
代黃徹《䂬溪詩話》卷五亦云：「沈約命王筠作「郊居十
詠，書於壁，不加篇題。約云：「此詩指物呈形，無假題
署」（《歷代詩話續編》、頁 369）

　　明代都穆《南濠詩話》云：「沈先生啓南，以詩豪名
海內，而其詠物尤妙。……皆淸新雄健，不拘拘題目，

而亦不離乎題目，茲其所以爲妙也。」（《歷代詩話續編》頁 1362）前云沈約郊居十詠，不署題名，亦能想見其貌，此則指出詠物必須扣題，亦不拘限於題目所指，才能圓轉自如。無論詠物是不離題或不拘限於題目所指，皆落跡於「形」的刻摹，非爲最高境界。

「指物呈形」是六朝寫作的一種風範，其後寫者亦有，曾季貍《艇齋詩話》云：「唐人〈江行〉詩云：『賈客畫眠知浪靜，舟人夜語覺潮生』此一聯曲盡江行之景，真善寫物也。予每誦之」（《歷代詩話續編》、頁 302）對於巧構形似、指物呈形的詠物詩，固能興發讀者體悟之詩趣，但是體物之工，本即是從創作的形式發言，亦即「文貴形似」或「巧構形似」實際上是肯定創作技巧能刻寫物象，文學觀念，若僅著物相，或是以「有法」、「有跡」來創作，本非上乘，僅能見寫作者體物之精妙，技巧高超精妙，不能察形見神，所以，曾季貍《艇齋詩話》針對此一現象提出批評：「春晚景物說出者，惟韋蘇州『綠陰生畫寂，孤花表春餘』，最有思致。如杜牧之『晚花紅艷靜，高樹綠陰初』，亦甚工，但比韋詩無雍容氣象爾。至張文潛『草青春去後，麥秀日長時』，及『新綠染成延畫永，爛紅吹盡送春歸』，亦非不佳，但刻畫見骨耳」（《歷代詩話續編》、頁 303）明示詩句工巧，詩非不佳，但是刻畫見骨，落於形跡，未免著相太過。

對於六朝詠物詩宋代的張戒從歷史的進程來評議，

《歲寒堂詩話》卷上云：「建安陶阮以前詩，專以言志，潘陸以後詩，專以詠物。兼而有之者，李杜也。言志乃詩人之本意，詠物特詩人餘事。古詩蘇李曹劉陶阮本不期于詠物，而詠物之工，卓然天成，不可復及。其情真，其味長，其氣勝，視三百篇幾于無愧，凡以得詩人之本意也。潘陸以後，專意詠物，雕鐫刻鏤之工日以增，而詩人之本旨掃地盡矣。」（《歷代詩話續編》、頁450）此中指出詠物若專意雕鏤工巧，無足觀也，張戒認為言志為詩人本意，必須情真、味長、氣勝方為佳作。葉夢得《石林詩話》亦云：「詩語固忌用巧太過，然緣情體物，自有天然工妙，雖巧而不見刻削之痕」（《歷代詩話》、頁431）直接透露緣情體物，以自然為工妙，不見刻痕，不落形跡。

　　故，六朝巧構形似、文貴巧似之後，唐宋以降，對於詩法反而從逆反的視域切入，指出「活法」、「無法」、「妙悟」的進路，以解消落跡形貌的文學思想。司空圖《二十四詩品》在「雄渾」一品中云：「超以象外，得其環中」；在「含蓄」品云：「不著一字，盡得風流」；在「形容」品云：「惟形得似」，充分體現超離形象或形似之跡，反對拘執於形貌；「不著一字，盡得風流」，連文字障皆欲解除，何況是物相或形似之體貌呢！嚴羽云：「大抵禪道惟在妙悟，詩道亦在妙悟」（《滄浪詩話・詩辨》）。清代的王士禎亦有相同的見解：「唐人五言絕句，往往入

禪，有得意忘言之妙」（《帶經堂詩話》卷三引《香祖筆記》），「得意忘言」即是捨筏登岸，「言」之不可恃，況於「形似」之技巧乎？

由上所述可知，在詠物的傳統中，必須經過「巧構形似」此一精鍊寫作技巧一環，但是拘泥於「文貴形似」則不僅呈現刻鏤痕，意旨亦常未能透顯，所以六朝「爭價一字之奇」的情形，成爲「情必極貌以寫物，辭必窮力而追新」（《文心雕龍‧明詩》）風尚之後，必有逆反的思潮與之抗衡。綜論之，指物呈形，在六朝蔚成風潮，「文貴巧似」、「巧構形似」是從物相著手，將寫作技巧提撕到能表達物象形貌的纖毫畢似，其下諸代，逆反此一審美觀念，冀能從形貌中解消出來，追求其神，達成寫物狀情的目的，此一美學觀念的逆轉，其實是從形式技巧中脫困而出，不落形跡，不著物相，體契道家的逍遙無待、澄懷觀道，也契入禪宗的妙悟神會、情累都忘的境界。

二、離形得似，傳神寫照

《文心雕龍‧夸飾》云：「夫形而上者謂之道，形而下者謂之器。神道難摹，精言不能追其極；形器易寫，壯辭可得喻其真」明示「道」、「器」不同，有固定形體的器物，易描寫形貌，而無形貌的「神、道」雖有精言，亦不能追其究極，故而，從「巧構形似」之中，往前躍

進，代表詠物詩的一種進境，「離形得似」的工夫正是跳脫拘執形象的束縛；「傳神寫照」的工夫則是直指「神」是掌握形貌的一種契機。《世說新語・巧藝》記載顧愷之畫人數年不點目睛，人問其故，其云：「四體妍蚩，本無關于妙處，傳神寫照，正在阿堵中。」揭示形體雖大，美醜有定，皆無關妙處，唯有目睛才是掌握一個人的神采處，「傳神寫照」即成爲中國人體契形神的關捩處。

「離形」是擺落形體拘執，「得似」卻並非完全離形而存，尚需形似，如何形似？即在「神」之掌握，所以「離形得似」展現的是「傳神寫照」的精神義蘊，「寫照」依然是「形」的巧構，但是「傳神」則是「離形得神」的掌握，所以第二個進程是在「離形得似」中「傳神寫照」。《二十四詩品》中「形容」條下云：「俱似大道，妙契同塵，離形得似，庶幾斯人。」，《白石詩話》云：「體物不欲寒乞」（《歷代詩話》、頁682）皆不從形貌追躡物相，刻意擺落「形似」，而追求「神似」，「形似」僅著物相刻摹，「神似」則是「離形得神」的真蘊，有真精神、真氣象、真神韻能表現物體者，才稱得上「神似」。葉矯然《龍性堂詩話》初集云：「詩貴神似，形似末也。楊廷秀作《江西宗派詩序》云：『形焉而已矣，高子勉不似二謝，二謝不似三洪，三洪不似徐師川，師川不似陳後山，而況似山谷乎？味焉而已矣，酸鹹異和，山海異珍，而調胹之妙，出乎一手也。似與不似，求之可也，遺之亦

可也。」宋人論詩，此最神解。……所謂二其形，一其味；二其味，一其法者也。東坡云：『賦詩必此詩，定非知詩人』徐熙畫花卉，意在不似，有高於似者，是謂神似。詩曰：『惟其有之，是以似』神似之謂也。」（《清詩話續編》、頁949）也指出「神似」之法，意不在「形似」而在「神似」方能得三昧。如何創作才能達到「神似」呢？據謝榛《四溟詩話》卷二云：「趙章泉謂『作詩貴乎似』此傳神寫照之法。當充其學識，養其氣魄，或李或杜，順其自然而已。」（《歷代詩話續編》、頁 1164）明確指出必有學識、氣魄作根柢，才能「順其自然」如實的表現自我，此即是「法」。又如《艇齋詩話》云：「老杜寫物之工，皆出於目見」（《歷代詩話續編》、頁291）大詩人創作之法，根本於現實耳目之間，但是所以能超出凡人，主要是氣度、襟抱不同，而非執著於字句刻摹，是故謝榛又云：「詩無神氣，猶繪日月而無光彩。學李杜者，勿執於句字之間，當率意熟讀，久而得之。此提魂攝魄之法也」（《歷代詩話續編》、頁1164）

由上所述，由「形似」過渡到「神似」，不落跡物相，不刻意雕鏤字句，從詩家的學養、氣度表現出真精神、真氣象才是「傳神寫照」的極則。

三、超以象外，得其環中

　　司空圖《二十四詩品》「雄渾」品首先捻出：「超以象外，得其環中」的句式，但是，有此觀念並非始自司空圖，遠在《莊子‧齊物篇》中即云：「樞始得其環中，以應無窮。」原本莊子之意是指有應於心，乃能應對外物無窮的變化，而司空圖轉其意，指出能超象離象，卻又不離其中，表現出一種象外有神的境界，此亦即「不即不離」的境界。王士禛云：「詠物之作，須如禪家所謂不黏不脫，不即不離，乃為上乘。」（〈跋門人黃從生梅花詩〉）揭示中國人詠物的一條路徑。「不黏不脫、不即不離」即是詠物的最高境域，吳雷發《說詩菅蒯》即云：「詠物詩要不即不離，工細中須具縹緲之致」（《清詩話》、頁 831）。就詠物的層次而言，是指狀物時能夠表現物象，又能超離物象形體的拘執，呈現一種既是形象又超越形象的風姿格調。就「託物言志」的物我關係而言，則詠物一方面是表現物象，一方面又在物象之外關涉詩人的主體心靈的開顯，物與我，是一種不即不離、似物非我，似我非物的一種表現手法，表象是寫物，主體是顯發主體心靈，這種即物即我，即我即物的雙寫法，是詠物中「託物言志」的最高境界。

　　但是，在創作時如何達致「超以象外，得其環中」的藝術技巧呢？在畫論中有所謂的「神遇而跡化」的技法，例如清代八人山人之一的石濤云：「山川與予神遇而跡化也」（《畫語錄‧山川章》）揭示作畫時，以我之精神

59

與物相接遇，若落跡於畫相的呈現，畫相僅是詮表神遇
的形下方式，用在詩歌，語言文字僅是一種表述的媒材，
是形而下的技法表現，神要在象外、言外，使意能藉言、
象而自現，此即是得意忘言的方式，「託物言志」亦是站
在「意在象外」、「形在象外」的表現手法，使表述自我
情志的詩歌，能在神會妙達中含蘊物象的本質。謝靈運
的「池塘生春草，園柳變鳴禽」即是主體心靈與外物猝
然神會，不假雕刻描摹，而能「得於心而會以意」。

　　忘言、忘象、超形、超象是一種超脫，但是超脫易
逸失無法控捉，所以「得其環中」又收束於樞機之中，
此即構成「不即不離」的境界。

　　朱庭珍《筱園詩話》卷四：「詠物詩最難見長，處處
描寫物色，便是晚唐小家門徑，縱刻畫極，形容極肖，
終非上乘，以其不能超脫也。處處用意，又入論宗，仍
是南宋人習氣，非微妙境界。則宛轉相關，寄託無跡，
不黏滯於景物，不著力於論斷，遺形取神，超相入理，
固別有道在矣。少陵畫鷹、宛馬之篇，孤雁、螢火之什，
蕃劍、搗衣之作，皆小題詠物詩也。而不廢議論，不廢
體貼，形容仍超超玄著，刻畫亦落落大方，神理俱足，
情韻遙深，視晚唐、南宋詩人體物，迫如草根蟲吟耳。
是以知具大手筆，並小詩亦妙絕時人，學者可知取法矣。」
（《清詩話續編》、頁 2404）又云：「體物之功，鑄局之
法，斷不可少。此須沈心入理，於經史諸子，推求研究；

又於古大家集，盡力用一番設身處地反覆體認工夫；又於物理人情，細心靜驗，始能消除客氣，不執成見，以造精深微妙之詣，得漸近於自然。」（同上、頁 2405）朱氏之說最能體契詠物神韻。

　　「形」是「神」的外現，「神」是「形」的內蘊，從形式觀，詠物詩所要表現的就是隨意賦形，所在充滿的成就，從內容觀察，就是要達致象外追神的境界。

貳、不即不離與託物言志之關係

一、借物之形，抒我之情
　　陸機《文賦》云：「詩緣情而綺靡」揭示詩歌的緣情傳統，徐禎卿也指出詩歌的本質來自於情感，情動而有聲詞之定聲繪詞，其云：「因情以發氣，因氣以成聲，因聲而繪詞，因詞而定韻，此詩之源也」（《歷代詩話續編》、頁 956）
　　詠物詩的最高境界是要表現物我關係的不即不離，寫物即寫我，即物即我，即我即物的雙寫關係，其作用有三：一、藉由所詠之物的形體、本質、功能、遭遇來抒發我之情。二、藉由物相的特質、特色、作用表我之志。三、藉由所詠之物表達天地間人事遭逢、憤懣、不平等。亦即詩家透過詠物的手法將人事物理一一呈現出來。而運用「不即不離」的寫作手法，原就是要避開正

61

面的指斥、衝突，留有無限的想像空間予讀者發揮。作者之意，曲隱在字裡行間，達聞者足誡，言者無罪的效能。

　　在詠物的傳統中，藉物喻人，以物寫我之情，已是一種普遍的運用法則，自詩、騷以降，為例甚多。詩聖杜甫的詠物詩可分作兩類，一是單篇詠物詩，一是詠物組詩，乾元二年（759）在秦州時有〈歸燕〉、〈促織〉、〈蒹葭〉、〈苦竹〉；上元二年（761）有〈病柏〉、〈病橘〉、〈枯棕〉、〈枯楠〉；寶應元年（762）有《江頭五詠》，包括：〈丁香〉、〈麗春〉、〈梔子〉、〈鸂鶒〉、〈花鴨〉等等詠物組詩。鍾惺《唐詩歸》曾經指出杜甫的詠物詩：「有贊羨者，有悲憫者，有痛惜者，有懷思者，有慰藉者，有嗔怪者，有嘲笑者，有賞玩者，有指點者，有計議者，有用我語詰問者，有代彼語對答者，蠢者靈，細者巨，恆者奇，默者辨，詠物至此，仙佛聖賢帝王豪傑具此，難著手矣。」即指出其詠物詩已能充份發揮各種情志，達創作最高境界。

　　例如顧況〈子規〉云：「杜宇冤亡積有時，年年啼血動人悲，若教恨魄皆能化，何樹何山著子規？」首二句翻寫杜宇為冤死，故化為子規泣血悲啼，後二句寫人世恨魄若皆能化為子規鳥，則天下冤情恨事太多，何樹何山可棲子規呢？意雖設問，實寫人間恨事冤情太多。又如鄭谷〈鷓鴣〉云：「暖戲煙蕪錦翼齊，品流應得近山雞。

62

雨昏青草湖邊過，花落黃陵廟裡啼，游子乍聞征袖濕，
佳人才唱翠眉低。相呼相應湘江闊，苦竹叢深春日西。」
詩寫鷓鴣品貌似山雞，鮮麗如錦，然啼聲鉤輈格磔，使
游子思歸，閨婦牽愁，湘水江闊，對啼日暮深春，予人
無限淒迷感懷，蓋啼聲自在，而聽聞者自作如許悲。二
氏所寫，雖是詠物，但是在物中有我的性情、懷抱與感
念。薛雪《一瓢詩話》云：「蓋詩以道性情」（《清詩話》、
頁 622）即明示詩歌的作用之一，在於攄寫性情，以抒
懷抱。

二、託物之象，寫我之志

　　中國詩歌由採詩、獻詩、賦詩、教詩乃至後世文人
以作詩來明志，詩歌由一種共同集體的文化活動轉向詩
人情志的抒寫，逐漸深化與內化。但是在詠物的進境中，
並非只知用韻用典而已，而必須在吟詠物象當中深寓己
志，使己志能通透出來，前已指出，詠物基本的書寫模
式有二：一是客觀圖寫物貌，一是主觀藉物表抒曲隱未
達的情志，而中國論詩，又以第二類型為主述，所以詩
話所論，除了欲擺落圖寫形貌的技巧，尚須往上透顯詩
人藉物、託物的言外之意。此所以張戒《歲寒堂詩話》
卷上云：「使後生只知用事押韻之為詩，而不知詠物之為
工，言志之為本也，風雅自此掃地矣。」（《歷代詩話續
編》、頁452）明白揭示詠物之工，當以言志為本，物象

不過是詩人用來資藉吟詠的興寄、託寓的對象，主要仍要透過物象來傳釋己志。

例如米芾〈詠潮〉云：「怒氣號聲迸海門，州人傳是子胥魂，天排雲陣千家吼，地擁銀山萬馬奔，勢與月輪齊朔望，信如壺漏報晨昏，吳亡越霸成何事，一唱漁歌過遠村。」首、頷聯寫潮水洶湧，勢如萬馬奔騰，頸聯寫潮水之潮汐隨朔望而起伏迭宕，如壺漏報時不差片刻，末聯才藉潮水寫出自己觀潮之迭宕，引發對歷史感懷，是非爭如一曲漁唱，吳越興亡猶如潮水起落，永成逝水俱往。

例如王安石〈梅花〉云：「牆角數枝梅，凌寒獨自開，遙知不是雪，爲有暗香來。」簡短五絕將梅花凌寒的氣節寫出，因能在雪中傳出淡香，始知非雪而是寒梅獨開。安石欲藉梅之氣格寫自己卓犖不群的耿介個性。再看蘇軾的〈紅梅〉詩云：

「怕愁貪睡獨開遲，自恐冰容不入時，故作小紅桃杏色，尚餘孤瘦雪霜姿，寒心未肯隨春態，酒暈無端上玉肌，詩老不知梅格在，更看綠葉與青枝。」

亦是將梅花凌霜特質寫出，因不隨春天作態，又恐冰心爲世不容，只得故作桃杏色，表層寫梅，實際上用以喻人不隨時俗流塵表態，然又懼世俗不容，以爲矯情，遂

在時流中，故作隨俗之姿，然風華自現，孤瘦寒姿更覺
有風骨。王、蘇二氏皆藉梅之風格寫己之氣格，寫梅即
寫人，梅即是詩人自己的化身，藉物之特質來表抒自己
不隨時俗的品格。

　　由上可知，物僅是藉緣，詩人託物以寓寄自己身世
之坎坷、仕宦偃蹇、家國之念等，「物」之特質、表徵是
表層意義，深層意義當在特質之外求其類比或旁通之意。

三、隨意賦形，所在充滿

　　西方哲學家向來嚴分形上、知識、本體及價值論等，
將人與外在客觀的物象作一區隔，但是中國觀「物」的
態度從來即是從主客相互融攝的面向去思考人與物、主
與客之關涉，其中顯發兩種觀物態度之異。

　　形與神不即不離，「不即」是不要太黏皮帶骨，拘執
物相；「不離」亦即不可離形貌太遠，否則如謎語，教人
無從猜起，此即屠隆《論詩文》所云：「詩道之所以爲貴
者，在體物肖形，傳神寫意，妙入玄中，理超象外。」
所以寫物的要妙之境在：既要肖物體之形，又要傳神寫
意，理超象外，使不著物相，又能得其神韻，若刻畫形
貌，追象求形，則無甚可觀，張謙宜《糸見齋詩談》卷
二云：「詠物貼切固佳，亦須超脫變化。宋人〈猩毛筆〉
詩『平生幾兩屐，身後五車書』，〈芭蕉詩〉：『葉如斜界

紙，心似倒抽書』非不恰肖，但刻畫太細，全無象外追
神本領，終落小家。證諸杜陵詠物，方信予言不謬。」
（《清詩話續編》、頁 805）又云：「杜詩詠物，俱有自家
意思，所以不可及。如苦竹，便畫出箇孤介；〈除架〉便
畫出箇飄零人；……」（頁 805）又云：「仇滄柱云：『不
離詠物，卻不徒詠物，此之謂大手筆。』此言極當，凡
託物以自況處，皆作如是觀。」（頁 805）明白揭示託物
自況之詠物詩，當在不離詠物，又能不僅以詠物爲主，
而要在物象之外，表達詩人象外追神的精神，不僅表達
物之精神，更要表達詩人的精神。《杜工部草堂詩話》卷
一引《詩眼》云：「……其模寫景物，意自親切，所以妙
絕古今。……皆出於風花，然窮理盡性，移奪造化……」
（《歷代詩話續編》、頁 202）即指出杜甫的詩歌皆出於
日常的風花，但是「窮理盡性、移奪造化」的能力，卻
是妙絕古今，此所以能表現自己風貌之故。其實，詠物
詩之難，即在於有具象可摹寫，又有抽象之意，充沛於
詩中，如何達到「象」與「意」結合而無刻痕，如何寫
物不會太淺太露，如何寫意不會太詳太盡，實非容易，
此所以張戒《歲寒堂詩話》卷上云：

　　「梅聖俞云：『狀難寫之景，如在目前』元微之云：
『道得人心中事』此固白樂天長處，然情意失于太詳，
景物失于太露，遂成淺近，略無餘蘊，此其所短處。」

（《歷代詩話續編》、頁457）

詠物之層次應有三種層次，先由「形似」之「指物呈形」
過渡到「神似」之「傳神寫照」，再由「傳神寫照」擺落
「形、神」的辨析，進而達至隨物賦形，所在充滿的境
域。這樣的進階是由客觀外在的觀照進化到內在心靈表
述，而在表述的過程中，已將物我泯合無分際，使物中
有我，我中有物，讀者觀照此類詠物詩時，即能體契「物」
與「我」雖是二分，實則已融攝於一，無分物我，此一
「不即不離」的觀物、寫物方式，即是中國審美過程中
消解物我，達到物我兩契的效能。所以詠物詩觀照的路
向，應如下所示，方爲最高境域。

「形似」　　　━━━━▶　「神似」　　━━━━▶　隨物賦形

參、「不即不離」表現「物我關係」的意義

一、中國人觀物的主體性格

　　物，僅是一種符象，但是中國人在對治「物」時，
常有一種主觀的意識流露，物象自然自在的存有，但是

人的主觀情志常會影響觀物的態度，此所以王若虛《滹
南詩話》卷二云：「山谷題陽關圖云：『渭城柳色關何事，
自是行人作許悲。』夫人有意而物無情，固是矣。然夜
發分寧云：『我自只如常日醉，滿川風月替人愁』此復何
理也？」（頁519）行人自悲，與滿城柳色無關；山川風
月無愁，僅是我以醉眼視之，但覺風月皆在爲人悲傷惆
悵。此一觀物的態度揭示中國人的主體性格，客體會染
我之情，所以藉物來表述情志時，即將物與我作一關連
性，我即物，物即我，寫物即寫我，寫我即透過物來表
抒，是故，勾勒物體形象時，實際上已關涉主體性格。[1]

二、審美意識的展現

　　中國體契詠物之美感，如前所述，在於「隨意賦形，
所在充滿」，從創作技巧而言，應擺落刻摹物象、巧構形
似的技術層面，而達到傳神寫照的境域，再由傳神寫照
進到隨意賦形的層次。從表現的意蘊而言，應由「物象」
特質的體現，進而寓人於物，將人之氣格風度含蘊其中，

---

[1] 攸關談論中國主體性格，多從哲學或思想的視域切入，所論
多有精闢見解，本處所論難免粗疏，或可參考唐君毅、張君勱、
牟宗三之論著。

物象僅是表層意義，託物抒情言志才是深層意義，透過
物象來表達詩人曲隱之志。從思想的體契而言，使物我
相合，寫物即寫人，物之特質即是人的品格表徵，是中
國詠物詩所要表現的精蘊所在。金王若虛《滹南詩話》
卷一曾評驚白居易的詩歌，能曲盡情致，充份表現其元
氣，不論是長篇或是短篇皆無牽強之姿，非刻意苦吟而
得之句。蓋人之才份有深淺、良窳，所表現的才情自有
份定，其云：「樂天之詩，情致曲盡，入人肝脾，隨意賦
形，所在充滿，殆與元氣相侔。至長韻大篇，動輒數百
千言，而順適愜當，句句如一，無爭張牽強之態，此豈
撚斷吟鬚悲鳴口吻者之所能至哉！而世或以淺易輕之，
蓋不足與言矣。」(《歷代詩話續編》、頁 512) 以「順適
愜當」形容白居易的詩風，時人以淺易評居易詩，王若
虛以為不當。

　　王若虛《滹南詩話》又云：「東坡云：『論畫以形似，
見與兒童鄰，賦詩必此詩，定知非詩人』夫所貴于畫者，
為其形似耳。畫而不似，則如物畫。命題而賦，不必此
詩果為何語。然則坡之論非歟？曰：論妙于形似之外，
而非遺其形似，不窘于題，而要不失其題，如是而已耳。」
(《歷代詩話續編》、頁 515) 指出賦詩必在形似之外求
其妙，而非刻意求不似；在題意中求意，卻不必拘於題
目，方能不寸步規矩難行。賀裳《載酒園詩話》卷一云：
「詠物詩惟精切乃佳，如少陵之詠馬詠鷹，雖寫生者不

能到。至于晚唐，氣益靡弱，間于長律中出一二俊語，便囂然得名。」（《清詩話續編》、頁 225）又云：「宋人詠物詩亦自有工者，如林和靖蝴蝶詩『清宿露花應自得，暖爭風絮欲相高』，神情俱似矣。後二語用韓馮、莊周事，亦佳。」指出「神情俱似」是詠物之高者，這是皆體現了中國的審美觀照。

三、存在處境的揭示

　　詠物詩除了藉用表象的物來傳達曲隱之情志外，最主要是透過物象之特質來體現詩人存在的處境，藉物表述己志，以相同的遭遇來抒發自己特殊際遇感受，使物能著我之情，染我之志，張戒《歲寒堂詩話》卷下「江頭五詠」云：「物類雖同，格韻不等。同是花也，而梅花與桃李異觀，同是鳥也，而鷹隼與燕雀殊科。詠物者要當高得其格致韻味，下得其形似，各相稱耳。杜子美多大言，然詠丁香、麗春、梔子、鸂鶒、花鴨，字字實錄而已，蓋此意也。」（《歷代詩話續編》、頁 471）指出詠物形似之外能得其格致韻味，雖然同是詠物所取之物象，即代表詩人特殊的觀物的面向與視域，例如梅與桃李之異，鷹隼與燕雀之殊，詩人表現詩歌時，在選擇物象時即已內蘊特殊之情與擬寓寄之志了，所以物象的擇

取，自然關乎情志之表抒。杜甫〈江頭五詠〉所取物象，各有所指，〈丁香〉一詩，據張上若云，是杜甫自喻見棄遠方，安份隱退，不復懷末路之榮以賈禍。楊倫指出〈麗春〉一詩是自喻競進者多，自己獨耿介自守，不移其性，故人之知杜甫者少，因末二句詩云：「如何此貴重，卻怕有人知」。又，〈梔子〉有句云：「無情移得汝，貴在映江波」，遂有自傷以有用之材而孤冷不合於時，甘自老於江湖的說法。〈鸂鶒〉末二句云：「且無鷹隼慮，留滯莫辭勞」遂云杜甫自喻失位於外，無心求進，有留滯之嘆，但當安於義命之說。〈花鴨〉末二句云：「稻粱霑汝在，作意莫見鳴」用以指杜甫自喻以直言救房琯外斥，惟恐易招世忌而欲有心韜晦之說。[2] 楊倫以此解杜詩，即是以子美之處境爲其作注。[3]

託物言志之詩，有時示現作者之存在處境，不言而諭。

---

[2] 請參見楊倫《杜詩鏡詮》卷九，頁 385—388，台北：華正書局，無出版年月。

[3] 楊倫以此注杜詩，或爲子美所不許，然而作者之意未必然，讀者之意何必不然？作者不可重出，作意不可確知，則後人猶斷斷論述，並非不可，尤其，近年來文學論述由作意轉向讀者詮釋的角度，蔚爲風潮與典範，益使觀照文學的面向多元而紛歧豐富。而這亦可納入文學再創作的環結之中。

第二節　比興託喻——用語方式

　　中國詠物詩書寫的模式，基本上可分為兩大類型：

一、客觀圖寫物象式。

　　以一物一題方式吟詠具實物象為主的詠物詩，例如唐代李嶠之詠日、月、星、風等凡百二十首，在中國詩歌發展過程中，《詩經》由采詩觀風、獻詩陳志、賦詩明志、作詩言志，楚騷以抒發自我為，兩漢以政教解詩，六朝由感物到體物、寫物，逐漸由兩漢古詩十九首的抒情自我邁向巧構形似的路徑，與傳統藉物起興、擬譬取況、託物言志的詠物詩分流發展，開出一條純粹圖寫形貌的路線。（但是，傳統主觀的寫物，亦在六朝中有所因承。）在此系中，六朝亦有將詠物視為一種即席遊戲之作，例如同詠坐上器玩、物品，謝朓有〈詠烏皮隱几〉、沈約有〈詠竹檳榔盤〉、王融〈詠幔〉等等，亦有將山水、庭園等耳目所見之物皆摹寫在內[4]，這些皆說明六朝人視詠物詩為一物一詠，遊戲性質較強，與抒情自我或託物

---

[4] 洪順隆先生將六朝詠物詩發達的原因分從：文體演變、生活領域伸張、詩體演變、外在因素、文體本身內在因素五方面來論析，其中「生活領域伸張」一條指出六朝詠物的內容由自然山水擴及庭園、器玩等等，擴大了摹寫物象的範圍。請參見《六朝詩論·六朝詠物詩研究》、頁 11—17、文津、1985。

言志的路徑不同。

　　所謂的圖寫物貌，即是刻摹所詠之物爲主，不涉詩人主觀情志，例如謝脁〈詠鸂鶒〉云：「蕙草含初芳，瑤池曖晚池，得廁鴻鸞影，晞光弄羽翼」，即是刻摹鸂鶒在池邊戲水弄羽的姿影。蕭衍〈詠笛詩〉云：「柯亭有奇竹，含情復抑揚，妙聲發玉指，龍音響鳳凰」摹寫笛爲奇竹所製，音聲含情，抑揚有味，卻無託喻之情。

二、主觀摹寫物象式

　　藉物起興或抒懷言志，自《詩經》、〈楚辭〉以降即形成一種寫作技巧，經六朝以後，藉物詠懷的書寫模式廣爲詩家喜用，例如阮籍〈詠懷〉四言有十三首，五言有八十二首，多藉物起興或抒懷，例如〈天地絪縕〉一詩寫高松長楚、草蟲哀鳴而引發的「感時興思」，〈月明星稀〉一詩寫春華灼灼，綠葉含丹，欲從二女，適彼湘沅，優哉游哉的情志。〈清風肅肅〉一詩寫鳴鳥求友，令人哀嘆，而自己志存明規，心存芳蘭的德操。左思〈詠史〉有八首，〈鬱鬱澗底松〉一詩以澗底松自傷沈淪下僚，而寸莖之苗因藉山勢而能蔭百尺之高，若世胄之躡高位，其託喻不平之情，藉物而發。凡此諸例，皆有所感懷而藉物表述自我的情志。

　　第一種客觀圖寫形貌式，大抵以「賦」筆手法爲之，或鋪陳物象之特色、特質、或表現其功能性、作用性，

或刻摹其形貌、體態等等，第二種主觀摹寫物象則爲中
國詠物詩的主流，常以「比」、「興」的手法爲之，或以
物喻我、或以我喻物、或藉物起興、或託物表述情志、
或藉物諷喻，訴諸的目的性容或不同，但是基本的書寫
模式，不脫「比」、「興」二法。中國詠物詩雖有圖寫形
貌之作品，但是論述詠物詩若僅落跡於圖物寫貌，必不
能深契中國詠物詩的特質，須在物象之外求其言外之
意。物與我的關係是「不即不離」，物即我，我即物，物
非我，我亦非物，如此雙遣雙非，既是又非的關係，即
是詠物的特質，此一特質的表現手法是透過「比、興」
二法來傳達，而其目的性是透過曲隱的方式達致託喻的
效能，所以詠物詩的用語方式基本上以「比、興」二法
爲之，以達致創作的目的。所謂的託喻[5]，即是假託他物

---

[5] 顏師崑陽曾將「託喻」定義爲：「劉勰所謂『託喻』，涵有三
義：一是寄託；二是譬喻；三是勸諫或告曉。」。並且指出「託
喻」雖是語言構作方式，但其義涵不僅爲語言本身之隱喻或象
徵而已，必「緣事而發」，並以「微言相感」，並將「託喻」運
用的範圍擴及：作者「實存情境」、作品「語言情境」、讀者「實
存情境」三方面的連類脈絡中之社會文化行爲。請參見〈論詩
歌文化中的「託喻」觀念——以文心雕龍‧比興篇爲討論起
點〉，該文輯入《魏晉南北朝文學與思想學術論文集》的三輯、
台北：文津、1997、頁 211—253。

來譬喻，使意旨能明白顯示，但是其弔詭性格亦在此，一方面是以假託的方式表達，一方面又希望透過此一方法表述自己曲隱宛轉的意蘊。

壹、物象呈現方式

　　詩人在呈現物象時，有兩種基本創作心態，一是模仿式的表現方式，極盡物態與物情，表現物象的形貌；一是表現式的表現方式，將物視為客體，藉由客體來表現自己的情志或另有寓寄的意義。以下我們分述之。

一、模仿式詠物詩

　　所謂「模仿式」的表現方式，基本上是將所欲詠誦的對象，當成主體，窮力表現物象，使物象能如實重現於當前。此一表現方式，將詩歌視為表現的媒材，複製物象，形成一種客觀摹寫的手法，在西方稱為「模仿式」，在中國則視為客觀圖寫形貌的方式。藝術有兩大流派，其一即主張所有的藝術品是自然物的再現，亦即透過模仿達到肖貌畢似的情狀，事實上，在中國並非無「模仿式」的詠物詩，但是，中國人注重人與萬物相互融攝與契會，較不重客觀寫物、狀物之工，此所以歷來詩論家

提倡詠物詩必須不黏不滯，不沾皮帶骨，葛立方云：「蓋
摛章繪句，嘲弄風月，雖工亦何補，若睹道者，出語自
然超詣，非常人能蹈其軌轍也。」（《歷代詩話・韻語陽
秋》、頁 507）指出作詩雖工巧，若不能出語自然超詣，
亦無足觀也。」，錢詠亦云：「詠物詩最難工，太切題則
黏皮帶骨，不切題則捕風捉影，須在不即不離之間。」
（《清詩話・履園譚詩》、頁 821）吳雷發云：「詠物詩要
不即不離，工細中須具縹緲之致。……」（《清詩話・說
詩菅蒯》、頁 831）錢、吳二氏皆主張詠物詩須能不即不
離，所謂的「不即不離」即是刻摹物象時，不可太雕皮
鏤骨，形貌畢具，但是也不可太縹緲悠忽，否則如詩謎，
無由猜想。

　　例如朱庭珍《筱園詩話》卷一云：「甚至一花一木，
一禽一鳥之微，詠物詩中，亦必夾寫自家身份境遇，以
為寄託。」（《續清詩話》、頁 2343—4）；又如《方南堂
輟鍛錄》云：「詠物題極難，初唐如李巨山多至數百首，
但有賦體，絕無比興，痴肥重濁，止增厭惡。」（《清詩
話續編》、頁 1939）朱庭珍指出詠物詩必須能寫自己身
份境遇，非徒刻摹物象，方南堂指出詠物詩須有比興手
法，不可僅以鋪陳手法狀物，二氏揭示中國人對詠物詩
的觀點，如果僅以客觀圖寫形貌，將物象再現，必未能
體悟中國詠物詩高妙之處。蓋詠物，物是客體，必藉由
主體之人來示現自己的觀物方式以及藉物擬譬寓寄情志

所在，方能體契詠物之妙。是故，詠物詩以模仿式的表現方式呈現，中國有之，但不是主流，也不居重要地位。

　　但是詠物並非一味地以表現寓意為主，若能抒發真性情亦可，此所以吳雷發指出「古人詠物詩，體物工細，摹其形容，兼能寫其性情，而未嘗旁及他意，將以其不寓意而棄之耶？彼其以此繩人者，蓋為見人有好句，以此抹煞之耳。」（《清詩話‧說詩菅蒯》、頁832）指出好的詠物詩，不必然要有寓意，如果以「寓意」來繩囿所有詠物詩，必寸步難行。

二、表現式詠物詩

　　所謂「表現式」的詠物詩，是以詩家所欲傳達的旨趣為主，物，僅是一種藉緣，詩人藉「物」來表述自己的情志才是最終目的，此所以中國詩歌當中，多藉物起興或擬譬取況或託物言志之詩較多的緣故，我們在閱讀中國詩歌時，應從此處體悟詩人藉物明志、遣興抒懷的旨趣。《靜居緒言》云：「諺云『欲工于詩者，先乎詠物』，語或有是，然詠物莫工于元人，元詩莫下於詠物。夫詠物則失之遠矣，即物而興情，緣情以成詠，使人目擊而道存者，斯工矣。」（闕名、《清詩話續編》、頁 1649）詠物之工，未必如其所言，以元人為工，但是詠物的效能即在於「即物興情」、「緣情成詠」，詩人感物而興情，

情動而有詩作，所有的詩歌，不是客觀摹寫物象而已，必須傳達作者之情意、襟抱。楊際昌亦云：「詠物詩有刻畫惟肖者，有淡遠傳神者，總以情寄爲主，風格佐之，乃不失比興之義。」(《續清詩話・國朝詩話》卷一、頁1684)揭示詠物詩不可失去比興之義，且須能寓寄情意，表現獨特風格者爲尙，例如萬壽祺賦草堂舊梅云：「百年冰雪身仍在，十日春風花已生」、汪楫賦茉莉云：「獨犯炎威出，冷然冰雪姿」楊氏皆指出「托物寫懷，皆屬高格。」可知楊際昌對於詠物詩的品味在於「托物寫懷」，孚應傳統對詠物詩興寄的格調。

前已明述詠物模式有二：客觀圖寫物貌式、主觀表述情志式，就託物言志而言，是屬於主觀表述方式，以下所論針對第二類型闡發。
所謂「託物言志」是作者藉由詠物的模式來傳達自己隱曲難言的情志，以託喻的方式來表述，我們依據表述的方式區分爲二個層次，其一是興寄式，以起興的方式來詠物，其後再言所詠的情志。其二是擬譬取況式，即以所詠之物作爲擬況的對象，採類比的方式來比擬自己的情志。

貳、物象託喻組構方式

詩有六義，自孔穎達《毛詩正義》揭示：「賦、比、

興是詩之所用，風雅頌是詩之成形」後，學者咸同意「賦
比興」是指詩歌的創作法則，「風雅頌」是詩經的體裁，
但是有時「比興」亦常連用為一個詞組，其中，關於「賦、
比」二義較無疑義，「興」與「比興」二詞較有歧義。歷
來經學家在「比」、「興」二字著墨甚多[6]，今人對於「比」、

---

[6] 關於「賦、比、興」之闡述，例如有東漢鄭玄在《周禮》大
師教六詩之下注云：「賦之言鋪，直鋪陳今之政教善惡。比，
見今之失，不敢斥言，取類以言之。興，見今之美，嫌於媚諛，
取善事以喻勸之。」。晉代摯虞《文章流別志・論》云：「賦者，
敷陳之稱也。比者，喻類之言也。興者，有感之辭也。」。梁
代鍾嶸《詩品・序》云：「詩有三義焉，一曰興，二曰比，三
曰賦。文已盡而意有餘，興也；因物喻志，比也；直書其事，
寓言寫物，賦也。」。梁代劉勰《文心雕龍・比興》云：「比者，
附也；興者，起也。附理者切類以指事，起情者依微以擬議。
起情故興體以立，附理故比例以生」。宋代朱熹《詩集傳》云：
「賦者，敷陳其事而直言之也。」、「比者，以彼物比此物也。」、
「興者，先言他物以引起所詠之詞也。」。明代李東陽《懷麓
堂詩話》云：「詩有三義，賦止居其一，而比、興居其二。所
謂比與興者，皆托物寓情而為之者也。蓋正言直述則易于窮
盡，而難于感發；惟有所寓托，形容摹寫，反復諷詠，以俟人
之自得，言有盡而意無窮，則神爽飛動，手舞足蹈而不自覺。」
凡此等等，或承舊說，或開新義，或從形式技法立說，或從義

「興」二義亦多所闡發[7]，本文僅就「託物言志」部份來
論述。

「比」義較少歧義，從寫作技巧而言，可視為一種
修辭方法，今之學者明確指出是修辭技法中的「譬喻」
法，根據今人所分，大略可概分為明喻、暗喻、略喻、

理來闡析，各有所見。

[7] 例如徐復觀〈釋詩的比興——重新奠定中國詩的欣賞基礎〉
指出「賦」是感情的直接形象，「比、興」是感情的間接形象，
間接形象有時會過渡到直接形象，有時並不直接點出，讓讀者
發揮想象。請參見《中國文學論集》、頁 97、台灣學生書局、
1982 年。葉嘉瑩將歷來攸關比、興之義歸納為兩種說法，其
一是將「比、興」視為詩歌的作法；其二不僅將「比、興」視
為詩之作法，且兼有美刺之意。請參見《中國古典詩歌評論集·
常州詞派比興寄託之說的新檢討〉、頁 187、台北：桂冠圖書
股份有限公司、1991 年再版。蔡師英俊則承徐復觀之說，「興」
義有其演變的歷史過程，並且指出「比興」的內容與意義從兩
漢經學家「美刺」、「諷諭」說，過渡到鍾嶸強調「滋味」的美
學效果、劉勰的修辭學說之歧出，最後歸結出「比、興」觀念
在歷史發展與演變過程中，不斷與現實政治發生關，互為變
項。請參見《比興物色與情景交融》第二章〈情景交融的理論
基礎上：比興〉、頁 109—165、台北：大安出版社、1986 年。
凡此諸說皆欲將「比、興」二義從歷史的雲霧中撥見真知灼見。

借喻四種；從審美效能而言，藉曲隱手法達到諷諫目的；
「興」義，歧義較多，據徐復觀所言，興義有起勢說、
詩中用興、結尾用興三種，主要是藉由外在客觀的景物
來表達內蘊的情志。「結尾用興」，常使用「以景結情」
的手法將意象蕩向無邊，含有餘不盡之意於景中，此一
方法與託物之法皆欲將「意旨」導向「言外意」有異曲
同工之妙，但是「結景法」是將「意」放在「景」中，
使之含無盡之意，開向無邊或無限性，但是，詠物卻要
將「意」放在「物」中透顯，在物象之外求其言內或言
外意。詠物詩藉物託喻，根據前面所云，客觀圖寫形貌
可視為「賦」的創作手法，而「主觀的摹寫物象式」手
法，依其組構方式，我們將之區分為：興寄式、擬譬式
二種。此二種與《詩經》六義中的「比、興」意義相近。
「賦、比、興」三義是指三種創作詩歌的技法，而興寄
式、藉物擬譬式或託喻式則是從物象的引譬連類的視域
切入，是指主觀摹寫物象時，擬譬取況的表達方式，與
「三義」純指三種寫作技法仍有區隔，亦即我們較重視
詩人欲透過物象來傳釋什麼樣的意義，而此一意義又非
直言的表抒，是透過含蓄婉轉的方式來表達，以下我們
分述之。

一、興寄式

　　在《詩經》六義中，意義最繁複的是「興」義，一

般而言，我們可將之區分爲三種說法，其一是起勢說，
先言他物，以引起所詠之物，其二是協韻說，例如顧頡
剛，其三是意義關連說，例如詩序所謂的〈關雎〉言后
妃之德，實際上已牽涉到政治風化的意義了，不再是純
粹的文學視域。此中，我們無須再費周章地證明「興」
義究竟是何種說法，但是，起勢說是「興」義之一，是
大家認可的，例如葉嘉瑩、徐復觀之說。

　　《懷麓堂詩話》云：「詩有三義，賦止居，而比興居
其二。所謂比與興者，皆託物寓情而爲之者也。蓋正言
直述，則易于窮盡，而難於感發。惟有所寓託，形容摹
寫，反復諷詠，以俟人之自得，言有盡而意無窮，則神
爽飛動，手舞足蹈而不自覺，此詩之所以貴情思而輕事
實也」（《歷代詩話續編》、頁 1374）揭示託物寓情二種
方式：比、興，其作用乃透過寓託，達到反復諷詠，使
難於感發的情感藉物形容摹寫而達到言有盡而意無窮的
效能。宋大樽《茗香詩論》也指出：「詩以寄興也。有意
爲詩，復有意爲他人之詩，脩辭不立其誠，未或聞之前
訓矣。……前之擬相如賦，猶不寄興之詩也，競利也；
後之作玄文，猶寄興之詩也，非競利也。孔子曰：『古之
學者爲己；今之學者爲人』」（《清詩話》、頁90）明示詩
的本質在於寄興。

　　所謂的「興寄式」是指藉物起興，主旨在「物象」
起興之後的「寄意」，其組構方式是：

甲 ＋ 乙

甲爲物象，乙爲所詠之主旨或事理，藉甲起興，以達聯類於乙。例如《詩經・葛覃》藉葛覃起興，首章寫葛覃可製衣服，女子百不厭；三章寫女子洗衣歸寧。《詩經》之外的詩歌傳統中，爲例亦多，唐代元結〈雲門二章〉其一云：「元雲溶溶兮，垂雨濛濛，類我聖澤兮，涵濡不窮」。其二云：「元雲漠漠兮，含映逾光，類我聖德兮，普被無方。」二詩可分爲兩部份，前半皆先詠雲，後半再藉由雲的特質寫聖德涵濡不窮、普被無方，此即是藉物興起的例子，所藉之物，並非隨意摭取，而必與所欲表抒的旨意有關涉。又如晉陸機〈園葵詩二首〉其二云：「翩翩晚彫葵，孤生寄北蕃，被蒙覆露惠，微軀後時殘，庇足周一智，生理各萬端，不若聞道易，但傷知命難。」詩的前半寫園葵晚彫蒙露的生長情狀，後半寫萬物生理不同，知命不易的感懷。此即是前半藉物起興，後半再抒發哲理。又如唐代秦韜玉〈釣翁〉云：「一竿青竹老江隈，荷葉衣裳可自裁，潭定靜懸絲影直，風高斜颭浪紋開，朝攜輕棹穿雲去，暮背寒塘戴月回，世上無窮嶮巇事，算應難入釣船來。」前半寫漁翁垂釣之樂，後半寫人世險巇，卻能不沾染於漁翁。

我們認爲詠物詩的解讀方式之一，即須辨認「藉物

起興」的用法，如是才能進入詩歌文化的活動中。何謂
「藉物起興」呢？即是藉由他物，以引起所詠之物，例
如詩經中比比皆是例子，其後，這種寫作技巧成爲表述
中國詩歌的基模之一，在詠物詩歌當中，此種基模亦復
存在，而且佔量不少，主要目的是避免直接勸誡的正面
衝突，以詩歌諷刺託喻的方式表抒可達到「言之者無罪，
聞之者足以誡」的效能，所以藉由物象來表達諷刺託喻，
亦是契入中國詠物詩的方式之一。

　　但是我們如何判斷一首詠物詩到底有無諷刺託喻或
另有寄託的手法運用呢？此時，必須以宏觀視野，考察
中國詩歌用物方式的技巧，例如以野草譬小人，以浮雲
蔽日象徵君王蔽於群小，凡此等等，皆是中國物象的象
徵系統之一，必須進入此一文化語境中才能知道其旁推
曲鬯的手法。請詳後論。

　　對於詩歌必有托物比興的說法，在詩話中比比皆
是。例如《麓堂詩話》云：「晦翁深於古詩，其效漢魏，
至字字句句，平側高下，亦相依倣。命意託興，則得之
三百篇者爲多，觀所著詩傳，簡當精密，殆無遺憾，是
可見已。感興之作，蓋以經史事理，播之吟詠，豈可以
後世詩家者流例論哉？」（《歷代詩話續編》、頁 1376）
又如《逸老堂詩話》卷上云：「鄂州蒲圻縣赤壁，正周瑜
所戰之地。黃州亦有赤壁，東坡夜游之地，詩人托物比
興，故有『西望夏口，東望武昌』，『非孟德之困於周郎

84

者乎？」，蓋坡翁亦有疑之之辭矣。」(《歷代詩話續編》、頁1307) 以上皆說明託物比興是詩人表達情意的一種手法。所以興寄成爲中國詩歌文化活動中，最佳的表抒方式之一。

二、擬譬取況式

《文心雕龍·比興》云：「夫比之爲義，取類不常，或喻于聲，或方于貌，或擬于心，或譬于事。」揭示「比」的運用方式，無固定模式，可取譬於聲、取類於貌、擬譬於心象思惟，或是以事譬況，說明「比」義的多元化與繁複性。[8]

《圍爐詩話》引馮定遠云：「宋人作著題詩，不如唐人詠物多寓意，有興比之體。」(《清詩話續編》本，頁523) 楊際昌《國朝詩話》卷一云：「詠物詩有刻畫惟肖

---

[8] 「比」義的繁複性，到了陳騤的《文則》，有了更清晰的分類，凡分爲十類：直喻、隱喻、類喻、詰喻、對喻、博喻、簡喻、詳喻、引喻、虛喻等，以對比譬喻的方式呈現，將中國的「比義」發揮的淋漓盡致，然而陳騤之分類，是指運用譬喻的語言技法而言，劉勰則是以取譬的事項內容爲主，二者顯然在分類的標準上並非採用同一基點。

者，有淡遠傳神者，總以情寄為主，風格佐之，乃不失
比興之義。」（《清詩話續編》、頁 1684）以上二條皆說
明比興之重要性與作用性。

　　所謂的「擬譬取況式」是指藉物擬人，或藉物譬況
的方式，重點是取「物」與所擬譬的對象有類似或相似
的特質，藉此一特質或類同性來取況。其組構的方式有
兩種，其一是：

甲　即　乙

甲為物象，乙為所詠之主旨或事理，以甲比擬於乙，以
達寄託或諷諭效能，此種比法，省略喻體、喻詞，只剩
喻依，是屬於修辭學中的「借喻」。例如《詩經·碩鼠》
以碩鼠比擬為橫徵暴斂的貪官。其後的詠物詩例亦多，
而「比」的組構方式有二，一、詩歌只有一部份以「比」
的方式呈現。在整首詩歌中，僅以部份的詩句呈現物象
的比擬，例如前引之杜甫之〈古柏行〉二、全詩以「比」
的方式呈現，例如陳代沈炯〈詠老馬詩〉云：「昔日從戎
陣，流汗幾東西，一日馳千里，三丈拔深泥，渡水頻傷
骨，翻霜屢損蹄，勿言年齒暮，尋途尚不迷。」表象以
詠馬為主，旨趣卻是表述自己年歲雖大，尚能為國建功，
中間省略喻體、喻詞，僅餘喻依，即以馬自況。

　　由於「比」義的表述手法若無說明或暗示，何由知

其為「比」，且所比為何事何物？一般而言，「比」義的
揭示，亦有二式：一、詩題、詩序或詩歌中即說明或暗
示「比」義。「比」義在現代的修辭學中有明喻、隱喻、
略喻、借喻等不同層次的譬況技法，在此，我們僅以明
示或未明示來區隔。有明示或暗示詩旨者有三：詩題明
示或暗示、詩序明示或暗示、詩歌中明示或暗示。例如
許瑤之〈擬自君之出矣〉詩云：「自君之出矣，金翠闇無
精，思君如日月，迴環晝夜生」以日月來譬況思念之殷
勤，日夜勤想未絕。此以「如日月」即是明示。二、全
詩徒以物象呈現，並未明示「比」義。此類詩歌在解讀
時，很難體悟所欲比況的意涵為何，讀者的預期視野，
以及對文化傳統物象的象徵往往是重要的關鍵之一。

　　例如蕭道成〈群鶴詠〉云：「八風舞遙翮，九野弄清
音，一摧雲間志，為君苑中禽」，從詩題與詩歌中，只能
讀出全詩以鶴為詠，「一摧雲間志，為君苑中禽」似有所
指，然未明何事，《南史》中有云，齊高帝鎮淮陰，為宋
明帝所疑，被徵為黃門郎，深懷憂慮，見平澤有群鶴，
命筆詠此詩，史傳說明詩歌本事，使隱微不顯的詩意，
透過解釋，得以朗現原意。全詩以鶴為喻，說明自己原
本舞翮於天地間，可惜誤入君苑，成為籠中鶴，省略喻
體、喻詞，亦是借喻一例。又如北魏雜曲歌辭錄有阿那
環〈楊白花〉云：

「陽春二三月，楊柳齊作花，春花風一夜入閨闈，
楊花飄蕩落南家，含情出戶腳無力，拾得楊花淚沾臆，
秋去春還雙燕子，願銜楊花入窠裡。」

詩歌詠楊花，據《梁書》所云，魏胡太后逼通楊華，楊
華懼禍，率部降梁，太后追思不已，作楊白花歌以念之，
經由史書揭示，吾人在閱讀此詩時，才能知其本事。

第二比型是：

乙類於甲

甲為物象，乙為主述之對象，藉甲物特質來寓寄或
表抒乙之主旨或事理，例如駱賓王〈在獄詠蟬〉藉蟬居
高食潔，自比高潔，無人可解的情志：「無人信高潔，誰
為表予心」「我」點出，以蟬喻己，有喻體、喻依是屬於
略喻的用法。

以上所言，是主觀摹寫物象式比法的組構方式，試
以圖表來揭示興寄式與擬譬取況式之異同：

表六：興寄與擬況之組構異同表

類別	意涵	組構方式	說明	舉例
興寄式	意在藉物起興	甲＋乙	甲為物象，乙為所詠之主旨或事理，藉甲起興，以	例如元結〈雲門二章〉藉雲起興，再由

			達聯類於乙	雲之特質，寫聖德涵濡不窮、普被無方。
擬譬取況式	藉物擬人或藉物譬況	甲即乙	甲爲物象，乙爲所詠之主旨或事理，以甲比擬於乙，以達寄託或諷諭效能，屬借喻法。	例如蕭道成〈群鶴詠〉以鶴舞天，誤入君苑，爲籠中鶴，比被徵黃門郎，深懷憂慮。
	類比於物的特質	乙類甲	甲爲物象，乙爲主述之主旨或事理，藉甲物特質來寓寄或諷諫有連接的喻體或喻詞時，是屬於明、隱、略喻法。	例如駱賓王〈在獄詠蟬〉藉蟬居高食潔，自比高潔，無人可解的情志。

　　依據人與物的互喻方式來觀察，以人、物互擬互況的情形，則另有「以人喻物」、「以物喻人」二型，亦是託物言志比法的表述方式，藉物擬容取象。

一、以物喻人

　　例如蘇軾〈寓居定惠院之東，雜花滿山，有海棠一株，土人不知貴也〉詩中以海棠喻人云：「嫣然一笑竹籬間，桃李漫山總粗俗，也知造物有深意，故遣佳人在空谷，自然富貴出天姿，不待金盤荐華屋，朱唇得酒暈生

臉，翠袖卷紗紅映肉」以美人姿態摹寫海棠嬌容，但是，
寫物即寫人，詩末云：「忽逢絕艷照衰朽，嘆息無言揩病
目，陋邦何處得此花？無乃好事移西蜀，寸根千里不易
致，銜子飛來定鴻鵠，天涯流落俱可念，為飲一樽歌此
曲，明朝酒醒還獨來，雪落紛紛那忍觸。」寫海棠天涯
流落傷無窮，而東坡傷海棠是亦自傷也，一句「天涯流
落俱可念」點出東坡烏台詩案後被貶黃州起伏不平的心
情。此詩的寫物手法，先是以物擬人，再以「天涯流落
俱可念」將物與人關合起來。寫物即寫人，憐物即自憐。

　　東坡另有〈海棠〉一詩，其云：「東風裊裊泛崇光，
春霧空濛月轉廊，只恐夜深花睡去，故燒高燭照紅妝」
亦是以花擬人，以物比人，「只恐」二句寫愛花、惜花，
並將花視為美人，夜來持燭欣賞的雅興。在古典詩歌中，
常以花喻美人，例如五代孫魴〈看牡丹〉頸聯云：「北方
有態須傾國，西子能言亦喪家。」以牡丹比作北方傾國
傾城佳人。宋代王禹偁〈芍藥開花憶牡丹〉末二句云：「明
皇幸蜀楊妃死，縱有嬙嫱不喜看」，寫牡丹謝落後，猶如
馬嵬坡賜死之楊妃，縱有宮妃三千亦不足看。五代李建
勳〈殘牡丹〉頸聯云：「失意婕妤妝漸薄，背身妃子病難
扶」極寫牡丹花殘若失意婕妤、背身妃子。這些皆是將
美人與花作關合的詩例。除花之外，物象取譬亦多，再
舉唐人梁鍠〈詠木老人〉一例說明，其云：「刻木牽絲作
老翁，雞皮鶴髮與真同。須臾弄罷寂無事，還似人生一

夢中。」詩詠木製傀儡老翁，戲後繁華事散，只如一夢，表象以物喻人，深層意義寫人生亦如牽絲之木製老人，一生隨人提弄，最後終如大夢一場，終歸寂靜。

　　以物喻人，將物象人格化或將之具象化，使物象具有人物之體態姿容，同時也著染人物之情緒與品格。

二、以人喻物

　　劉楨〈贈從弟〉云：「亭亭山上松，瑟瑟谷中風，風聲一何盛，松枝一何勁，冰霜正慘淒，終歲常端正，豈不罹凝寒？松柏有本性」表層意義寫松樹經霜雪仍然表現端正之姿，深層欲以松之歲寒心來自喻忠貞之志。虞世南〈詠蟬〉：「垂緌飲清露，流響出疏桐，居高聲自遠，非是藉秋風」表層意義寫蟬居高食潔，叫聲響亮，非是憑藉秋風使音聲傳遠，而是居高音聲自能遠傳，其深層意義，藉蟬自喻立身高潔。晉代郭愔〈百舌鳥詩〉：「百舌鳴高樹，弄音無常則，借問聲何煩，末俗不尚嘿」（《先秦漢魏晉南北朝詩》、頁775）表層意義寫百舌鳥鳴叫無一定音律曲調，聲音繁劇，令人不悅，深層意義暗喻播弄是非，無一定行為準則之人，可惜流俗不喜沈默寡言。郭震〈古劍篇〉寫龍泉寶劍雖有良工鍛煉，顏色如霜，錯鏤金環，然而卻未能一展長才：「何言中路遭棄捐，零落漂淪古獄邊，雖復塵埋無所用，猶能夜夜氣沖天」，縱

使無用遭塵埋，亦能展現沖天的光芒，表層寫古劍捐棄不用猶能自愛，展現凌厲光芒，深層意義則以劍寫人，有才之士，豈甘沈淪下僚，猶要自現光華。李白〈詠柳少府山瘦木樽〉二首之一云：「擁腫寒山木，嵌空成酒樽，愧無江海量，偃蹇在君門」表層意義寫楠樹無用，製成酒樽，因無棟梁之材，未能大用，只能偃蹇成小器。深層意義是藉酒器寫自己材大難用，偃蹇未遇。

以物喻人，藉物之形象將人與物關合起來，使悲憤不遇、失意坎坷、沈淪下僚的遭逢以曲隱方式表現出來，既不失溫柔敦厚之詩旨，亦能抒寫個人積鬱不通的情結。

第三節　得意忘象──意之隱顯

壹、物象符號性質與意義關係

託物言志的構作方式是「物」與「言」、「意」組構而成，作者如何透過「物」之「象」來達致「意」之傳達？「言」在表述「物象」時能否能實地將「意」傳釋出來？此即涉及物象的符號性質到底能否有效地表述「意」甚至「言外意」？意義的探尋是否是單向度的發展？

《莊子・天道》云：「語之所貴者，意也。意有所隨；意之所隨者，不可以言傳也。」揭示語言之所貴，在於

能表「意」，意須附載於語言形式上才能存有，意符雖能載意，但是「意」卻可能隨順用語情境之不同而有不可言說或固定的意旨，是故《莊子・外物》又云：「筌者所以在魚，得魚而忘筌；蹄者所以在兔，得兔而忘蹄；言者所得在意，得意而忘言。」，其後王弼《周易略例・明象》亦繼續發揮其意而言：「夫象者，出意者也。言者，明象者也。盡意莫若象，盡象莫若言。言生于象，故可尋言以觀象。象生于於意，故可尋象以觀意。意以象盡，象以言著。故言者所以明象，得象而忘言。象者所以存意，得意而忘象。」二說皆明示「得意」之後「捨言」，「言」是求「意」的載體，非「意」之所在，故捨言而得意是一種進境。詠物詩亦以「物」之象作爲「取義」的來源，最重要的是，詩人將透過此「物象」與「物義」要傳達什麼意蘊？陶淵明：「此中有真意，欲辨已亡言」（〈飲酒詩〉），其意能得三昧，若用以視詠物詩，亦當如是。覽閱詠物詩時，亦不應著染於「物象」，而要透過「物義」來會通作意所在。然而作意可求乎？讀者參予再創造的意義何在？[9]

---

[9] 言意之辨，在六朝蔚成論辯風尚，今之學者討論者亦多，尤其以西方卡西勒、羅蘭巴特等人之「符號學」入手者，亦不乏其人，本處論述較粗疏，或可參考前述二人之論著，或可參考今之學者相關論著，例如龔師鵬程《中國符號學》，台北：台

貳、作意之隱顯

詩人以詠物詩創作時，藉物託喻情志時，其表述意義的方式有二，一是以揭露式來告訴讀者其作意何在，此即是揭露式意義的詠物法，其二是以隱藏式將作意曲隱於詩中，此即是隱藏式意義的詠物法。既然都是詠物法，且欲藉物託喻情志，則揭露式與隱藏式的意義求索方式自有不同，亦即有言內意與言外意之異。

一、揭露式之意義

詩人有意將詠物之「作詩意旨」明白揭示給讀者知曉，讀者必可從詩中探求藉託的作意。例如杜甫〈古柏行〉末二句云：「志士幽人莫怨嗟，古來材大難爲用。」以古柏難用，來自抒懷才不遇的嗟嘆，即是明顯的以古柏喻人，柏之遭遇即我之遭遇，人物雙寫，以末聯點出全詩旨意。杜甫又有〈鳧〉一詩，末二聯云：「亂世經全

灣學生書局，1992 年。蔡英俊《中國古典詩論中語言與意義的論題》，台北：台灣學生書局，2001 年。李幼蒸《人文符號學》、《語義符號學》、《哲學符號學》、《文化符號學》四書，台北：唐山，1997 年。成復旺《神與物遊》，台北：商鼎文化出版社，1992 年。謝佩芬《北宋詩學中寫意課題研究》，國立台灣大學文史叢刊，1998 年。

物，微聲及禍樞，衣冠兼盜賊，饕餮用斯須」明白揭示
亂世中要保全性命不易，何況衣冠盜賊令人無從閃避。
又如白居易〈新製布裘〉末三聯云：「丈夫貴兼濟，豈獨
善一身，安得萬里裘。蓋裹周四垠，穩暖皆如我，天下
無寒人」寫自己有兼濟天下之志，與杜甫〈茅屋為秋風
所破歌〉有異曲同工之妙。這些詩例皆是「作意」顯露
者。

二、隱藏式之意義

隱藏式詠物詩是指詩意不易明確指出，讀者在觀詩
時，甚難透過詩歌來求索其意涵。

例如魏代劉楨有詩云：「青青女蘿草，上依高松枝，
幸蒙庇養恩，分惠不可貲，風雨雖急疾，根株不傾移」
（《先秦漢魏晉南北朝詩》、頁 373）詩詠女蘿依附高松
而生，雖有風雨急疾，卻能不傾移，用高松庇養女蘿指
出「幸蒙庇養恩」但是其言外意是否用來喻指君恩之恩
庇，則不可確知。又如繁欽〈詠蕙詩〉云：「蕙草生山北，
托身失所依，植根陰崖側，夙夜懼危頹」（同上、頁 385）
寫蕙草失依，在寒泉淒風中彫瘁，而「百卉皆含榮，己
獨失時姿，比我英芳發，鶗鴂鳴已哀」以百卉含榮對比
蕙草失時，形象鮮明，但是此詩是否用來自況，則寓意
不甚明確。此類詩雖是詠物，托寄之意，存在詩中，但

明確之旨意，我們卻未可得知。是故，言外意之求索，反而成爲詠物詩中「托物言志」最重要也是最難求解的。言外意之求索方式，容後詳述。《六一詩話》曾引梅聖俞之語云：「必能狀難寫之景，如在目前，含不盡之意，見於言外，然後爲至矣。」其所舉的詩例以嚴維「柳塘春水漫，花塢夕陽遲」爲天容時態，融和駘蕩，是「如在目前」之例；「見於言外」則以溫庭筠「雞聲茅店月，人跡板橋霜」、賈島「怪禽啼曠野，落日恐行人」二詩爲例，詩中未表露羈旅行役之苦，然而道路辛苦，羈愁旅思卻在字裡行間流露，溫詩寫雞聲初啼，天未明即荷月踏向寒霜凍橋啓程，賈詩寫行途險峻，恐日暮無宿之情款款曳出，此即是「意在言外」以含蓄手法表隱而未顯之情意。覽閱「隱藏式詠物詩」時亦當在不言之處求其意。

參、「意」之種類

中國詩歌傳統中，有言內意與言外意與辭前意與辭後意兩組對照。

「辭前意」、「辭後意」的意義可以分作兩方面來說明，一則是指創時的運思，「辭前意」是創作之前的靈感與主旨，「辭後意」是創作後由文字表述出來的旨趣。劉勰在〈神思〉篇已揭示創作時靈感之蘊積與如何引控情源，謝榛《四溟詩話》卷一云：「詩有辭前意、辭後意，

唐人兼之，婉而有味，渾而無跡。宋人必先命意，涉於
理路，殊無思致」（《歷代詩話續編》、頁 1149）靈感在
創作之前發露，藉語言文字表達時，未必能充份寫出心
中之意。其二是指作意與讀意之異同，謝榛《四溟詩話》
卷一又云：「唐人或漫然成詩，自有含蓄託諷。此爲辭前
意，讀者謂之有激而作，殊非作者意也」。（《歷代詩話續
編》、頁 1149）作者有含蓄託諷之作，是爲辭前意，而
讀者讀出來的意旨則是辭後意，辭前意與辭後意是否一
定能相應合？其實謝榛已經明白告訴我們「讀者謂之有
激而作，殊非作者意也」此中亦即揭示讀者有誤讀的可
能性，而作意也有不確立性，所以強作「含蓄託諷」來
解詩，必有逆出作意。

　　是故「辭前意」一指創作的靈感，二指作意；「辭後
意」一指文字表述之意，二指讀者觀讀之意，二者明顯
有別，劉勰之意，著重於前者，而謝榛則著重於作者之
意與讀者之意的關係。

　　皎然《詩式》曾云：「兩重意以上，皆文外之旨。若
遇高手如康樂公，覽而察之，但見情性，不睹文字，蓋
詩道之極也。」皎然指出兩重意以上，稱作文外之旨，
亦即言外之意。「言外意」的運用法是「含蓄」、「神韻」
[10]。在詩歌文本中，有所謂的內意與外意，「內意」是指

----

[10] 蔡師英俊在《中國古典詩論中「語言」與「意義」的論題

創作時必要表述的旨趣，「外意」是指「言外重旨」，亦即隱而未顯，欲讀者逆探意義，如何才能探知「內意」與「外意」，二者之關涉如何？讀者又如何在言外求意呢？謝榛《四溟詩話》卷一引《金鍼詩格》云：「內意欲盡其理，外意欲盡其象。內外涵蓄，方入詩格。若子美『旌旗日暖龍蛇動，宮殿風微燕雀高』是也」（《歷代詩話續編》、頁 1148）此中所謂的「內意」是指文字的義理脈絡要清晰，外意則是「言外之意」，「言外之意」要有跡可尋，必須有象可逆尋，此時，「象」之構作，是讀者得以進入作者言外意的路徑。但是此象又須如何盡象呢？謝榛未明說，但也洞識其中的不足性，遂又在卷一云：「詩有可解、不可解、不必解，若水月鏡花，勿泥其跡可也。」（《歷代詩話續編》、頁 1137）詩無達詁，有不可解、不必解之處，讀者根本不必拘泥於意與象、言與意之關係。

——「意在言外」的用言方式與「含蓄」的美典》一書中，明確指出「意在言外」是以「含蓄」爲理論基礎，而「含蓄」美典的確立又以「寄託」與「神韻」的構作方式表達，含蓄美典的審美特質，則以「情意的節制、引譬連類、使事用典」的手法達致，將中國詩歌中糾纏的「意在言外」、「含蓄」、「神韻」等文學術語的理論層層撥述。台北：學生書局、2001 年。

第四章　託物言志之物類取象與取義

第一節　詠物詩之物類取象

　　「詠物詩」之定義在第二章已有明確界定，但是實際上所詠之「物」類應包括那些範疇？根據《佩文齋詠物詩選》所輯一萬四千五百九十首當中，共收入四百八十六類，我們擬以該書為論述的起點以確定範圍。在論述過程中，為求以簡馭繁，我們將其分畫為下列簡單的類別，再依序分析哪些屬於詠物詩的範圍，哪些應排除在外？

　　基本上，我們將四百八十六類分為人物與非人物；非人物包括人文器用、自然界二類，自然界又分為生物與非生物兩大界域。人物方面包括佛、僧、仙、道士、農、圃、樵、漁、牧、織、女紅共十一種，其中，佛僧仙道四類屬於宗教類，而後面數者是以職業身份為表徵。人文器用包括：建築、武備、儀器金錢、衣飾用品、文書、樂器、日用器物等；自然界之無生物包括：天文、天候、時令、節日、山石、水系；生物類包括植物類的花木，動物類的走獸、禽鳥、魚族、蟲類等，至於詳細的物類，請參考表八：《佩文齋詠物詩選》物象分類表。以下我們依類分析哪些應屬於詠物詩。

壹、人物類

詠物詩，應以「物」爲吟詠對象，但是《佩文齋詠物詩選》在選輯詠物詩時，自二百二十五卷以降即有以人物爲主之詠物詩，將「人物」視爲摹寫的「物」選編入內，共有農、圃、樵、漁、牧、織、女紅、佛、僧、仙、道士等。到底「人物」可否視爲「物」來歌詠，亦即歌詠「人物」是否可列爲「詠物詩」？以下我們將人物依宗教、職業兩類逐項分析：

表七：《佩文齋詠物詩選》人物分類表

類別	物類						
人物	宗教類	佛	僧	仙	道士			
	職業類	農	圃	樵	漁	牧	織	女紅

以宗教身份爲主體之詩

我們檢視《佩文齋詠物詩選》，其中，因宗教身份不同而選取的人物詩有下列四卷：

第二百三十三卷：佛

第二百三十四卷：僧

第二百三十八卷：仙

第二百三十九卷：道士

此四種宗教人物詩,是否可視爲詠物詩呢?以下剋就所選
的內容分析。

1、佛類
「佛」類所輯,主要有:一是以歌頌佛或佛像爲主,例如
有舍利佛、十八阿羅塑像、石佛等,二是以聽法師講經者
或讀經者,例如聽經者有高適〈同馬太守聽九思法師講金
剛經〉、孟郊〈聽藍谿僧爲元居士說維摩經〉、賈島〈聽僧
雲端講經〉等等,三是以讀經爲主,有宋僧惠洪〈讀瑜珈
論〉、朱熹〈久雨齋居誦經〉、明代歸有光〈讀佛書〉等等,
吾人認爲,《佩文齋詠物詩選》將「聽僧講經」視爲佛類,
而不列入「僧」類,應是選詩者以講經猶如佛祖在開示眾
生,故列入「佛類」而不列「僧類」,而僧類則以文士、詩
人與僧交接往來者爲主。至於「讀經」爲個人身心體契佛
教奧義,故選者亦將之視爲「佛」類,其尊佛、尊經之意
可知。但是這些詩歌是否應視爲詠物詩呢?吾人認爲以歌
詠具體可感的佛像、石像方可視爲詠物詩,例如詠舍利佛、
十八羅漢塑像、石佛等,其餘有人物之交接往來皆不可視
爲詠物詩。

2、僧類
選入「僧」類的題詩,主要以與禪師、上人、長老互相酬
贈或交接往來的作品爲主,例如李白有〈贈僧崖公〉、〈送

通禪師還南陵隱靜寺〉、〈贈宣州靈源寺仲濬公〉、〈贈僧行
融〉；孟郊有〈夏日謁智遠禪師〉、〈贈道月上人〉、〈送清遠
上人歸楚山舊寺〉、〈送元亮師〉、〈送淡公〉；白居易有〈題
道宗上人十韻〉、〈題天竺南院贈閒元旻清四上人〉、〈贈別
宣上人〉等等。詩中所詠以師法無爲或表現僧人清靜淡泊
的生活爲主，皆不可視爲詠物詩。

3、仙類

有描寫神話故事中的仙人，亦有詩人遐想天外，故作遊仙
之作品，或詩人讀神仙故事者皆一一列入。例如有晉代郭
璞〈遊仙詩〉、陶潛〈讀山海經〉、梁代江淹〈雲山讚〉、陳
代陰鏗〈詠得神仙〉、北魏〈王子喬〉、唐代鮑溶〈懷尹真
人〉、孟郊〈求仙曲〉、賈島〈遊仙〉、明代劉基〈遊仙〉等
等，詩中所欲表現的是仙人的放曠自得、來去無拘的形神
姿態。因爲所詠的對象是想像 之「仙」，無具實可感之物，
不可視爲詠物詩，但是若以歌詠「神仙塑像」則可視爲詠
物詩，但是第二百三十八卷所列並無此類，故整卷所輯皆
非詠物詩。

4、道士類

主要爲文士或詩人與道士互相酬贈、往來的作品。例如有
儲光羲〈贈韋鍊師〉、孟浩然〈越中逢天台太乙子〉、韋應

物〈寄全椒山中道士〉、錢起〈尋華山雲臺觀道士〉等等。內容所詠率爲訪遊景致之幽美或表現澄淡寧靜的心境，或幽居生活之閒愜自得，而無具實的物象，故不列入詠物詩中。

以上攸關宗教人物之鋪寫主要表現出對宗教：佛、道、仙、僧澄澹寧靜的世界無限嚮往、羨慕，例如有儲光羲〈送恂上人還吳〉云：「洛城本天邑，洛水即天池，君王既行幸，法子復來儀，虛室香花滿，清川楊柳垂，乘閒道歸去，遠意誰能知。」所詠「乘閒道歸去」即是一種閒適自得的樂趣。或是抒發個人對某教之教義的闡發，例如晉代王齊之〈念佛三昧詩〉其一云：「妙用在茲，涉有覽無，神由昧徹，識以照塵，積微自引，因功本虛，泯彼三觀，忘此毫餘。」寫念佛分判有無，則神明必澄徹，清明之識必能燭照微塵，若能虛空中心必不引塵，忘卻彼我之分，而達妙用之境。這些皆是教義的表現爲主，吾人認爲不可視爲詠物詩。

二、以人物職業爲主體之詩
由於從事的職業不同，而有下列諸種人物亦被輯入詠物詩中：
第二百二十五卷：農
第二百二十六卷：圃
第二百二十七卷：樵

第二百二十八卷：漁
第二百二十九卷：牧
第二百三十卷　：織
第二百三十一卷：女紅

1、農類

主要以描寫農稼生活為主，或勸農、或觀稼、或描摹老農、
勞農之辛勤；或寫田家四事：耕、種、耘、穫；或就時節
之變化描寫各月之農耕情形，例如有元代趙孟頫〈二月〉、
〈三月〉、〈十二月〉等詩，陸游有詠農家數首，明代樊阜
有〈田家雜詠〉四首，凡此等等，所描寫的內容多為農家
生話或田間野趣，例如宋代方岳〈農謠〉云：「春雨初晴水
拍堤，村南村北鵓鴣啼，含風宿麥青相接，刺水柔秧綠未
齊。」直寫春雨乍晴，鵓鴣四處啼叫，只見麥浪綠秧在風
中相接的美景。這些內容以寫景為主，我們不將之列入詠
物詩中。

2、圃類

敘寫的內容主要以治圃、理蔬、灌畦、種菜、行圃、入圃
等田園雜興之作品為主，將種圃鋪寫入詩，例如南朝宋代
鮑照有〈觀圃人藝植〉、宋代陸游有〈齋中雜興〉、宋代楊
萬里有〈後園散策〉等詩，例如楊萬里〈菜圃〉云：「此圃

何其窄，于儂已自華，看人澆白菜，分水及黃花，霜熟天殊暖，風微旆亦斜，笑摩桃竹杖，何日挂還家。」詩中充滿觀賞田家耕種的樂趣。我們認為以景為主，非以某物為主，故不列入。

3、樵類
以「樵」相關題材為主，描寫樵父、樵家、樵徑、樵風、樵擔、樵歌、樵溪、訪樵等內容，或遠觀以寫樵翁之情狀，或客觀寫樵居之山水風光，或歌詠樵者怡然自得的生活，例如宋代謝翱〈餘杭樵歌〉云：「樵斧丁丁響翠微，赤肩半脫汗身衣，因來避雨巖前洞，裹得山蜂和蜜歸。」寫樵夫的作息情形，以動態動作為主，不列入詠物詩中。

4、漁類
以「漁」為主述，或觀釣、觀漁，或寫漁具、漁父、釣魚灣、漁莊、捕魚、漁景等等，表現悠然自得，與世無爭的寧淡生活，例如宋代郭震〈漁者〉云：「江柳弄風顰翠黛，山花著雨濕胭脂，卻收短櫂拈長笛，一葉舟中仰面吹。」寫出漁夫仰面吹笛怡然自足的快樂。其中，詠漁具、漁灣、漁莊者可列入詠物詩，其餘皆非。

5、牧類
多以牧童、牧牛為主述，寫出田野中牧童欣悅自樂的情狀，

例如唐僧栖蟾〈牧童〉云：「牛得自由騎，春風細雨飛，青
山青草裡，一笠一簑衣，日出唱歌去，月明撫掌歸，何人
得似爾，無是亦無非。」遠離塵囂，無是非名利之擾攘，
郊野中能欣然自得其樂。若詠牧牛則可列為詠物詩，但是
詠牧童之情狀或田野之樂，皆非詠物詩。

6、織類
以歌詠織女作織辛勤之情景為主，或觀中婦織流黃，或題
作蠶絲，或詠織具，或以織女身份抒發己情為題，例如明
代佘育〈貧女吟〉云：「舊絲織盡復新絲，辛苦終朝不下機，
秖恐與時花樣別，不堪裁作嫁人衣。」。寫盡織女之辛苦不
得休息的情形，又恐所織之花樣，趕不上時代的潮流。孟
郊〈織女詞〉中云：「筋力日已疲，不息窗下機，如何織紈
素，自著藍縷衣，官家牓村路，更索栽桑樹。」亦是描寫
織女勤苦力織的情形。這些作品皆以摹寫織具或織品方列
為詠物詩，餘者皆非。

7、女紅
以裁剪女紅為主，有梁代劉孝威〈詠剪綵花〉、唐代張九齡
〈剪綵〉、張籍〈白紵詞〉、元代陳基〈裁衣曲〉、明代劉溥
〈美人熨帛圖〉、明代瞿佑〈剪刀〉等等，或詠器具，或詠
裁剪的辛勤，或詠裁剪圖，不一而足。其中，詠剪刀、詠

106

衣物方列入詠物詩。

　　綜觀上列人物類別的詩歌,《佩文齋詠物詩選》皆將其
視爲詠物詩,一併選輯入列,今日觀之,但覺其所包涵的
內容太過於寬泛,到底該書如何界定「物」的範圍?爲何
與今日之詠物詩如此歧出呢?我們嘗試從選者的視域來觀
察,主要是因爲選者對「物」的認定不同,凡是可用「物
類」觀之,以得「物趣」者,皆可列入詠物詩中,此中自
然會將人物之情狀、活動、思考、行爲或人物交接往來的
詩歌視爲「物類」來觀賞,遂有品類太多,所選品類又非
僅以人物之外的實際物象或物形爲主,造成詠物詩的內容
太過於龐雜。我們根據上面所論,凡是以人物活動爲主者
皆不列入,但是專詠器具、塑像、某一菜園、織品者皆可
視爲詠物詩。

貳、非人物類

　　人物之外的品類有自然界之天文、山石、水系、及生
物類的動物、植物等,人文器用有儀器金錢、衣飾用品、
文書、樂器、日用器物及食品等。
　　生物類有動物及植物二種,動物類又有四型:
　　走獸類:麟、騶虞、獅子、象、虎、豹、熊羆、駱駝……。
　　禽鳥類:鳳、鸞、孔雀、鶴、錦雞、雁、鷹……等等。
　　魚族　:龍、魚蟹、蛙……等等。

　　蟲類　：蠶、蟬、蝶、蜂、蜻蜓、蜘蛛、螢……等等。
植物類有：
穀蔬類：穀、麥、蔬菜、瓜、豆花、蕈菜、菌……等等。
花木類：松、柏、檜、杉、榆、梅花、芝、水仙……等等。
其中又以花木之品類為多。

由於種類甚多，我們將之約簡成十七類，如下所示：
1 天文類
2 山石類
3 水系類
4 建築類
5 武備類
6 儀器金錢類
7 衣飾用品類
8 文書類
9 樂器類
10 器物類
11 食物類
12 藥物類
13 花木類
14 走獸類
15 禽鳥類

16 魚族類

17 蟲類

並將以上十七類，簡單分為人文器用與自然界二界域：

人文器用　建築
　　　　　武備
　　　　　儀器金錢
　　　　　衣飾用品
　　　　　文書
　　　　　樂器

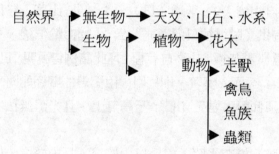

自然界　無生物　天文、山石、水系
　　　　生物　植物　花木
　　　　　　　動物　走獸
　　　　　　　　　　禽鳥
　　　　　　　　　　魚族
　　　　　　　　　　蟲類

以下我們逐項分析各種品類。

（壹）、天文類

天文類詠物詩有天、日、月、星、河漢、風、雷電、

109

雲、霞、雨、霧、露、霜、雪、冰、虹霓、瑞氣、晴、曉、夜、寒、暑、涼等等。其中，天，代表至高至大，皇皇上天，照臨下土。日，居高臨下、光照無私，「日」的物性是高高在上，用以譬況君王之至高無上的地位，成為中國詩歌中的「公有義」，例如王約〈賦得日暖萬年枝〉云：「朝陽光照處，惟有近臣知。」日照無私，萬物有向光性，用以象徵君臣關係，詩人喜以葵藿向光的特質來譬喻君臣關係，例如劉孝綽〈詠日應令〉云：「園葵亦可羨，傾葉奉離光」、唐太宗〈賦得白日半西山〉云：「藿葉隨光轉，葵心逐照傾」，又有〈賦得秋日懸清光賜房玄齡〉云：「還當葵藿志，傾葉自相依。」、李嶠〈日〉云：「傾心比葵，終日奉光曦」、陶拱〈賦得秋日懸清光〉云：「煙霞輪乍透，葵藿影初生，鑒下誠無極，升高自有程」凡此諸例皆說明「日」用以指代「君」，而「葵藿」則指臣，臣對君的關係如向光之葵藿，永隨傾轉。君王如日，至高無上，且光照無私，普及萬物。

月與日雖同樣有光照，但是日出於晝，月出於夜，日的屬性陽剛，月屬性陰柔，所以「日」可用以譬況「君」，而「月」在傳統的詩歌中，其意象卻常成為思遠或相思的代詞，例如梁朝沈約〈應王中丞思遠詠月〉云：「高樓切思婦，西園遊上才」，何子期〈和繆郎視月〉：「佳人復千里，餘影徒揮忽。」；王褒〈詠月贈人〉：「高陽懷許掾，對此益

相思」；董思恭〈詠月〉云：「別客長安道，思婦高樓上，所願君莫違，清輝時可訪」；白居易〈客中月〉：「誰謂月無情，千里遠相逐，朝發渭水橋，暮入長安陌，不知今夜月，又作誰家客」。月除了有光照，尚有盈虧，盈虧象徵人事之聚散，月圓人聚，月缺人散，見圓月而倍思親友，李白的〈靜夜思〉成為典型的代表作：「舉頭望明月，低頭思故鄉」；王建〈十五夜望月寄杜郎中〉今夜月明人盡望，不知秋思在誰家」。宋代孔平仲〈八月十六夜翫月〉云：「只恐月光無顯晦，自緣人意有盈虧」等皆為其例。

星，北辰居所，眾星拱之，象徵為政以德之君。

風，象徵君子之德，例如宋代蘇軾〈與王郎昆仲遶城汎舟〉句中有云：「清風定可物，可愛不可名，所至如君子，草木有嘉聲。」此乃「君子之德風，小人之德草，草上之風必偃」的擴充。風，除了可象徵君子之德，尚有助帆風行之效，例如唐代韓琮〈詠風〉末聯云：「莫見東西便無定，滿帆還有濟川功」。除了正面可喻示君子之德及濟川之功，其負面的特質是蕭瑟掃花，秋風助愁，例如唐劉禹錫〈秋風引〉云：「朝來入庭樹，孤客最先聞。」、薛濤〈風〉云：「林梢鳴淅瀝，松徑夜淒清」等。或是引渡懼亂風飄颸，唐代楊凌〈江中風〉云：「高檣帆自滿，出浦莫呼風。」、明代汪廣洋〈嶺南雜錄〉云：「闍婆真蠟船收嶼，知是來朝起颶風。」等例皆是。

雲，物類象徵義有：一、化為甘雨，流潤群生，以喻

聖德流澤。例如唐代元結〈雲門二章〉其一云：「元雲溶溶兮，垂雨濛濛，類我聖澤兮，涵濡不窮。」、唐李牧〈和中書侍郎院壁畫雲〉云：「獨思作霖雨，流潤及群生。」、唐代張復〈山出雲〉云：「為霖終濟旱，非獨降賢人。」、唐代張喬〈孤雲〉云：「莫言長是無心物，還有隨龍作雨時」、明代楊榮〈瓊島春雲〉云：「從龍處處施甘澤，四海謳歌樂治平」、明代劉溥〈白雲軒〉云：「化為甘雨潤枯苗，不作繁陰宿高樹。」。二、浮雲蔽日，以喻小人得志。例如李白：「總為浮雲能蔽日，長安不見使人愁」或如唐人施肩吾〈諷山雲〉云：「賴有風簾能掃蕩，滿山晴日照乾坤。」。另外「蒼梧」為舜死葬之處，在今廣西九疑山，唐代高適〈同李九士曹觀畫壁雲作〉有「始知帝鄉客，能畫蒼梧雲」，陳希烈有〈賦得雲生棟梁間〉云：「一片蒼梧意，氛氳生棟梁」以「蒼梧」指九疑之雲。三、朝為行雲，暮為行雨，以喻相思無待。例如李商隱〈詠雲〉云：「只應惟宋玉，知是楚神名。」、唐陳希烈〈賦得雲生棟梁間〉云：「無心伴行雨，何必夢荊王。」、陳代蔡凝〈賦得處處春雲生〉云：「含愁上對影，似有別離情。」四、飄泊無定，以喻流浪無歸。例如唐陳希烈〈省試白雲起封中〉云：「豈學無心出，東西任所從。」、明代薛蕙〈江雲〉云：「何因可持贈，欲以慰離群。」。五、閒雲悠悠，心亦悠閒如雲。例如唐僧皎然云：「有形不累物，無跡去隨風，莫怪長相逐，飄然與我同。」、

宋代楊萬里〈雲臥菴〉云：「不是白雲留我住，我留雲住臥閒身。」、明高啓〈臥雲室〉云：「惟有心長在，不隨雲去來。」。明謝徵〈臥室雲〉：「白雲長共我，此地結幽棲」等皆是。

　　雨之意義有：一、潤群生，魏代曹植〈喜雨詩〉云：「天覆何彌廣，苞育此群生，棄之必憔悴，惠之則滋榮」、南朝宋謝莊〈喜雨〉云：「冽泉承夜湛，零雨望晨浮，合穎行盛茂，分穗方盈疇」、唐虞世南〈發營逢雨應詔〉云：「膏雨潤公田，隴麥靄逾翠」。二、雨過天晴之喜。明代宣宗〈瀟湘夜雨〉云：「隔浦鐘聲來遠寺，曉色蒼涼喜開霽，青天萬里白雲收，滿目湘山翠欲流。」。三、清賞。唐錢起〈李士曹廳對雨〉云：「掾曹富文史，清興對詞客，愛爾蕙蘭叢，芳香飽時澤」、唐戴叔倫〈喜雨〉云：「樵歌野曲中，漁釣滄江滸，蒼天暨有念，悠悠終我心。」、金代劉昂〈山中雨〉云：「此景此時誰畫得，清如窗外聽芭蕉」。四、孤客思鄉。唐韋莊〈途中望雨懷歸〉云：「對此不堪鄉外思，荷蓑遙羨釣人歸。」、唐杜牧〈雨〉云：「一夜不眠孤客耳，主人窗外有芭蕉。」

　　霧。一、象徵妖氛遮斷視線，冀能霧散見晴，宋代趙抃〈早霧〉云：「聖世妖氛消已盡，結成佳氣滿南州。」、唐李嶠〈霧〉云：「涿野妖氛靜，丹山霽色明」。

　　露，霜，雪與前所述之「雨」、「雲」皆有潤澤群生之意，但是，「霜」與「雪」特別強調其霜寒歲晚的堅貞之質

及蕭殺的物性。唐蘇味道〈詠霜〉云:「帶日浮寒影,乘風進晚威,自辭貞筠質,寧將眾草腓」寫貞正之質,而宋代孔仲溫〈新霜〉云:「蕭殺爾何心,入水成冰暈,迷天作雪陰。」與宋代文同〈新霜〉:「蕭然物容改,有若懼凌挫。」則表現霜之寒蕭物性。雪,有潤澤群生之意,如唐代劉庭琦〈奉和聖製瑞雪篇〉云:「願隨睿澤流無限,年報豐年貴有餘」或如金代趙愨〈雪中呈許守〉云:「積潤滋牟麥,餘膏丐草萊」等。

冰,詠物詩中所呈現的特質在於晶瑩剔透,如唐代盧鈞〈薦冰〉云:「不改晶瑩質,能彰雨露情」,正因質晶性潔,故而以其特質來譬況人之德性,如唐人王季友〈玉壺冰〉云:「堅白能虛受,清寒得自凝」。

由是可知,天文類的詠物詩常以物象的特質來比擬人物之特殊品德,藉彼喻此,達到物類的統一。

天文類以下,《佩文齋詠物詩選》臚列了天候類,內容包含:晴、曉、夜、寒、暑、涼諸種;時令類,含春、立春、夏、立夏、秋、立秋、冬、立冬等八種;節日類包含:元旦、人日、上元、花朝、社日、寒食、清明、上巳、佛日、午日、中元、中秋、九日、臘日、除夕等凡十五種,然而天候、時令、節日皆應排除在「詠物」的範圍之外,因為此三類別所描寫的內容以景物刻摹為主,不以具實的某物為主,是故存而不論。

第四章　託物言志之物類取象與取義

（貳）、山石類

　　本類所詠之山，包括泰山、華山、衡山、恆山、嵩山、
西山、盤山、鍾山、金山、茅山、武夷山、廬山、焦山、
九華山、小孤山、天台山、普陀山、羅浮山、惠山、虎丘
山、巫山、太行山、王屋山、終南山、龍門山等古蹟名山，
除此之外，尚有峰、嶺、巖、洞、谷、島嶼、石、石壁、
假山、眾山等亦羅列於次。大抵而言，詠山所要表現的內
容主要有四：一、山景幽美，以描寫景色為主者，例如隋
代劉斌〈詠山〉云：「靈山峙千仞，蔽日且嵯峨，……石梁
高鳥路，瀑水近天河。」、隋代王由禮〈賦得巖穴無結搆〉
云：「葉落秋　巢迥，雲生石路深，早梅香野逕，清澗響丘
琴」等。二、景緻令人心生遺世獨立之感懷；例如梁代桓
法闓〈初入山作〉云：「當知勝地遠，於此絕囂塵」，或如
唐代曹松〈山中〉云：「分因多臥退，百計少相關」，明代
蔡羽〈春日山中〉云：「鹿門何必去，此地可躬耕」等。表
現山野田原的欣樂。三、羨慕幽人道士息心歸隱的樂趣；
例如明代樊阜〈山中〉云：「無營見道真，塵紛悟蕉鹿」四、
表現嚮往神仙之樂，例如李白〈落日憶山中〉云：「願遊名
山去，學道飛丹砂」，或如唐馮用之〈山中作〉云：「頗尋
黃理卷，庶就丹砂益，此即契吾生，何為苦塵役」等作。
　　「山」之外，「石」的物象，豁顯堅貞的質地，詩家亦

115

藉石來寫賢人之堅貞本色，例如唐代費冠卿〈枕流石〉云：「願以清泚流，鑒此堅貞質」或如李德裕〈題奇石〉云：「蘊玉抱清暉，閒庭日瀟灑」等皆是。

（參）、水系類

　　與水有關之詠物詩，包括：海、江、曲江、淮水、河、漢水、洛水、湘水、湖、川、渚、浦、谿、澗、潭、洲、渡、潮、池、溝、灘瀨、井、泉、溫泉、瀑布、眾水、水簾等。水的特質是明潔、流動的，在詩人的筆下，到底如何描寫呢？總寫「水」的部份，呈現滄波可悅，濯纓何論的與世推移的自保自存的方式，例如梁代沈君攸〈賦得臨水〉云：「滄波自可悅，濯纓何用論」的理趣；而水之皎潔淡然，正可作為品德的比附，例如陳代祖孫登〈詠水〉云：「請君看皎潔，知有淡然心」，「觀魚自有樂，何必在濠梁」展現自得其樂的雅趣。展現水之謙柔、順物的詩歌有唐代李沛〈賦得四水合流〉云：「入河無晝夜，歸海有謙柔，順物宜投石，逢時可載舟」。另外，表現水之動靜自得的詩歌有白居易〈玩止水〉云：「動者樂流水，靜者樂止水，利物不如流，鑒物不如止」。表現觀水之自愜自安，莫隨人起舞者有白居易「此情苟自愜，亦不要人聽」或如宋代孔平仲〈泛水〉云：「清淡得我性」等，皆直抒水之特性，並與詩

人情志作一關合。

「海」的部份,藉由潮波盈縮,體會虛心能納的胸懷,例如唐代張說〈入海〉云:「潮波自盈縮,安得會虛心」;或是表現出眾川歸海的氣度,例如李嶠〈詠海〉云:「方逐眾川歸」,而眾流歸海,猶如萬國奉君般的歸附,亦如大道為眾人之歸趨,例如唐代無名氏〈賦得海水不揚波〉云:「聖朝崇大道,寰海免波揚,既合千年聖,能安百谷王,天心隨澤廣,水德共靈長」;杜甫〈長江〉云:「眾流歸海意,萬國奉君心」。

「谿」展示的是幽僻夐絕,不為塵俗所染,可使人興發塵外之心,例如唐代孟浩然〈武陵泛舟〉云:「水迴青嶂合,雲波綠谿陰,坐聽閒猿嘯,彌清塵外心」,或如明人魯鐸〈桃谿〉云:「世路悠悠已倦遊,桃谿深處草堂幽」。

「渡」所表現的意象主要有:渡己渡人的胸襟、五湖遊賞可忘機;或是神仙人物往來無名利是非之爭攘,來往皆隨萬物奔騰,例如宋代王十朋〈過仙人渡〉云:「此去神仙路不迷,直從洞口到桃蹊,仙人心境無名利,笑我頻年渡此谿」。另一方面,「潮」則表現出光陰似潮來潮往般,不可控捉。例如蘇轍〈沂潮〉云:「自漸不作山林計,來往終隨萬物奔」,白居易〈潮〉云:「早潮才落晚潮來,一月周流六十迴,不獨光陰朝復暮,杭州老去被潮催」。

「池」,一方面是有形的範圍,將水圈住,一方面又接濟可行,例如蘇頲〈奉和晦日幸昆池應制〉云:「微臣比翔

泳，恩廣自無涯」。以水喻舟楫之便，須得濟川人引渡、汲
引，例如唐代黃滔〈省試奉詔漲曲江池〉云：「願當舟楫便，
一附濟川人」；由魚池得出萬物有託，吾愛吾廬的想法，例
如宋代陸游〈魚池將涸車水注之〉云：「萬物但令俱有託，
吾曹安取愛吾廬」；而由「池」引發的哲思則有：引水作池，
方圓隨君，例如白居易〈題韋家泉池〉云：「自從引作池中
水，深淺方圓一任君」；「灘瀨」，指出上灘苦，下灘易，昔
日人看我，日後我亦視人，告誡上下灘時勿恃勿矜，例如
楊萬里〈蘇木灘〉云：「忽逢下灘舟，掀舞快雲駛，何曾費
一棹，才瞬已數里，會有上灘時，得意君勿恃」。或經由水
灘興發少年慕宦，老來方知行路難的道理，例如宋代陸游
〈滄灘〉云：「少年亦慕宦遊樂，投老方知行路難」的道理。

　　「泉」基本上亦是呈現水流動與潔淨的本質，藉此表
現水性自清的本性，或靜水見玄妙、動水見智慧的特質；
或動靜皆無意，唯有觀者心自動靜，或唯有達者方知，或
是指出泉可化霖，達濟物之功。例如蘇軾〈廉泉〉云：「水
性故自清，不清或撓之」，例如明代劉基〈鉛山龍泉〉云：
「靜含玄機妙，動見大智藏，養德君子類，膏物農夫望」，
或如劉長卿〈和靈一上人新泉〉：「動靜皆無意，惟應達者
知」。

　　「溫泉」，詩中所表現的特質有澤沾眾人，李隆基〈幸
鳳湯泉〉云：「願將無限澤，沾沐眾心同」，或如宋代王十

118

朋〈湯泉〉云：「泉猶自作炎涼態，休說眾生垢有無」。

　　「瀑布」，張九齡〈入廬山仰望瀑布〉云：「物情有詭激，坤元曷紛矯，默然置此去，變化誰能了。」詩中特別指出物情詭激，變化誰能控操；或是可洗塵心聽清心的澄澹，例如唐代裴說〈廬山瀑布〉云：「何當住峰下，終歲絕塵埃」、蘇轍〈開先瀑布〉云：「誰來臥枕莓苔，一洗塵心萬斛泥」。至於「玉淵」則表現蘊玉而輝的特質。

　　由是而知，水的靈動、明潔、動靜皆態的特質，是詩人筆下擬譬、興寄的對象。

（肆）、建築類

　　含宮殿、門闕、省掖、館閣、院、苑、台榭、亭、樓、閣、莊、園林、別業、城郭、橋梁等十數種，由於建物類型繁多，且多無共同性，不如「水系」或「山系」有可共通處，是故展示的特質也迴不相侔。

　　宮殿，詩人刻摹出來的景致是閬苑避暑、虹霓飄拂的恩幸，以及近臣薈集鳳池、九天閶闔開宮殿的威盛；門闕，則象徵殿宇彩炫、雉堞相連以及待詔的盛況。亭台則多風景之摹寫，表現清遊無累的快意自在。例如宋代楊萬里〈過九里亭〉云：「五湖好風月，乞與不論錢」，或如王安石〈太湖恬亭〉云：「清遊自覺心無累，靜處安知世有機」，或如陸游〈池亭夏晝〉云：「曲肱假寐脩然寤，不爲敲門夢不成」的怡然自得。

　　樓、閣，可以登高望遠，所望之景可見湖、海、江、山、林、園之美，觀美景可興發清風明月之欣悅，目極天涯能忘機心、消塵憂，或是由登臨而緬懷風流人物，或懷念故國、故園，此中所描寫的景物皆是透過登望而興發的心緒變化。例如元代郭鈺〈黃氏容安樓〉云：「笑指樓前大江水，古今人物共風流」，江水悠悠，人物興迭，或如李白〈秋登宣城謝朓北樓〉云：「誰念北樓上，臨風懷謝公。」緬懷謝朓，將歷史感懷與自己的遭逢作一綰合。或如唐代姚合〈奉陪段相公晚夏登張儀樓〉云：「帝鄉如在目，欲下盡徘徊」寫盡自己懷念君王之情。

　　莊園，多寫農趣，山林多樂，可無夢到塵寰，或是野趣可忘俗，心境淡泊惟有清風可知，野居樂趣，亦可厚養淳朴寧淡襟懷。園林，則多寫幽趣，或寫欲隱遁，惟恐功名相迫。別業，多寫與世澹然的心境，或以堯臣為內心所期，或歸耕東山為樂，或與農人談笑無還期。詩如唐代韋述〈春日山莊〉云：「自然成野趣，都使俗情忘」寫莊園野趣；或如宋之問〈藍田山莊〉云：「獨與秦山老，相歡春酒前」寫與山老共酌的樂趣。唐ᡓ頊〈晚歸東圃〉云：「澹泊真吾事，清風別自茲」寫陶然澹泊之樂。或如王維〈晦日遊大理韋卿城南別業〉云：「幸同擊壤樂，心荷堯為君」以甘為堯民，豁顯塵外野居之歡愉。或如明代劉仔肩〈別墅晚晴與鄰叟久立〉云：「亦有南鄰叟，忘言相與歸」之陶然

120

忘機的樂趣。

　　城郭，所表現的內容有登樓觀景，亦有登臨遠眺陳跡而有哀感襲身，或登望而想見王粲登樓興發何以銷憂之情。詩例有劉長卿〈和樊使君登潤州城樓〉云：「王粲尚爲南來客，別來何處更銷憂」藉王粲寫自己，以避開直抒胸臆。

　　另外無法歸類的橋梁、隄岸、舟楫亦置於此論述。
橋梁，或寫濟世之功，或寫橋景，例如白居易〈和李相公留守題漕上新橋六韻〉云：「從容濟世後，餘力及黔黎。」或如元代貢〈奎惠橋〉云：「鉅萬功成書太史，絕勝舟楫濟中流」。隄岸，以寫景爲多。舟楫，以寫濟川之功或致遠任重之功，或以潮起潮落寫人世，其中以寫舟行所見之景爲多，然多爲觀景之作，較能突顯方楫之利者，有漢代李尤〈舟楫銘〉：「舟楫之利，譬猶輿馬，輦重歷遠，以濟天下，相風視波，窮究川野，安審懼慎，終無不可」，或如唐徐夤〈帆〉云：「幸遇濟川恩不淺，北溟東海更何愁」。能剋就舟楫特色，指出濟川之功。

　　車，以軺軒比信義，例如漢李尤〈小車銘〉云：「軺軒之用，言義所同」以以車與道比行爲準則，例如崔駰〈車右銘〉云：「惟賢是師，惟道是式」。或如元代張翥〈予京居廿稔始作一車出入賦詩自志〉云：「淺淺輕車穩便休，何須高蓋與華輈」指出實用之輕車勝於華蓋之車。

（伍）、武備類

　　所輯內容包括：簡閱、狩獵、征伐、從軍、出塞、告捷、凱旋、行營、陣圖、射、弓、箭、刀、劍、旌旗、戰袍、彈、鞭、武備雜類等。

　　簡閱，以描寫觀兵、閱武或帝王對將領士兵講武爲主，詩人在描摹此類詩歌時，往往藉由觀兵或閱武來寓寄壯志未酬或欲一展長才、捍衛家國或宣揚武德以昌國家的理念。例如齊代王融〈從武帝琅邪城講武應詔〉云：「早逢文化洽，復屬武功宣，願陪玉鑾右，一舉掃燕然」，同題，沈約則云：「展事昌國圖，息兵由重戰」二氏皆以宣揚武德，昌盛國家爲主。李白的〈九日登巴陵置酒望洞庭水軍〉云：「酣歌激壯士，可以摧妖氛，齷齪東籬下，淵明不足群」則指出壯士應以建立事功爲要，莫效法陶潛退隱東籬。杜甫〈觀兵〉則云：「莫守鄴城下，斬鯨遼海波。」則希冀元帥能勉力建功，消除妖氛。

　　狩獵類，寫遊獵之壯盛；征伐類寫或寫百年神州須將士捍衛，或寫征戰苦寒艱辛，或勉勵建立麒麟功蹟。從軍類或寫封侯何人，報國無時；或寫壯士奮力報國欲建功勳；或寫書生投筆事從戎，欲報明主之恩；或寫吳鉤相贈，一酬壯志。告捷類、凱旋類、行營類亦是以展示文威武德爲主述。陣圖類以杜甫的〈八陣圖〉句：「遺恨失吞吳」爲千

古傳誦的佳句。射類寫內正外方；弓類寫君子不爭，揖讓
而升之美德，或藉弓觀德，非以事戎爲主。刀類、劍類，
基本上是武備之須，詩人較欲表現的是寶劍須有英雄慧
識，方能展示才華，或用以獻英雄，以建事功，最忌塵埋
無用，不得豪氣干天。旌旗類寫勇志，彈類寫莫拋金丸，
以乳燕多故；鞭類寫成器因匠，懷剛自天。

　　總體而言，武備類凡列十九種，較能表現「託物言志」
的興寄內容，以「劍類」爲多，劉長卿〈古劍〉云：「何意
久藏鋒，翻令世人棄」寫古劍棄置不爲世用的感慨，「儻遇
拂拭恩，應知剸犀利」求用之心急切可知。唐代郭元振〈古
劍篇〉亦有相同的感慨：「雖復塵埋無所用，猶能夜夜氣衝
天」寫出古劍不甘塵埋，夜中仍要劍氣衝天，藉物之不售
喻示人之不遇，其意明確可知。

（陸）、儀器金錢類

　　包括：鹵簿、儀器、權衡度量、寶玉、珠、金、銀、
錢等類，其中度量衡中的尺、天秤取義較重「茲器維則」
的公平、公正性，例如唐代包何〈賦得秤送孟孺卿〉云：「由
來投分審，莫放弄權移」，或如明代郭登〈天秤〉云：「體
物何曾有重輕，相君因爾號阿衡，誰多誰少皆公論，才有
些兒便不平」皆側重其權衡的公平性質。另外，明代周玉
蕭〈日星晷〉則藉物來喻示君心未能歸垣不移：「君心不似

天經緯，日日歸垣定不移」。

　　至於「寶玉」、「珠」是曠世珍奇，在詩人的筆下則以「象德閑邪」、「成器求達」、「所寶在賢」的寄意為主。例如晉代郭璞〈瑾瑜玉質〉云：「鍾山之美，爰有玉華，光彩流映，氣如虹霞，君子是佩，象德閑邪」揭示「玉」不僅能自映光彩，流美映麗，且鍾山因有玉而潤澤豐美，君子因佩玉而能避禍閑邪。然世人多未能分辨玉與石之別，例如宋代鮑照〈見賣玉器者〉云：「涇渭不可雜，泯玉當早分……寧能與爾曹，瑕瑜稍辨論」，李白〈古風〉：「流俗多錯誤，豈知玉與泯」，李嶠〈詠玉〉云：「徒為卞和識，不遇楚王珍」，皆指出玉石不辨的情形，詩人寫此，並非真正在詠玉，常常是藉由玉的遭遇來寫自己懷才不遇的感懷。而美玉亦須有良工，才可雕飾精美，為人所採，例如唐代武翊黃〈賦得瑕瑜不相掩〉云：「疑看分美惡，今得值良工」，錢起〈片玉篇〉云：「連城美價幸逢時，命代良工豈見遺」，唐代羅立言〈賦得沽美玉〉云：「成器終期達，逢時豈見誣」三氏所表現的是美玉欲求良工，玉成美器，則待用於時。

　　金、錢類詩歌較少，白行簡的〈賦得金在鎔〉云：「何當得成器，待叩向知音」寫成器求用；明代沈周〈詠錢〉：「可憐別號為賕賂，多少英雄就此沈」寫無錢逼退英雄的無奈。

（柒）、衣飾用品類

　　詠物類包括：綺錦、布帛、苧葛、氈罽、印笏、冠簪、衣帕、帶佩、履舄、屏障、簾幕、如意塵拂、砧杵等。布帛類有陸龜蒙〈素絲〉：「端然潔白心，可與神明通」寫白絲潔白，用以寓寄心地純白可參天地之功，通神明之象，杜甫的〈白絲行〉：「君不見才士汲引難，恐懼棄捐忍羈旅」，藉白絲寫才士汲引之難，二詩皆借物象特質來表達自己所欲傳示之意。

　　苧葛類，李白〈黃葛篇〉藉黃葛寫女子裁製之情，實則寓寄過時勿棄置的心思：「此物雖過時，是妾手中跡」。元代趙孟頫〈題耕織圖〉云：「我衣苟已成，不憂天早霜」，衣成不畏霜寒，有未雨綢繆之意。唐代戎昱〈和李尹種葛〉云：「擬託凌雲勢，須憑接引材」寫葛藤弱質，須依附他木，才能有凌雲之姿，此即須接引之材，方能引勢而上。

　　印笏類，以「印信」代表「本立道生，作信萬國」不踰常矩的準則。以「笏」代表「報答經綸，明薦神瑞」之意。冠幘類，以象敬慎不忒之心。衣類，則引發詩人以兼濟天下無寒人為喻，例如白居易〈新製布裘〉云：「穩暖皆如我，天下無寒人」。或以衣錦榮歸為喻，例如唐代翁承贊〈歸鄉蒙賜錦衣〉：「更待臨軒陳鼓吹，星軺便指故鄉歸」，唐代劉兼〈宣賜錦袍設上贈諸郡客〉云：「深冬若得朝丹闕，太華峰前衣錦歸。」二詩皆以衣錦榮歸為內容。屏風類之

詩，以詠屏風上所繪之風景為主，較有特色者厥為唐僧無悶〈寒林石屏〉云：「本向他山求得石，卻於石上看他山。」充滿理趣。簾幕類，原用以隔絕內外，詩人在運用物象特質時亦掌握此一特色來發揮，例如唐代萬楚〈詠簾〉云：「自當分內外，非是為驕奢」即是。其他相關的器用類，「如意塵拂」寫「塵心隨影袪」；竹拂子寫「世人不用輕分別，信手拈來總一般」，擣衣、砧石則多表現高樓月、故園心的離思情懷。

（捌）、文書類

　　包括的物類有書籍、五經、史、讀書、書法、御書、篆書、真書、草書、書札、碑、筆、墨、硯、紙、箋、畫等。

　　書籍類主要表現「用舍以造，舒卷不失」，詠史類以歌詠良臣為主，讀書類則表現「俯仰宇宙，不樂何如」，或是寒窗苦讀，一舉成名可封侯掛印。其餘書法、御書、篆書、真書類則表現點畫波磔、勾勒龍蛇之美感。書札則描寫相思或歸思之情。碑類展示經文內涵為主，石經以「儒林道遠，學者彌銳」為要。至於「筆」類，歌詠之詩甚多，主要有「毫輕功重」、「遇良史，振奇才」、「守直、藏鋒」、「世無筆，求索難」、「可堅不可鑽」之意涵。詩如白居易〈紫

毫筆〉云：「千萬毛中選一毫，毫雖輕，功甚重，管勒工名
充歲貢，君兮臣兮勿輕用。」或如歐、陽修〈聖俞惠宣州
筆戲書〉云：「有表曾無實，價高仍費錢，用不過數日，豈
如宣城毫，耐久仍可乞」。

　　「墨」類，有特色者為元代虞集〈謝吳宗師惠墨〉云：
「敢請文章勝虎豹，只應箋注到蟲魚，研磨不盡人間老，
傳與兒孫尚有餘。」。「硯」類主要表現的內容有「抱真守
墨，求用虛心」、「心堅如硯」、「隨材就器」、「剛堅難磨」、
「事業由勤，磨穿求亨」等意涵。

（玖）、樂器類

　　包括：樂律、鐘、鼓、磬、蕭、管、笙、笛、琴、琴
石、瑟、箏、琵琶、箜篌、笳、角、觱篥、方響、雜樂器
等類，此類詩歌抒寫的面向有數：一、至樂忘情，或可寄
餘情或可紓解塵心。二、音樂可表現王化雍熙。三、求知
音善聽。四、曲終聲盡，而餘音未盡。另外，「鐘」之特質，
表現出兩個面向：一、「抱器無心、虛心應物」的特色可對
應於人之德性，例如唐人盧景亮〈寒夜聞霜鐘〉云：「待時
當命侶，抱器本無心，倘若無知者，誰能設此音。」，或如
無名氏〈曉聞長樂鐘聲〉云：「虛心方應物，大扣欲干雲。」
皆剋就鐘的特質寫出「虛心應物」屬性。二、鐘與僧往往
相勾連，因寺有僧有鐘，故詩人表現時往往合寫。例如有

中國詠物詩「託物言志」析論

唐代劉言史〈贈成鍊師〉云：「采芝卻到蓬萊上，花裡猶殘
碧玉鐘。」；唐代潘咸〈送僧〉有：「莫道野人尋不見，半
天雲裡有鐘聲」等。

（壹拾）、器物類

　　包括：鼎彝、爐、鏡、扇、棋、投壺、杖、文具、飲
具、釀具、茶具、食具、坐具、寢具、雜器、香、燈燭、
火、煙、薪炭等。由於物類差異性大，較難有統合的作意。
「爐」給人溫暖，但是梁代沈氏〈詠五彩竹火籠〉云：「徒
嗟今麗飾，豈念昔凌雲」卻從「竹」的角度思考，寫竹今
日之五彩飾，已忘昔日凌雲之身。

　　「鏡」用以整頓容飾，落於追跡形相，有金人完顏王
壽〈對鏡〉其一云：「鏡中色相類吾深，吾面終難鏡裡尋，
明月印空空受月，是他空月本無心」，其二云：「照見大千
真法體，不關形相不關心」揭示不落形相的禪理。

　　「扇」，或從被動性質寫「動靜非我，與時推移」，或
從功能性質寫抵禦炎熱的特色，或從適用的角度寫「物無
大小貴適用，何必吳綾與蜀羅。」。

　　「杖」，依木質表現貞正，有「不待矯揉」之意，或從
功能談「安不忘危，霜雪彌亮」的高節。

　　「文具」從筆之直節、虛心入手。整體而言，較能展

現物性特色者如上所列諸類，若飲、釀、茶、食、坐具、
雜器等類，詩人比較從個人經驗去寫，無統合的觀念。

（拾壹）、食物類

　　包括：酒、茶、飯、粥、麵、糕、餅、饡、酥、乳、
羹、湯、糖霜、食物雜類、穀、麥、蔬菜、雜蔬、瓜、豆
花、蓴菜、菌、瓠、韭薤、山藥、芋、蔊菜、蘆菔、蕨、
椒薑、薺、菱芡等。其中以「酒」、「茶」之詩較多，其餘
聊備一格而已。攸關「酒」之詩歌，大抵可爲幾類，一是
以「一醉萬事已」的心態來對治外在紛繁的世局。例如宋
人楊萬里〈生酒歌〉云：「先生一醉萬事已，那知身在塵埃
裡。」二是以酒銷憂，進而由酒獲得樂趣：例如白居易〈詠
家醞十韻〉云：「能消忙事成閒事，轉得憂人作樂人」、宋
人徐璣〈酒〉云：「世味總無如此味，深知此味即淵明」、
宋人金靖〈謝孫杭員外惠酒〉云：「此景滿懷方得意，不須
千釀敵封侯。」三、醉與醒，不過是形跡之相，最重要的
是澄澈的心境，例如蘇軾〈真一酒歌〉云：「湛然寂照非
楚狂，那知身在塵埃裡。」、楊萬里〈舟中新暑止酒〉云：
「安知醉與醒，誰似誰不似。」「茶」，以描寫閑散品茗之
樂爲多，有陸龜蒙〈茶塢〉云：「何處好幽期，滿巖春露曉」、
蘇軾〈汲江煎茶〉云：「活水還須活火烹，自臨釣石汲深清」、
元人劉秉忠〈嘗雲芝茶〉云：「待將膚湊侵微汗，毛骨生風

六月涼」等。「穀類」有楊基〈杜伯淵送新米〉云:「終歲勤勞農可念,不耕而食余堪恥」寫農夫勤奮,而自己不耕而食的漸愧。「瓠類」寫求售於世,例如金人劉從益〈手植瓠材〉云:「早知瓠落非無用,豈合江湖養不才」、或如范木亨因有一瓠瓜秋後獨輪囷,遂云:「嘉瓠吾所愛,孤高更可人」。

(拾貳)、藥物類

藥物類包括藥類、人參、茯苓、黃精、山茱萸、檳榔、枳殼、枸杞、決明、藥名詩,雜藥類等。總描寫藥類之詩,動態行為多為種、採、鋤、煎、服藥之詩,相關地理則多寫題藥圃、藥園,藥徑、洗藥池等;相關人物則描寫道、僧、賣藥翁、處士等,基本上表現出道家或仙人清疏澄淡的心境。例如宋代趙師秀〈采藥徑〉云:「十載仙家採藥心,春風過了得幽尋,如今縱有相逢處,不是桃花是綠蔭」。或如唐代錢起〈山居新種花藥與道士同賦〉云:「自樂魚鳥性,寧求農牧資,淺深愛巖壑,疏鑿盡幽奇」寫出寧淡的心境與山居之樂。「人參」、「茯苓」以降之藥類多寫藥用功能,唯宋代謝翱〈效孟郊體〉借人參寫貞心:「新雨養陳根,乃復佐藥餌,天涯葵藿心,憐爾獨種參。」

（拾參）、花木類

　　本部份將樹木與花結合成一類別，主要是因爲大部份的樹木會開花，而描寫花之詩歌，亦大多會關涉樹木之摹寫，爲避免該分而不分，不該分而分的情形，故擬將木與花合爲一類共同論述，然而合成一類，即呈現內容非常龐雜的情形，此乃無法避免的情形。所包括的種類繁多，有松、柏、檜、杉、榆、槐、梧桐、榕、椿、楠、桑、楸、楊柳、檉、烏臼、多青、銀杏、木瓜、木槿花、桃花、梅花、李花、杏花、梨花、栗、棗、柰、柑、橘、橙、榴花、柿、楊梅、核桃、枇杷、櫻桃、林檎、荔枝、龍眼、橄欖、葡萄、海棠、桂花、玉蘭、丁香、夜合、紫薇、木蘭、蠟梅、山火、梔子、辛夷、繡毬、棠梨、玉蕊花、山礬、楝花、木棉花、竹、筍、牡丹、芍藥、瑞香、木芙蓉、茉莉、夾竹桃、薔薇、月季、刺桐、荼蘼、凌霄、藤花、山丹、素馨、玉玲瓏、瓊花、蘭、蕙、芝、萱、菊、荷、葵、杜鵑花、水仙、金莎花、金錢花、鳳仙、雞冠、牽牛、杜若、菖蒲、芭蕉、石竹、葉、雜樹、雛花、蘆葦、荻花、荇花、蓼花、蘋花、苔蘚、萍花、薜蘿、菰蒲、草、莎、蓬等。總木類，所表現的是樹木的一般特性，總花類亦然，不針對某一特別的物種描寫，而是以概括的方式總覽。例如詠落花有劉丞直〈賦落花以宋元憲金谷樓危到地香得香字〉云：「英華本天性，開謝任年光」。而在分述各種花木時，

詩人常藉花木自抒懷抱。例如「松」、「柏」、「梅」、「杉」
等樹木著重在耐寒節操的描寫，例如詠松的部份有魏代劉
楨〈贈徒弟〉云：「豈不罹凝寒，松柏有本性」；梁代范雲
〈詠寒松〉云：「凌風知勁節，負雪見貞心。」；梁代吳均
〈詠慈老磯石上松〉云：「賴我有貞心，終凌細草輩。」等
等。詠柏則有明代顧璘〈柏屏〉云：「相憐歲寒葉，鬱作蒼
雲屯，貞姿洗霜雪，老氣橫乾坤」；岑參則云：「不須愁歲
晚，霜露豈能摧」。詠「梅」則有元代馬祖常〈移梅〉其二
云：「高標自凌寒，孤尙獨冠歲」。「桐、竹」重在鳳凰棲食
的典故上，例如唐代李伯魚〈桐竹贈張燕公〉云：「鳳棲桐
不愧，鳳食竹何慚，棲食更如此，餘非鳳所堪」。「楠」則
艱唐代史俊〈題巴州光福寺楠木〉云：「凌霜不肯讓松柏，
作宇由來稱棟梁，會待良工時一盼，應歸法水作慈航」。「竹」
類亦多側重凌霜特色，或鳳棲特質，例如謝朓〈秋竹曲〉
云：「但能凌白雪，貞心蔭曲池」、虞世南〈賦得臨池竹應
制〉云：「欲識凌冬性，惟有歲寒知」；或如梁代江洪〈和
新浦侯齋前竹〉云：「願抽一莖實，試看翔鳳來」
「柳」之詩歌甚多，大都以描寫離情、相思爲多，例如獨
孤及〈官渡柳歌送李員外承恩往揚州觀省〉云：「遠客折楊
柳，依依兩含情」；李商隱〈柳〉云：「如線如絲正牽恨，
王孫歸路一何遙」；元代劉因〈反垂柳短吟〉云：「有分只
偷春色早，無心要結歲寒知，不應再得東風力，更與行人

管別離」。

「柑」、「橘」類寫凌霜有節，晚歲有清芬的特質。例如柳宗元〈南中榮橘柚〉云：「橘柚懷貞質，受命此炎方，密林耀朱綠，晚歲有餘芳。」梁代虞羲〈橘詩〉云：「獨有凌霜橘，榮麗在中州，從來自有節，歲暮將何憂」。

「橄欖」有元代洪希文〈嘗新橄欖〉云：「橄欖如佳士，外圓內實剛，爲味若且澀，其氣清以芳」借橄欖寫佳士之節操，結句並云：「大器當晚成，斯言君勿忘。」或如黃庭堅〈謝王子予送橄欖〉云：「想共餘甘有瓜葛，苦中真味晚方回。」寫回甘之美味。

至於有清馨香味之花，自屈宋以降，即爲有德君子所服佩，在詩歌中，亦多有美讚，例如「桂」有蘇軾〈八月十七日天竺山送桂花分贈元素〉云：「願公採擷紉幽佩，莫遣孤芳老澗邊」；宋代曾肇〈桂〉云：「託根庭宇間，自有幽人致」；李德裕有詩云：「芳芬世所絕，偃蹇枝漸直」，其中以宋代劉子翬〈木犀古風〉最能得桂之幽致：「無人竟日芳，守志何幽獨，士介恥求知，女貞慚自鬻」藉桂寫有品德之士人與貞節的女子，幽獨自守之情操。

「蘭」在屈原筆下亦爲有德君子所佩服，梁代宣帝〈蘭〉云：「開花不競節，含秀委微霜」，或如王維〈蘭〉所云：「婆娑靖節窗，彷彿靈均佩」，或如李白「贈友人」所云：「餘芳若可佩，卒歲常相隨」。或如崔塗〈幽蘭〉云：「幽植眾寧知，芬芳止暗持，自無君子佩，未是國香衰」寫盡芳蘭

無人見賞的幽獨。

「菊」在晉代即以凌霜爲貴，迄陶潛始形塑幽人隱士的風貌。晉代袁山松〈菊〉云：「春露不改色，秋霜不改條」、陶潛〈飲酒〉其二云：「秋菊有佳色，裛露掇其英，汎此忘憂物，遠我遺世情」，其後詩人即以陶潛自喻，例如白居易〈和錢員外早冬玩禁中新菊〉云：「仙郎小隱日，心似陶彭澤」等等。

「萍」無根漂泊的特色亦是詩家筆下常摹寫的對象，例如齊代劉繪〈詠萍〉云：「漂泊終難測，留連如有情」，北魏馮元興〈浮萍〉云：「有艸生碧池，無根綠水上，脆弱惡風波，危微苦驚浪」，明代杜瓊〈萍菴〉云：「閒把浮萍號葉舟，百年身世總如浮，若爲有跡成栖泊，可是無根任去留」皆從浮飄的本性寫起，唯有宋代李覯〈萍〉的視角異於常人：「盡日看流萍，誰原造化情，可憐無用物，偏解及時生，泥滓根萌淺，風波性質輕，晚來堆岸曲，猶得護蛙鳴」從無用之用寫萍之護蛙，擺脫漂泊的悲歌。

（拾肆）、走獸類

描寫的對象包括麟、騶虞、獅子、象、虎、豹、熊羆、駱駝、馬、驢、騾、牛、羊、豕、鹿、狐、猿、狼、貍、兔、貓、鼠、猩猩、雜獸等。其中麟與騶虞皆爲仁獸，故

而所詠之詩，以宣揚其德爲主，並由仁獸轉對德治之要求與肯定。例如吳代薛綜〈騶虞頌〉云：「婉婉白虎，優仁是崇，飢不侵暴，困不改容，斂威揚德，愷悌之風，聖德極盛，騶虞乃彰。」指出騶虞有仁心，飢不殘暴生芻，困厄不改容德的特性。獅、虎、豹類則多寫其武猛，相較之下，虎詩較多，以題寫畫虎之詩歌最多，偶有以李廣射虎爲典故抒發數奇不偶，難以封侯的感慨者。

「馬」類之詩，題寫者較前數類爲多，內容大約有幾個面向，一是題寫千里馬欲得伯樂顧盼之希求，以喻人材欲得明主賞識。二是題畫詩，寫駿馬英姿，展現各種名馬的神態。其中最有特色的是李賀詠馬詩，人馬雙寫，抒發自己的憤悶。「牛」類之詩，多寫牧牛之樂或田家怡然自得的生活，其中題牧牛圖詩之數量甚多，與畫虎、畫馬之詩皆形成另一種特色，不直寫牛馬虎之姿而是藉由圖畫來展現其英姿或閑散之樂。其餘走獸類，可以觀覽者有：羊，以牧羊圖爲多，或偶有關涉蘇武牧羊之節操以自喻，或寫「犬」，以「守則有威，出則有獲」之題詠來肯定其功用；「狐」，不如志怪小說敘述之精采，僅展示其品與貌；猿，在詩歌中題詠的內容多爲悽慘的聽猿鳴，以表現相思、思歸或鬱抑不得志的情懷。兔，以詠玉兔擣藥爲多，或偶有重其毛穎，能爲製筆之資，而歌詠其毫毛爲有用之物的詩。

（拾伍）、禽鳥類

　　包括鳳、鷿、孔雀、鶴、錦雞、雁、鷹、鵑、鵰鶚、
白翎雀、鳶、雉、鷓鴣、烏、鵲、鳩、鶯、燕、白鷴、鸚
鵡、　鴿、雀、畫眉、戴勝、布穀、提壺、啄木、鴛鴦、
瀁鶒、鳺鶬、鷗、鷺、百舌、杜鵑、鶝鶔、白頭翁、白鳥、
翠鳥、鸘鷝、鶉、天鵝、鳧、竹雞、鵝、鴨、雞、雜鳥等。
總寫鳥類之詩，以結合鳥與風景之摹寫爲多，表現出幽靜
詩意的春景。在禽鳥類中，鳳、鷿、孔雀爲祥瑞之鳥禽，
詠鳳鳥有歌頌其德，如吳代薛綜〈鳳頌〉云：「百獸翔感，
儀鳳舞麟……贊揚聖德，上下受祚」，有藉鳳寫棲梧食竹的
品德，例如陳代張正見〈賦得威鳳棲梧〉，而魏代劉楨則指
出須待明君，方能有鳳來儀，其次攸關鳳鳥之描寫或從地
理寫浴鳳沼、鳳凰台、鳳洞、鳳池等，或從音樂性來歌詠
鳳鳥，例如周成王有〈儀鳳歌〉、明太祖有〈神鳳操〉、李
白有〈鳳凰曲〉、〈古風〉等。因鳳鳥爲天下治平時方會出
現的瑞鳥，是一種祥瑞的象徵，此中即可理解爲何君王歌
詠鳳鳥的用意了。

　　鶴，一般摹寫多與田野閑淡的景致相關合，表現出寧
淡悠閒的風光，白居易則以〈代鶴〉寫出鶴鳥感念恩惠，
不肯飛去，表達知遇之情，與回報之殷。

　　雁，是一種秋來春回的侯鳥，詩人常藉其物性來寫思
念故園之情，或寫天涯離散之無奈，或寫離群孤飛的索漠，
亦有透過雁的題畫詩來表達秋情寒瑟。

第四章　託物言志之物類取象與取義

　　鷹、雕鶚所表現的是壯心未已，或欲一飛衝天的凌雲壯志，而中國畫鷹之作甚多，題詠鷹圖之詩亦多。

　　雉，有鴻鵠之志並非池中物，擬振翅高飛；鷓鴣，表現的詩歌內容多爲相思、愁聽；烏，詩歌多寫其何枝可依的蕭瑟悲感，鵲，報喜之鳥，世人喜聽，同時也代表了聖世清明。鶯，多寫春景綺麗。燕，多寫孤飛或離群悲感，劉禹錫借燕寫昔盛今衰人世滄桑的感慨，而張九齡則借燕寫鷹佳莫相猜的曲微情志。其餘，鸚鵡寫解吟，雀寫鴻鵠志，啄木鳥寫啄蟲識木之功，鴛鴦寫雙宿之樂，鷗鳥寫忘機之友。鷺鷥寫修潔可貴、閑散自在；杜鵑、鶗鴃寫春啼。凡此種種皆能剋就物性來描寫，表現強烈的特質。

（拾陸）、魚族

包括：龍、魚、蟹、龜、車螯、蚌蛤、蛙等數種，其中，龍爲魚族之靈，所歌詠的詩多從想像的龍圖而來，例如元代柳貫有〈僧傳古湧霧出波龍圖歌〉、〈題王宰所藏墨龍〉、〈題陳所翁墨龍〉、〈題陳所翁九龍戲珠圖〉等題畫詩；元代陳泰有〈題蒼龍戲海圖〉、元代張雨有〈墨龍〉；明代方行有〈題吳彥嘉所藏張秋蟾龍圖〉；元代虞集有〈玉龍圖〉等題畫詩。由是可知，龍的具體形象雖不見於人世間，但是其形、德，透過畫家、詩人而歷久彌傳。至於所詠的內容以形肖其神姿或寫其潛藏之德。餘者以蒼生望霖雨、龍

137

橫風雨、影搖風波、風霆出沒、雲中作姿等描寫為內容，所重皆在形相的刻摹。龍之外的魚族，魚，寫躍淵池；蚌，寫含珠。

（拾柒）、蟲類

包括蠶、蟬、蝶、蜂、蜻蜓、蜘蛛、螢、促織、蠹魚、蚊蠅、雜蟲等。描寫蟲類之詩歌較少，蠶，寫吐絲之功，蟬寫噪鳴之啼，蝶，寫春舞之樂；螢，寫光照之德；其中，較能表現言外寓寄之意者，厥為「蟬」因其物性本為居高食潔，故詩人用以自喻，例如李商隱的〈蟬〉寫自己「薄宦梗猶泛，故園蕪已平」的悲感；唐人鮑溶〈聞蟬〉：「誰念因聲感，放歌寫人事」藉蟬啼寫驚年光老去。白居易〈答夢得聞蟬見寄〉寫物是人非的感慨：「人貌非今日，蟬聲似去年」，唐人趙嘏〈風蟬〉云：「故里客歸盡，水邊身獨行」寫因蟬鳴而興發他鄉飄泊未歸的怊悵。

以上所述為十七類詠物詩之主要內容與義蘊，究竟那些「物」最容易興發詩人作為「托物言志」的物類憑藉呢？運用的物德與所托寄之人、事、情、志、理等項是否相關連呢？所擬之內容為何？物類取義為何？往下我們將細細爬梳物性與取義的對照性。

表八：《佩文齋詠物詩選》物象分類表

類別							
自然界	無生物	天文	天	日	月	星	河漢	風
			雷電電	雲	霞	雨	霧	露
			霜	雪	冰	虹霓	瑞氣	
		天候	晴	曉	夜	寒	暑	涼
		時令	春	立春	夏	立夏	秋	立秋
			冬	立冬				
		節日	元旦	人日	上元	花朝	社日	寒食
			清明	上巳	佛日	午日	中元	中秋
			九日	臘日	除夕			
		山石	泰山	華山	衡山	恆山	嵩山	西山
			盤山	鍾山	金山焦山	茅山	武夷山	廬山
			九華山	小孤山	天台山	普陀山	羅浮山	惠山
			虎丘山	巫山	太行山	王屋山	終南山	龍門山
			峰	嶺	巖	洞	谷	島嶼
			石	石壁	假山	眾山		
		水系	海	江	曲江	淮水	河	漢水

			洛水	湘水	湖	川	渚	浦
			谿	澗	潭	洲	渡	潮
			池	溝	灘瀨	井	泉	溫泉
			瀑布水簾	眾水				
		建築	宮殿	門闕	省掖	館閣	院	苑
			臺榭	亭	樓	閣	莊 山房	園林
			別業	城郭	橋梁	隄岸		
		交通	舟	車				
		武備	簡閱	狩獵	征伐	從軍	出塞	告捷
			凱旋	行營	陣圖	射	弓	箭
			刀	劍	旌旗	戰袍	彈	鞭
			武備雜類					
		儀器金錢	鹵簿	儀器	權衡度量	寶玉	珠	金、銀
			錢					
		衣飾用品	布帛	苧葛	氍毹	印笏	冠簪	衣、帕
			帶佩	履舄	屏障	簾幕	如意塵拂	砧杵

		文書	書籍	五經	史	讀書	書法總類	御書
			篆書	真書	草書	書札	碑	筆
			墨	硯	紙	箋	畫	
		樂器	樂律	鐘	鼓	磬	蕭	管
			笙	笛	琴	琴石	瑟	箏
			琵琶	箜篌	笳	角	觱篥	方響
			雜樂器					
		器物	鼎彝	爐火籠	鏡	扇	棋 彈棋	投壺
			杖	文具	玩具	飲具	釀具	茶具
			茶具	食具	坐具	寢具	雜器	香
			燈燭煙火	火	煙	薪炭		
生物	人類	職業	農	圃	樵	漁	牧	織
			女紅					
		宗教	佛寺	佛	僧	浮圖	僧家雜類	仙觀
			仙	道士	步虛詞	道家雜類		
無生物		食物類	酒	茶	飯	粥	麵	糕

			餅	饟	酥	乳	羹	湯
			糖霜	食物雜類				
生物	植物類	穀蔬	穀	麥	蔬菜	雜蔬	瓜	豆花
			蕈菜	菌	瓠	韭薤蔥	山藥	芋
			蔊菜	蘆菔	蕨	椒薑	薺	菱芡
		花木	松	柏	檜	杉	榆	槐
			梧桐	榕	椿	楠	桑	楸
			楊柳	檉	烏臼	冬青	銀杏	木瓜
			木槿花	桃花	梅花	李花	杏花	梨花
			栗	棗	柰	柑	橘金橘	橙
			榴花	柿	楊梅	核桃	枇杷	櫻桃
			林檎	荔枝	龍眼	橄欖	葡萄	海棠
			桂花	玉蘭	丁香	夜合	紫薇	木蘭
			蠟梅	山火	梔子	辛夷	繡毬	棠梨
			玉蕊花	山礬	楝花	木棉花	竹	筍
			牡丹	芍藥	瑞香	木芙	茉莉	夾竹桃

						蓉		
			薔薇	月季	刺桐	茶蘼	凌霄	藤花
			山丹	素馨	玉瓏鬆	瓊花瑤花琪花	蘭	蕙
			芝	萱	菊	荷	葵	杜鵑花
			水仙	金沙花	金錢花	鳳仙	雞冠	牽牛
			杜若	菖蒲	芭蕉美人蕉	石竹	葉	雜樹
			雜花類	蘆葦	荻花	荇花	蓼花	蘋花
			苔蘚	萍花	薜蘿	菰蒲	草、莎蕉、蓬茅、蓍蒮、鳧葵瓦松	
		藥物	藥類	人參	茯苓	黃精	山茱萸	檳榔
			枳殼	枸杞	決明	藥名詩	雜藥類	
生物	動物	走獸	麟	騶虞	獅子	象	虎	豹

	類	類						
			熊羆	駱駝	馬	驢、騾	牛、犀牛	犬
			豕	鹿	狐	猿獼猴	狼	貍
			兔	貓	鼠	猩猩	雜獸	
		禽鳥類	鳳、鸞	孔雀	鶴	錦雞	雁	鷹
			鶻	鵰鶚	白翎雀	鳶	雉	鷓鴣
			烏	鵲	鳩	鶯	燕	白鷴
			鸚鵡	鴝鵒	雀、黃雀	畫眉	戴勝	布穀
			提壺	啄木	鴛鴦	鸂鶒	鵁鶄	鷗
			鷺	百舌	杜鵑	鶪鴃伯勞	白頭翁	白鳥
			翠鳥	鸝鶯	鶉	天鵝	鳧	竹雞
			鷀	鴨	雞	雜鳥		
		魚族	龍	魚	蟹	龜	車螯	蚌蛤
			蛙					
		蟲類	蠶	蟬	蝶	蜂	蜻蜓	蜘蛛
			螢	促織	蠹魚	蚊蠅	雜蟲	

			絡緯				

第　二　節　詠物詩「託物言志」之取義

　　天地宇宙無垠無盡，萬物森然羅列，儘管物象眾多，物類繁富，並不是每一物皆爲詩人愛賞之物，皆能成爲歌詠的對象，如果根據《佩文齋詠物詩選》所列，即有四百八十六種之多，此四百多種其實已是萬物之簡約取類了，但是所詠之物，又並非每一物皆適合表現「託物言志」的效能，或是表現「興寄、擬譬、託喻」的內容。能夠構成「託物言志」的物類與物性，到底有那些？有無共通的原則性呢？

　　從上述可知，詩人往往利用物性的描寫，寓寄所欲表達的情志，本節即根據上面所臚列的各種物性將詩歌「託物言志」之取義的部份作一說明。

壹、詠物詩之物性與「託物言志」意義的締構

　　我們從《佩文齋詠物詩選》詠物詩中，約簡爲十七類，以下再分作六大族類，針對各物類的「物性」與「取義」作一分析說明，冀能宏觀中國詠物詩「託物言志」之物類

145

取義的範疇。[1]

一、人文器用類

在人文器用部份含建築、武備、儀器金錢、衣飾用品、文書、樂器、食物藥品諸類;以下分析其義。

1、建築類

有宮殿、門闕、省掖、館閣、院、苑等六種與君國攸關,建築之巍峨、富麗所代表的意涵是帝國之威盛,及君王之崇高不容侵犯,對臣子而言,省掖、館閣代表職責所在,必戮力以赴。「託物言志」之詩歌所詠,則藉建物之高峻崇盛來表達君恩之隆盛及欲報擢拔知遇之情。《佩文齋詠物詩選》所列「宮殿」類詩歌以應制之作為多,且以唐詩居多,難免多歌功頌德之作,例如上官儀〈早春桂林殿應制〉、許敬宗〈侍宴莎冊宮應制得情字〉、陳叔達〈早春桂林殿應制〉、魏元忠〈銀潢宮侍宴應制得枝字〉、李嶠〈甘露殿侍宴應制〉等等,此類作品較難表現託物言志的內涵。

---

[1] 《佩文齋詠物詩選》所輯詠物詩雖未能盡賅物類、物象與寓意,論述時可能受其繩囿,然,該書卷秩豐贍,仍有其不可偏廢的重要性。

「省掖類」與「館閣類」亦然。至於院、苑、台榭、亭、樓、閣、莊、園林、別業等，所欲表達的託物之內容多趨向登高遠眺，有極目天涯，漂泊無歸的索漠，或相思無盡的悲情，至於由賞景、觀景所引發的閑淡悠然的自得情懷，則多表現避居人世，遠離塵囂紛擾的澄靜淡謐心境。另外，交通類之舟輯、車亦附列於次。

表九：建物、交通類取義表

物類	物性或特色	託物言志之取義	卷數
宮殿 門闕 省掖 館閣 院 苑	1 從建物外觀視之，朱樓高殿、鳳闕龍輿、閬苑重閣 2 從君王視域觀之，威儀天下 3 從臣子視域觀之職權所在	1 盡責的表現，例如杜甫：明朝有封事，數問夜如何 2 欲立事功，例如劉禹錫：曾是先賢翔集地，每看壁記一慚顏。 3 勸誡君王：可憐夜半虛前席，不問蒼生問鬼神。	111 —116
台榭 亭 樓 閣	1 從功能性言之，是遊賞或登望之處 2 從地理位置而言，多處僻	1 遊賞登望興發思念故人、家國之情或懷古之意 2 美景當前，息心忘歸，或企羨仙、道人物 3 擬退隱山林，隔絕人世紛	117 —120

147

	靜幽地	擾。	
莊林園園林別業	幽僻鄉居，有山林或農家之野趣	有兩種對反的表達方式： 1 忘卻經綸之務，怡然自得 2 身在山林，欲求汲引	121 ─ 123
橋梁	作爲陸上渡河過江之用	運用接引兩端的特質，衍義成輔佐之意，喻從容濟世、憂念黔黎	125
舟楫	作爲川江過渡之用	運用過渡特性，喻致遠任重、接濟天下之意，或隱淪下僚，欲求汲引推薦	127
車	交通工具，依軌轍而行	軨軏比信義，或是引申爲「追仁赴義，惟禮是恭」 或是行不由徑，必遵正道而行。	128

2、武備類

　　《佩文齋詠物詩選》將簡閱、狩獵、征伐、從軍、出塞、告捷、凱旋、行營皆列爲詠物詩，實際上是一種動態的行爲動作，非具實之物，故而摒除不論，較重要的託喻物類有弓、刀、劍三種，弓主要從《論語》取「君子之爭」之意，而刀劍爲英雄所執，詩人藉刀劍配英雄比附自己求

識或求用的幽懷。

表十：武備類取義表

物類	物性或特色	託物言志之取義	卷數
弓	射箭之器	由射箭引申爲君子之爭有揖讓之美	139
刀劍	武器	1塵埋不用，聲鳴不平　2欲求用於世，或獻明君或酬知己	141—2

3、儀器、金錢類

　　主要取象有「度量衡」，重在公平取則，「珠寶」則求鑑賞或世塵混濁，不容珠玉相混，以寓寄不同流合污之志。

表十一：儀器、金錢類取義表

物類	物性或特色	託物言志之取義	卷數
度量衡（含尺、天秤）	衡量物品	取公平準則之義，喻輕重自有公則，莫放弄權移	150
寶玉珠	珍奇之物	1良器須有良工，藉言欲求識者薦用	151—
		2玉石不辨，欲求鑑識，喻良才在野。	152
		3至寶沖粹，魚目難混，寓寄	

		不與世混濁之心	

4、衣飾用品類

由於物類包括穿戴、服佩及相關用品，故較難有統一的取義，由殊相中，可窺見不同取義。

表十二：衣飾用品類取義表

物類	物性或特色	託物言志之取義	卷數
布帛	素絲色白	潔白不染，以喻心境純潔可通神明。	156
印笏	印爲權信表徵，笏爲奏版	以印喻信，是立道根本，以笏喻職權所在，行徑不踰常矩，或報君恩，可薦神明。	159
冠幘	戴在頭上	1總體而言，儀表端正，以喻行爲敬慎。 2分別而言，冠幘是身分的表徵，例如道冠、葛巾以喻幽棲之志；烏紗帽以喻在朝爲官，欲報君恩，澤被黎民。	160 冠簪類
衣	穿在身上	從功能性而言，衣以蔽身，以求溫暖，己衣衣人，以喻兼濟天下之志。從身分表徵而言，不同衣	161

		飾，代表不同身份，君賜錦衣，以喻功成榮歸。	
屏風簾	用以屏障之用	以喻內外之別，或心累物遷，須摒絕外物遷累	16屏障類
砧	擣衣石	秋寒霜降，裁衣擣衣，以寄遠人，或喻征戰未息，或喻相思未了。	167砧杵類

5、文書類

含文具、典籍類等，品類甚多，但是所取託喻之意，以筆硯較具特色。

表十三：文書類取義表

物類	物性或特色	託物言志之取義	卷數
筆	書寫用品，直挺中空	1從功用言之，良筆欲遇良史，才能振筆直書，喻求用於世。 2從形狀言之，直挺中空喻直節、虛心。	211 文具類
硯	磨墨之石	硯以受墨，喻抱真守墨，求用虛心；或以硯石剛堅，喻心堅如石；或以硯石難穿，喻事業由勤求亨	211 文具類

6、樂器類

　　管樂、彈撥、弦索類的物類所在多有，但是鐘之形、笛之音、琴之古調皆爲詩人常欲託寄者。

表十四：樂器類取義表

物類	物性或特色	託物言志之取義	卷數
鐘	針時之器，中空，可叩聲	以鐘之形，喻抱器無心，或虛心應物。以鐘之用，多爲寺、觀，聞鐘以喻山林野趣或塵心紛解。	186
笛	吹奏之管樂器	笛聲多高亢，聞笛多引發故園之思；或笛聲寂寞，欲求賞音。	192
琴	七弦之彈撥樂器	古調不俗，正聲求知	193

7、日用器物類

　　較有特色者，厥爲鐘之照物、扇之見捐、杖之佐行、薪炭之取暖四項。

表十五：日用器物類取義表

物類	物性或特色	託物言志之取義	卷數
鏡	照象之用品	鏡能照物，喻鑑照由心，非由形跡；或虛能照物，喻虛空無心方能有得	206
扇	驅暑搧風之用品	因扇爲人所持，動靜非由扇，喻與時推移；或從功能性言之，物無大小，貴適用即可，非必綾羅之製。又，秋扇見捐，以喻女子失寵。	207
杖	行走時，拄用之物	爲佐行之用，故有輔佐之意，喻安不可忘危。或從杖之形，喻貞正、高節。	209
爐薪炭	取暖用物	霜寒藉以取暖，喻人情炎涼；或以薪傳火，喻精神相繼。	219 薪炭類

二、食品暨器用類

　　酒爲千古詩人所愛賞者，不論喜樂、憂歡皆欲一飲爲快，故酒詩甚多，而主要的寓寄之義有下列三項，至於茶之清芬、瓠瓜之懸繫，亦爲詩家取義托寄者。

表十六：食品暨器用類取義

物類	物性或特色	託物言志之取義	卷數
酒	飲料，具麻醉作用	1 從作用言之，人世困頓、宦海浮沈，藉酒銷憂解愁，寓寄暫得萬事不侵之樂 2 喝酒是悠然自得的象徵，以喻遠遁世塵，不混跡濁世，湛然寂照。 3 陶淵明好飲、不事權貴、不爲五斗米折腰的典型，成爲詩人取譬擬喻者。	243
茶	飲料，可消渴，氣味清新	喝茶多喻爲幽居，或心境澄謐，或澹然世塵之紛擾。	244
瓠	瓜類食品，晒乾可爲容器	以瓠瓜繫而不用，喻求用於世；或孤高可嘉。	265

三、天文、地理類

1、天文

在自然界部份，詩人所吟詠的天文類之詩歌，所要表現的情志是藉由「天、日」崇高永恆不變的特色，來譬況君恩之高崇；雷電表現自然界不可抗拒的力量，劇力萬鈞，氣

勢馳掣；風、雨則多表現人世飄搖不定，霜雪多表現覆育潤澤之功或人世偃蹇遭逢的阻力。

表十七：天文類取義表

物類	物性或特色	託物言志之取義	卷數[2]
天 日 星	高高在上，永恆不變	以至高至大喻君、國崇高至上，不可侵犯；以守恆性喻綱常、準則之不易。	1，2，4
月	朔日虧，望日盈	1 月之盈虧，喻人世聚散無常 2 千里共望，喻相思無盡 3 清月朗照，喻幽居或孤高	3
風	流動不居，可使物類流移、飄飛	取風吹草偃，喻君子之德；取風動帆移，喻濟川之功；以秋風蕭瑟，落葉飄飛，喻鄉關之思；以風聲淒戾，喻相思不盡之情。	6
雲	天上水氣，飄浮不定，積結可降為雨	從飄浮不定言之，以喻有形卻不為物累；或喻人世流浪飄泊無定。從化雨而言，可流潤群	8

物類	物性或特色	託物言志之取義	卷數
		生，喻德澤流衍。從高居天上而言，浮雲蔽日，以喻佞幸環繞君王。	
雨露	天降之水	從水之功能言，施甘霖以喻潤澤群生。	10—11
霧	朦朧氤氳	以朦朧不明，喻妖氛；或遮蔽視線，喻小人得志。	12
霜雪冰	寒天所結之水的固體	1 寒冷使物色改容，映襯不變之物，以喻貞篤之節。 2 霜雪可融成液態之水，雖肅寒，終能潤群物，以喻澤流無限、覆育有功。 3 顏色皎潔，以喻心境澄淨，不追企榮麗華妍。	13—15

2、山石類

多寫遊賞之景，並由遊賞的過程體悟人世紛攘，不如息心山野，遂興發隱遁山林或追企道士神仙之念。

表十八：山石類取義表

物類	物性或特色	託物言志之取義	卷數
山	高聳可眺、	1 以山所居之地理形勢而言，多	49—75

| | 景緻可觀 | 在僻野，以喻遠絕塵囂之幽人，抽簪不仕。
２以景色幽夐，入山避喧，以喻解塵紛、見道真。
３以奇山難訪，蓬瀛不易企求，喻求道不果或不易。
４攀登絕頂，高處寒冽，喻人世尊榮，居高必危。
５居幽處僻，寓寄無人招隱，有求用之心。 | |
| 石 | 質性堅固 | 堅固以喻貞心不移，或不屈所志。 | 80 |

3、水系類

詠水之卷數甚多，包括名川、勝水，但是所涉皆以「水」為本質，所取之義亦相類，故合而論之。詠水之詩，往往以水之靈動及潔淨，一方面表現湖海川江之美，一方面又藉水託寄隨物塑形，不拘一態之情，或寫水灌溉之功。

表十九：水系類取義表

物類	物性或特色	託物言志之取義	卷數
水 海	永恆流動之水	１水具洗濯功能，以滄浪水可濯纓滌足，喻孤高之志或世推移之	84 107

江泉		情
		2 水質澄清，以喻人品潔淨淡然。
		3 水性動靜自得，以喻人之出處進退，操之在己。
		4 水性柔順應物，以喻人應謙柔順物
		5 潮波盈縮有定，以喻人知進退；或反諷人之歸期無定。
		6 眾流歸海，以喻仁德，萬國奉君；或以水為百谷王，以喻虛心受物
		7 水有灌溉之利，以喻德澤流布。

四、花木類

　詠物詩中品類最多的是花木類，但是取義主要從花木之凌霜耐寒、馨香氣味、花容綺艷或質性飄零等視域取譬。

表二十：花木類取義表

物類	物性或特色	託物言志之取義	卷數
松柏檜杉竹	耐寒之木	1凌霜耐寒之質，喻志士忠臣堅貞、孤直之勁節。 2材幹高直，可爲棟樑之材，喻人材可用。 3材大難用，喻志士幽人沈淪下僚。 4木根直壯，有異草萊，以喻人有本心，不爲外物摧折心志，或喻能爲凌雲之木。 5桃李繁盛時不與之爭妍，寒冬時終能青翠如蓋，喻人須耐住寂寞，終有用世之日。	277—282 335：竹
柳	枝葉細長之植物	1「柳」音通「留」，以折柳送別，喻離情依依。	2895 楊柳類
梅	耐寒植物，歲暮開花	1以負霜之姿，喻孤高幽人 2歲寒暗香浮動，不屈霜雪，喻人志節不屈 3花姿幽獨，不媚東風，不與群芳競艷，喻志士幽人，不與世推移	297
柑	耐寒植物，	1歲晚餘芳，有凌冬之質，喻人	304—5

橘	有果實可供食用	有節操，不爲物屈。 2果實煌煌，可薦嘉賓，喻人欲舉用於世	
桂蘭	有香氣之花	1馨香襲人，喻有德君子，自有美德，不假外物。 2可供佩服，喻有德君子，欲舉用於世。 3幽獨自賞，不學桃李媚姿，喻君子自有品格，不與佞幸爲伍，或不自矜自伐，或能耐守寂寞。	319—320
牡丹	春開植物，花朵華艷	1以物稀爲貴，人人愛賞，尊爲花中之王，用以諷喻世人逐名追利 2以花開富麗，喻富貴之人，或喻國色天香之美人	337
菊	秋天開花	1以凌霜之姿，喻幽人勁節 2以繁花凋後，秋晏始開，喻隱士不與人爭。 3以東籬採菊，喻退隱閒適自得的生活。	357
荷（芙	生長水中，夏天開花	1出污泥不染，而有潔淨芬芳之姿，喻人居處困境仍能挺立丰	382

蓉）		姿。 2幽姿獨絕，可遠觀不可近翫， 喻有德君子不可褻瀆。	
萍	水中飄浮植物	1飄浮之本質，喻人世飄泊無定 2隨水勢飄游，喻人世風波不定。	393　萍花類
草	遍地雜生之植物	1遍野雜生，喻相思無盡，或指小人得勢，或指堅韌生命力。	396

五、走獸類

　　較有特色者為馬之求伯樂、猿之悲啼，詩人多藉以寓寄感慨。

表二十一：走獸類取義表

物類	物性或特色	託物言志之取義	卷數
馬	擅奔馳動物	駿馬需得伯樂方識其材，以喻賢士才人，欲得賞識，方能薦用於世。	405
猿	擅啼之動物	猿聲淒厲，聞者沾襟，通常用來興發羈旅行役之悲苦，或旅途愁思。	413

六、禽鳥、魚族、蟲類

　　將禽鳥、魚族、蟲等並列，主要是因為託喻之取義較少，其中比較有特色者，有藉雁之候鳥性格、海鷗之忘機、魚之求龍躍、蝶之周夢典故等項取義。

表二十二：禽鳥、魚族、蟲類取義表

物類	物性或特色	託物言志之取義	卷數
雁	秋來春返之候鳥，性喜群處	1 以雁之來去有時，反諷人之飄泊無歸 2 以孤雁獨飛，喻離群索居之幽人，或喻失侶之悲苦 3 以雁聲淒戾，興寄思鄉或思人之哀。	426
鷗	棲息海岸之禽鳥	1 以莊子典故，喻忘機之友 2 以結交白鷗，以喻避居人世，與禽鳥為伍，與世無爭之淡泊生活。	451
魚	水中動物	以魚躍龍門，喻人得勢或榮貴	469
蝶	空中飛行之昆蟲	以莊子夢蝶，喻人世如夢或物我翕合無分。	478

　　從上面歸納得知各種物類各有託喻的內容，「託物言志」的意義主要從兩個面向呈現，其一是公有意義的建構

或運用，其二是私有意義的表述或呈現。準此，主要論述
分作兩大部份，一、分析詠物詩中「託物言志」公有意義，
期能建構理解詠物詩物性與「託喻」之間的關涉；二、分
析詩人用私己的經驗，或特殊表述方式，來表達曲隱之情
的方式。此外，第三節並藉由虛中《流類手鑑》物象的象
喻系統，來檢視物象與喻示的意義，是否相符應？或有意
義轉移的情形出現？

貳、詠物詩「託物言志」公有意義的建構

　　上面所列「物性」與「託物言志」之取義，係根據《佩
文齋詠物詩選》所擬，吾人嘗試將物性與託物言志的意義
作一關合與歸納，冀能明悉不同物種，必有不同物性，而
此一物性，又常是詩人興寄、取譬、託喻的來源，從歸納
可知物象之取義有「公有義」與「私有義」兩大部份，前
者爲共同使用的意義，後者僅以詩人創發之意爲主，二者
亦有差別。上面所列，即是藉由歸納分析，取詠物詩「公
有義」，然而，《佩文齋詠物詩選》有其缺點，例如分類不
當，或重複分類，或將非物之詩亦列入詠物詩中，且所收
輯內容，又往往有偏[3]，以茲爲分類論述的基點，難免受其

---

[3] 所謂分類不當，是指有些詩當分而不分，不當分而分者，例如
「織」、「女紅」與「布帛」類所詠之內容多重疊，實不必強分。

繩囿，但是，就蒐羅之廣，內容之豐，仍爲當前研究者不可偏廢者。故而援用時，取長擷短，俾補闕漏。

又如宮詞，置於「儀器類」有花蕊夫人〈宮詞〉一首，請見四庫本、集部、《佩文齋詠物詩選》第二冊、總頁數 1433—54。又置於「箋類」有王建〈宮詞〉一詩，請見四庫本、集部、《佩文齋詠物詩選》第二冊、總頁數 1433—146。又置於「獅子」類有明代朱讓栩〈擬古宮詞〉一首，請見四庫本、集部、《佩文齋詠物詩選》第五冊、總頁數 1434—386。爲何將〈宮詞〉分置三處呢？主要是因所詠之物不同，遂分置三處，實則「宮詞」本非詠物，若真以詠物視之，則應將之歸爲同一類，而不應分見數處。

又，禽鳥類、魚族、蟲類，所分之類別太瑣碎，致所收之詩或三、五首，無以見其物性。例如「獅子」有三首；「熊羆」類有五首；「豕」類有三首；「狐」類有四首；凡此，皆以物類爲主，原無可議，然而所輯之詩，多寡太過於懸殊，三五首也列爲一卷，與數百首之詠花木類的詩相較，有輕重偏倚之實。

又有分領不清而重出者，例如「步虛詞」已收入「道士類」，然而，在「麟類」亦收明代朝鮮人蓀谷人的「步虛詞」二首。請見四庫本、集部、《佩文齋詠物詩選》第五冊、總頁數 1434—385。非詠物詩而輯入者，包括人物類、節令、天候等數項，在武備類中，「凱旋」、「出征」、「出塞」等是動態而非靜態之物，亦列爲詠物詩，可見其範疇包羅甚廣，幾乎天地萬象皆含括在內了。

根據上面所列的詠物詩，我們可以得到一些共同的原則性：

一、運用典故，達成「託物言志」的意涵

典故，是文化傳統積累而成的共同意義，在文字的使用範圍內，往往以最精簡的文字語言，傳達最大的意涵，有事典、語典之分，不論是事或語典，只要是藉「物」來取義時，皆可形成託喻的效果，亦即詩人在援用時，以最精短的「物」即能涵概最大的「意」，而此「意」是共通的符碼，不經解釋即能傳達意旨。例如「東籬」，因陶淵明有「採菊東籬下，悠然見南山」之名句，此後「東籬」即成爲陶淵明的代稱，而陶氏不事權貴，賦歸去來辭，怡然自樂於田園中，故而「東籬」又成爲歸隱、隱士幽人的代稱，詩歌中運用「東籬」即能賦予豐富的意涵，不必再解釋了。復次，「菊」之典故與陶氏亦非常密切，陶氏愛菊，以喻花中之隱逸者，故詩歌詠菊時，即寓寄詩人以歸隱的幽人自比。

又如詠「蝶」，莊子曾有「夢蝶」之典，只要歌詠蛺蝶時，往往伴隨著「莊周夢蝶」的意涵而豐富起來，而此一意涵可以指「物我無分」之意，也可以指人世大夢一場，不過如蝴蝶遽然往返而已；更可以指道家的逍遙無待。

由此可知，典故之運用，可以豐富詩歌之義蘊，同時也使意義指向「不確定性」，所謂的「不確定性」是指意義可以多方衍申、演繹。這就是一種弔詭，一方面，典故可固

定意義，一方面又充滿了衍義的紛歧性。

二、物性種類繁多，所託喻的物性卻非常有限與固定

　　從《佩文齋詠物詩》四百八十六種物類中，可以再約簡爲十七類，而在每一類別中，又往往因物性相近而呈現所托喻的內容大同小異，這些物性具有雷同性質時，往往造成所託喻的意義固定與有限。

　　例如，天文類中有：雨、露、霜、雪、冰，不論是液態或固態之水，其本質仍爲「水」，水的物性具灌漑之利，故詩歌所詠必會指向「覆育萬物、流澤群生」之灌漑效能，再借喻人之德澤流布。又，水具清潔之作用，可用來洗滌，故可象徵人品明淨，澄然自適。又，水無固定形體，可隨物固形，故又可借喻人之隨物應物之謙順態度。所以無論是霜、雪、冰、雨，除了可就殊相進行託喻，亦可藉共相來託喻，我們在閱讀時，即可感受到物性相同，所詠的意涵也相類似。又如「水系」之中，雖然區分爲海、江、曲江、淮水、河、漢水、洛水、湘水、湖、川、……等二、三十種物类，但是基本的物性仍然爲「水」，在共相的取義上，往往亦會與上述「天文」類中的雨、雪、霜、冰有類似的託喻內容。

　　又如樹木類中具有凌霜耐寒的樹木有松、柏、杉、竹、梅等，由於「物性」同具有「凌寒」、「耐寒」、「青翠不華

美」的特質，所以在歌詠這些詠物詩時，內容往往導向「凌霜雪」、「歲寒心」、「不取媚東風」等，故而託喻時常用以比擬忠貞節烈之士「有節操」、「不屈不撓」、「不取媚世俗」等特質。

　　花木中，具有馨香氣味者，例如蘭、桂、芝、芷等，常用來比擬有德自守的君子或幽人；盼望美人佩服即是託喻有用世之心，或希望獲得君王或賢者欣賞。

　　　至於器用之物，則多託喻「求用之心」、「知人善任」、「不甘塵埋」之意涵，例如刀、劍、書、筆、扇等。而樂器類之物則以求知音聆聽，喻「知己難逢」、「求用於世」、「感慨沈潦，無人知賞」之意。

　　　由是可知，雖然「物類」繁富，但是所約取的「物性」卻非常有限，故所託喻的內容亦相當的固定。至於所託喻的內容多指涉什麼，亦即對應出什麼樣的情志？容後再論。

三、一物具有多種「物性」時，常有不同的託喻內容，並存而不相斥物性若非單一化時，常因不同的「物性」而有不同的意涵，而此意涵卻不具排他性，能各自在「物類」中存有。例如前述之「水」被詩人取義時，至少可以衍成七種「物性」與意義：

１水具洗濯功能，以滄浪水可濯纓滌足，喻孤高之志或世推移之情。

２水質澄清，以喻人品潔淨淡然。

3 水性動靜自得，以喻人之出處進退，操之在己。

4 水性柔順應物，以喻人應謙柔順物。

5 潮波盈縮有定，以喻人知進退；或反諷人之歸期無定。

6 眾流歸海，以喻仁德，萬國奉君；或以水爲百谷王，以喻虛心受物。

7 水有灌漑之利，以喻德澤流布。

以上七種水性及取義，彼此共生共存而不相斥。這些攸關水的物性皆被詩人取用，而形成不同的意涵，這些意涵皆能表現「水」的特質，同時也能展現迥異的託喻內容。

又如「山」之物性有五，其託喻內容亦迥不相侔：

1 以山所居之地理形勢而言，多在僻野，以喻遠絕塵囂之幽人，抽簪不仕。

2 以景色幽夐，入山避喧，以喻解塵紛、見道真。

3 以奇山難訪，蓬瀛不易企求，喻求道不果或不易。

4 攀登絕頂，高處寒冽，喻人世尊榮，居高必危。

5 居幽處僻，寓寄無人招隱，有求用之心。

職是，同一物類具有不同物性時，皆可取來託喻，不具排他性，因此更能豐富該「物類」的義蘊。

參、詠物詩「託物言志」私有義的表抒

第四章　託物言志之物類取象與取義

　　所謂的「私有義」是建構在詩人獨特的觀物與取物特質的表抒方式。所形成的意義是屬於詩人自創的，並無文化傳統的共同性或共同義，構成的方式如下所述。

一、詩人獨特的遭逢，借物託喻與表抒

　　詩人在面對個人生命的迍邅困頓、家國的風波不靖、社會流俗的積重難返時，往往以詩歌的方式深寄感慨，或表抒自己的抑鬱。例如白居易〈買花〉一詩，即寫帝城暮春時節，世人爭看牡丹的喧囂：「帝城春欲暮，喧喧車馬度，共道牡丹時，相隨買花去」，其後買花、種花、護花成為當時人風靡一時的情形，全詩以映襯方式來呈現，一方面是世人奔相買花的熱鬧情景，用來對襯孤獨的田舍翁低頭長嘆，一方面又以牡丹「灼灼百朵紅，戔戔五束素」，來對襯「一叢深色花，十戶中人賦」的貧富懸殊的情形，映襯出一熱一冷，一富一貧，一眾一寡，一少一老的情形，尤其相當反諷的是，牡丹珍貴，酬價無數，世人卻一擲千金面不改色，而田翁卻為了賦稅，苟苟營生，長聲嘆息，人賤不如花的感喟由此而發。此乃白居易獨特的感受，遂借「牡丹」一物來表抒社會流俗的普遍情形，以諷刺世人。

　　杜甫〈白絲行〉藉白絲寫才士汲引之難，白絲與才士有何關連呢？該詩先以極大的篇幅寫繰絲裁剪製逢的過程，再寫美人著衣為君歌舞的翩翩舞影，並以蛺蝶黃鸝對

169

照美人之歌舞曼妙的情景，因絲衣有「香汗清塵污顏色」遂令美人「開新合故置何許」，藉由衣服棄置不用，引發託喻的情志：「君不見，才士汲引難，恐懼棄捐忍羈旅」。此詩以「比」的手法，巧妙的將白絲與才士作一關合，其實所要表達的意涵有四：一是以白絲自喻高潔，二是白絲裁製過程猶如才士豐富學養，三是被美人穿來歌舞，比喻才士出用，四是白絲沾污帶塵，棄置不用，令才士恐懼自己的遭遇亦會被棄捐，遂無奈地羈旅，深意在「汲引難」以喻才士不易被薦引，「忍羈旅」其實是「不忍羈旅」卻又不得不然，表現出徘徊躊躇的無奈。杜甫用個人的感慨，藉由「白絲」寫出，並且僅由末二句傳遞「汲引難」、「忍羈旅」的意涵，寓意深刻。

二、詩人逆反傳統用法，形成新的義涵

一般寫畋獵的詩，多表現馳騁追騎的歡娛心情或可習武練兵之意，例如陳代張正見〈和諸葛覽從軍遊獵〉云：「蹤方羅四海，聊以習軍戎」即從習武的角度觀之；王維〈觀獵〉云：「草枯鷹眼疾，雪盡馬蹄輕，忽過新豐市，旋歸細柳營」寫輕騎逐獵的威盛與迅飛情形。但是李白〈行行且遊獵篇〉末句云：「儒生不及遊俠人，白首下帷復何益」寫出白首儒生無用的感慨；

高適〈同群公出獵海上〉則表現出老子「畋獵令人心

發狂」的反思，其云：「猶懷老氏訓，感歎此歡娛」。同樣
寫畋獵李白、高適與一般詩人的著力點不同，所欲表現的
情志自然迥不相侔。

又如唐代錢起〈山花〉寫山花開遍谿谷，樹樹枝枝皆
可人，野客未到，流鶯已先向樹邊啼叫，末聯「別有妖妍
勝桃李，攀來折去亦成蹊」擺脫一般描寫野花之幽寂及無
人賞的情形，反而以「成蹊」寫遊客甚多，因有芬芳及花
色嬌美，才能有遊人如織的情形出現，以喻才士幽人，芬
芳自守，自有人欣賞之意。

又如白居易題東坡新花時云：「花含春意無分別，物感
人情有淺深」，花，會逢春開放，而花不解人世情意，因人
心有情，見花而有不同的淺深感覺，此一層逆寫常人以花
喻人，以花寫人的情形。又如梁代沈氏〈詠五彩竹火籠〉，
不從火籠的角度寫爐火作暖，反從「竹」的角度云：「徒嗟
今麗飾，豈念昔凌雲」，昔為凌雲高聳之竹，今為麗飾的火
籠，已忘昔日本質，而縷織出今日之彩飾。又如唐代徐凝
〈古樹〉云：「行人不見樹少時，樹見行人幾番老」以樹的
角度寫人之衰老。又如明代丘雲霄〈殘花〉云：「無情莫抱
東風恨，作意開時是謝時」花開時，其實也預示將有凋零
之時，以喻榮貴不常或死生有定。另外，白居易〈贈賣松
者〉云：「不買非他意，城中無地栽」寫自己因無地種松，
面對勁節之松亦有無可奈何之感，其次藉〈東澗種柳〉云；
「富貴本非望，功名須待時，不種東谿柳，端坐欲何為」

說明功名、富貴乃人力不可強求，倒不如退而求其次，種柳以聊餘生。

唐代宋之問〈題張老松樹〉：「中有喬松樹，使我長歎息，百尺無寸枝，一生自孤直」藉高松孤直無枝以喻耿介之士。

梅花之形象，在南朝詩人眼中並非以凌霜耐寒特色見長，反而有輕蕩之意，梁代吳均〈梅花〉曾云：「梅性本輕蕩，世人相陵賤，故作負霜花，欲使綺羅見，但願深相知，千摧非所戀。」即是其例。又如南朝宋鮑照〈梅花落〉：「念爾零落逐寒風，徒有霜華無霜質」亦是寫梅花有霜花卻無凌霜本質，逐風飄零的情形。此二詩皆反寫梅花孤高耿介之姿，而以輕蕩視之。

第三節 詩格論述物象類型化與意義舉隅

前二節所述以探討詠物詩的取象與取義的問題為主，而在中國的詩論當中，是否有也有探討物象類型及寄託喻意義的作品？我們檢視詩話與詩格之論著，發現在詩格中也有論述物類取譬之例，或是指出託喻的方式，且資料豐贍，將每一物類與物義的對應關係明確指出，形成系統的論述，往下，我們將分別介紹。

壹、《詩格》論述物象之表抒方式[4]

　　《詩格》所論述的內容含〈句例〉、〈對例〉、〈六志〉、〈八對〉、〈雜例〉、〈頭尾不對例〉、〈俱不對例〉七種[5]，以揭示創作偶對為主述，其中〈六志〉與對仗無關，而是從創作的層面指出表達情志的方式有六種：直言、比附、寄懷、

---

[4]　《詩格》偽託為魏文帝所撰，最早收見於《吟窗雜錄》，開卷律詩所引皆六朝以後句子，可見非魏文帝所著，另外，據張伯偉考證得知，此書偽託亡佚於北宋後期，至南宋初年，偽託者雜取散佚文字拼湊成秩，雖詭稱魏文帝，但是內容卻是真的，可以視為初唐人的詩論。請參見《全唐五代詩格校考》，西安：陝西人民教育出版社，1996 年，頁 75—76。由是可知，作者雖偽，而內容卻反映出唐人的詩歌觀念，不可因其偽題魏文帝而捐棄不用。以下詩格諸書皆採用此版本。

[5]　據張伯偉考證得知，除了〈雜例〉之外，餘皆重見於《筆札華梁》、《文筆式》、《文鏡秘府論》中。請參見《全唐五代詩格校考》，西安：陝西人民教育出版社，1996 年，頁 75—76。吾人認為不論何書是首出，作者是否為偽託，皆不影響所提出的詩學觀念，而正因為重見於上述三格中，反而突顯出該詩學論點之重要性。輯入顧龍振《詩學指南》卷三，台北：廣文，1973 年再版，頁 73。

賦起、貶毀、讚譽。其中關涉「託物言志」的表述方式主要有「比附」與「寄懷」二類，其云：「二曰比附，謂論體寫狀，寄物方形，如贈別詩：『離情絃上怨，別曲雁邊嘶』。三曰寄懷，謂含情鬱抑，語帶幾微，如幽蘭詩：『有怨生幽地，無情逐遠風』」。文中所謂的「比附」之「論體寫狀，寄物方形」即是藉摹寫物狀來比況寄意；「寄懷」謂「含情鬱抑，語帶幾微」，即是心有幽微，以曲隱的方式，藉物來詠懷，以抒忿悶不平之情。此二類實際上就是「託物言志」的二種表述方式。

貳、《二南密旨》論物象之體例[6]

託名賈島所撰的《二南密旨》主要闡發的內容包括三部份，一是以論述《詩經》六義、大小雅、變風變雅、風雅騷之所由等問題，二是指導創作的法則，或論南北二宗，或指出創作有情、意、事三格，三是論述物象相關涉的問

---

[6]《二南密旨》舊稱賈島所撰，陳振孫《直齋書錄解題》及《四庫全書總目提要》皆指出該書為依托之作，然而張伯偉則指出，《二南密旨》乃賈島詩風流行的產物，雖為偽托，與賈島的詩學仍然相通的，且對虛中《流類手鑑》甚有影響。請參見《全唐五代詩格校考》，西安：陝西人民教育出版社，1996 年，頁 345—346。

174

題。其中，與本論題相關者即是第三部份，其內容包括〈論
篇目正理用〉、〈論物象是詩家之作用〉、〈論引古證用物
象〉、〈論總例物象〉、〈論總顯大意〉五論。

　　《二南密旨》論詩歌之創作技巧，主要是運用「物、
象」來比況君臣的關係，例如〈論物象是詩家之作用〉云：
「造化中，一物一象，皆察而用之，比君臣之化。君臣之
化，天地同機，比而用之，得不宜乎？」即明白揭示「比
況」法之用。也是《文心雕龍》中的「比附切理」手法。〈論
篇目正理用〉中臚列四十七種物象的託諭意涵，其云：「夢
遊仙，刺君臣道阻也。水邊，趨進道阻也。白髮吟，忠臣
遭佞，中路離散也。……」；〈論引古證用物象〉中也指出
四時、物象、節候也是用來比諷君臣之化，以「他山之石
可以攻玉」比賢人，以「孤雲」比貧士。又在〈論總例物
象〉也明確指出天地、日月、夫婦用來比擬君臣關係，「鐘
聲」指正聲，「石磬」比賢人聲價，「琴瑟」比賢人志氣，
九衢道路比皇道，……等等凡有四十六種物象比況的義例：

表二十三：《二南密旨》物象取義對照表

物象	託物言志之取義
天地、日月、夫婦、君臣	明暗以體判用
鐘聲	國中用武，變此正聲
石磬	賢人聲價變，忠臣欲死
琴瑟	賢人志氣，又比廉能聲價

九衢、道路、	比皇道
笙簫、管笛	男女思時會，變國正聲
同志、知己、故人、鄉友、友人	比賢人，亦比君臣
舟楫、橋梁	比上宰，比攜進之人，又比皇道通達
馨香	喻君子佳譽
蘭蕙	喻有德才藝之士
金玉、珍珠、寶玉、瓊瑰	喻仁義光華
飄風、苦雨、霜雹、波濤	比令國，又比佞臣
水深、石磴、石逕、怪石	喻小人當路
幽石、好石	喻君子之志
巖嶺、崗樹、巢木、孤峰、高峰	喻賢臣位
山影、山色、山光、	喻君子之德
亂峰、亂雲、寒雲、翳雲、碧雲	喻佞臣得志
黃雲、黃霧	喻兵革
白雲、孤雲、孤煙	喻賢人
澗雲、谷雲	喻賢人在野
雲影、雲色、雲氣	喻賢人才藝
煙浪、野燒、重霧	喻兵革

江湖	喻國，清澄爲明，混濁爲暗
荊棘，蜂蝶	喻小人
池井、寺院、宮觀	喻國位
樓台、殿閣	喻君臣名位，消息而用
紅塵、驚埃、塵世	喻兵革亂世
故鄉、故國、家山、鄉關	喻廊廟
松竹、檜柏	賢人志義
松聲、竹韻	喻賢人聲價
松陰、竹陰	喻賢人德廕
巖松、溪竹	喻賢人在野
鷺、鶴、鸞、雞	喻君子
百草、苔、莎	喻百姓眾多
百鳥之貴賤	比君子、小人
鴛鴦	比朝列
泉聲、溪聲	賢人清高之舉
他山、他林、鄉國	比外國
筆硯、竹竿、桂楫、漿、棹、櫓	比君子籌策
黃葉、落葉、敗葉	比小人
燈、孤燈	比賢人在亂，而其道明
積陰、凍雪	比陰謀事起
片雲、晴靄、殘霧、殘霞、	比佞臣

螮蝀	
木落	比君子道清
竹杖、藜杖	比賢人籌策
猿吟	比君子失志

由上列的物象觀之，多以大自然之山、水、雲、石、花、木及人文器用之琴、磬、笙、蕭等為喻依，而譬況的內容則以君臣關係及賢人小人勢進勢退為主，可知，《二南密旨》所指的意義，多用來對應身份位階，如君臣之屬，又以花木之本質、器用之特色來譬喻君子小人之品德，整體觀覽，喻體多落在政治、君國、社會的範圍。

《二南密旨》在〈論總顯大意〉中，更以詩例來說明言外意旨所在，茲將其詩例以言外取義之對照表臚列於下。

表二十四：《二南密旨》詩例、言外取義對照表

詩 人 及 詩題	詩例	言外取義
皇甫冉送	淮海風濤起，江關幽	國中兵革、威令併

---

7 據張伯偉考證，《全唐詩》卷二百四十九題作《途中送權三兄弟》，請參見《全唐五代詩格校考》，西安：陝西人民教育出版社，

人詩[7]	思長	起。
	同悲鵲遶樹，獨作雁隨陽	賢臣共悲忠臣，君恩不及。
	山晚雲和雪，門寒月照霜	恩及小人。
	由來濯纓處，漁父愛瀟湘	賢人見幾而退。
李嘉祐〈和苗員外雨夜伴直〉[8]	宿雨南宮夜，仙郎伴直時	亂世臣節
	漏長丹鳳闕，秋冷白雲司	君臣亂暗之甚
	螢影侵階亂，鴻聲出塞遲	小人道長，侵君子之位
	蕭條吏人散，小謝有新詩	佞臣已退，賢人進逆之言
李端[9]	盤雲雙鶴下，隔水一	賢人趨進兆

1996 年，頁 357。

[8] 據張伯偉考證，《全唐詩》卷二百六題作《和都官苗員外秋夜省直對雨簡諸知己》，同前注，見頁 357。

[9] 據張伯偉考證，《全唐詩》卷二百八十五題作《茂陵山行陪韋金部》，同前注，見頁 357。

	蟬鳴	
	古道黃花發，青蕪赤燒生	他國君子道消，正風移敗，兵革併起
	茂陵雖有病，猶得伴君行	前國賢人，雖未逐大志，尤喜無兵革

上列所舉以皇甫冉、李嘉祐、李端三人之詩為例，以詩例對應於所指的言外意，讓詩歌成為有深層意涵的指涉，非僅是覽讀其表面的文字意義，由這些詩格資料的呈現，可確實知道，在中國詩歌中「詠物言志」本即是一種傳統，在唐五代詩格中，大量地表述各物象所託喻的內容是什麼，我們從這些物例檢視，可知這些詩格作品所指涉的「比」義的建構以指向政治實體者為多，君國、賢臣、失志幽人、得時、失勢成為詩人最常託喻的對象。

參、《流類手鑑》論物象之體系

　　與《二南密旨》一樣，全面而有系統關注詠物詩中「託物言志」問題者，厥推釋虛中的《流類手鑑》[10]，曾云：「夫

---

[10] 《流類手鑑》世傳為僧虛中所撰，未知然否，存而不論，然而

詩道幽遠，理入玄微，凡俗罔知，以爲淺近，善詩之人，
心含造化，言含萬象，且天、地、日、月、草、木、煙、
雲，皆隨我用，合我晦明，此則詩人之言，應於物象豈可
易哉。」揭示詩道玄妙，詩家以造化之心靈，將天地萬物
皆化爲手下表抒的對象，不可僅以物類來看待，否則僅爲
凡俗之人。僧虛中並且指出物象流類時，明示「日午、春
日比聖明也；殘陽、落日比亂國也；晝比明時也；夜比暗
時也；春風和風雨露比君恩也；朔風霜霰比君失德也；……」
臚列近六十種象喻系統，這些在詩歌當中，自成一套文化
象喻，並有詩例爲證，例如從馬戴詩中的「日落月未上，
鳥棲人獨行」指出小人獲安，君子失時的寓意。

　　以下我們將《流類手鑑》的取物譬況以圖表分爲兩類，
一是「具象比具象」，一是「抽象比抽象」，並區分爲：天
象、地理、建築、器物、動物、植物、人物及無法歸類的
「其他」等諸類別來分析，爲求以簡馭繁，方便檢視，茲
將虛中所比譬取義的物類與取義臚列於次：

表二十五：《流類手鑑》物類取義譬況表

類別	甲式：具象比具象	乙式：具象比抽象

〈物象流類〉與〈舉詩類例〉多受賈島《二南密旨》、鄭谷《國
風正訣》影響。請參見《全唐五代詩格校考》，西安：陝西人民
教育出版社，1996年，頁395—396。

天象	圓月比良臣君子	日午、春日比聖明
	浮雲殘月煙霧比佞臣	殘陽、落日比亂國
	孤雲比貞士	晝比明時
	西風商雨比兵	夜比暗時
		春風、和風、雨露比君恩
		朔風、霜霰比君失德
		秋風、秋霜比肅殺
		雷電比威令
		霹靂比不時暴令
		煙霞比高尙
		虹蜺比妖媚
		炎毒苦熱比酷罰
地理	狂風波濤比惡人	九衢岐路比王道
	故園故國比廊廟	岸涯比基業
	孤峰比上宰	水比智與君政
	河海川澤山岳比於國	土比信與長生
建築	橋梁比近臣	井田比基業
	舟楫比上宰	
	寺宇比於國	
器物	枕簟比近臣	琴鐘磬比美價
	鼓角比君令	罾網比法密
	櫳窗幃幕比良善人	更漏比運數

	鎖比愚人	火比禮與明
	匙比智人	金石比賢人
	金比義與決烈	珪璋書籍比有德
動物	熊羆比武兵帥	鴻鴈比孤進
	獬豸比諫臣	羊犬比小物
	麒麟鴛鴦比良臣君子	
	蟬、子規、猿比怨士	
	嘉魚比賢人	
	白鶴比貞士	
	蛇鼠燕雀比小人	
	蚤螻蛄比知時小人	
	犀象比惡人	
植物	百花比百僚	絲蘿兔絲比依附
	松竹比賢臣	梧桐比大位
	百草比萬民	木比仁與慈
	野花比未得時君子	柳絮新柳比經綸
	荊榛比小人	
	苔蘚比古道	
人物	夫妻比君臣	故人比上賢
		僧道比高尚
其他	巡狩明帝王行	樓台林木比上位

183

以上所列詠物的喻體與喻依中，甲式是指以「具象比具象」，乙式是以「具象比抽象」，例如荊榛比小人，「荊榛」與「小人」皆為具象之物，故而列入甲式之中，而「層網」比「法密」，層網是具實可感的物象，而「法密」則是抽象，是故列入乙式當中。我們考察上列之表可知，詠物必以具實可感知的審美客體表抒具象之事、物、理、人等或抽象的、概念式的思惟。

我們根據《流類手鑑》所比擬譬況的「物象」與「取義」來分析，天象類的對照性意義常以日、月、風來譬況君、國，日午、春日、圓月皆用來比家國昌平，君王賢德；若是以殘陽、落日、殘月則用來比喻家國離亂、佞臣環繞，至於朔風、霜雪則比失德或肅殺。故天象類託物言志的取義喜以政治上的君、國為譬，且常以具象來比抽象，使抽象能獲得良好的譬況，達到體悟理解。

地理類之山峰、河海川澤、涯岸、衢路等項亦用來比況政治之得失、利害等。至於建築、器物、動物、植物所指亦環繞著政治實體的作為為主，具象則指臣、民、僚屬等，抽象則指德性為主，由是可知，詩人喜用託喻方式來比擬政治情形。

《流類手鑑》以有系統的方式將物象譬況、指涉的事理一一表述出來，其代表的意義，揭示在傳統詩歌中，一直存在此一「託物言志」的表述方式，同時也代表中國古

典詩學中特殊的寫物與觀物的方式，非視爲純粹客觀之詠
物詩，而是有象徵或取譬的意蘊存在其中，我們必須進入
這一套詩歌的文化活動之中，才能真切的體悟作者之意
圖。僧虛中不僅以物象說明擬譬取況的意涵，且舉出具實
的詩歌作爲範例，取材以唐人詩句爲多。可見在當時，此
種藉物取況的表抒方式，已形成一種寫作基模，而讀者必
須進入此一擬譬的解讀系統中，才能體解其意。若以詩例
爲證，則虛中所引詩家之詩句可對應於人世的情狀，主要
可分爲個人情志的表抒、政治實體的諷喻兩大類別。以下
將所列之類別、詩句臚列於次。

表二十六：《流類手鑑》詩例、言外取義表

類別	詩家	詩例	僧虛中 比擬譬況或義涵 說明
個人 情志 表抒	裴說	只爲分明極，翻令所得遲。	此爲隱題
	閬仙	夜閒同象寂，晝定爲誰開。	達識句
	齊己	五老峰前相見時，兩無言語各揚眉。	
	閬仙	家辭臨水君，雨到讀書	陰陽造化句

		山。	
	李洞	燈照樓中雨，書來海上風。	
	閬仙	祭閒收朔雪，弔後折寒花。	感動天地句
	齊己	瘴雨無時滴，蠻風有穴吹。	
	賈島	古岸岡將盡，平沙長未休。	好事消，惡事增。
政治諷喻	閬仙	離人隔楚水，落葉滿長安。	比小人獲安，君子失時
	齊己	相思坐溪石，微雨下山嵐。	
	馬戴	日落月未上，鳥棲人獨行。	
	齊己	瑞器藏頭角，幽禽惜羽毛。	比物諷刺
	馬戴	廣澤生明月，蒼山夾亂流。	蒼山比國，亂流比君。
	賈島	白雲孤出岳，清渭半和涇。	白雲比賢人去國。
	賈島	螢從枯樹出，蛩入破階	比小人得所。

186

		藏。	
	齊己	園林將向夕，風雨更吹花。	此比國弱。
	江淹	日暮碧雲合，佳人殊未來。	此君暗，臣僭，賢人不全。
	無可	聽雨寒更盡，開門落葉秋。	比不招賢士。
	江津	寶劍匣中開似水，蛾眉一笑塞雲清。	臣子尸祿。
	齊己	影亂衝人蝶，聲繁遠墅蛙。	比小人。
	盧綸	魚網依沙岸，人家在水田。	小民以法無所措手足。
	馬戴	初日照楊柳，玉樓含翠陰。	比君恩不及正人。
	孟郊	聞彈玉弄音，不敢上林聽。	比聖君德音。

　　以上為僧虛中從詩家的詩中檢擇出，並以比擬譬況的方式說明其可能的蘊意，詩家作家果真如此嗎？詩家之意圖果真可考知乎？譚獻云：「作者之用心未必然，而讀者之用心何必不然。」指出讀者的反應，不必然順著作者之意脈而發展。

其中，虛中所解讀出來的意蘊，大抵可以包括兩個面向，一是個人情志的抒懷，一是關涉政治得失的感懷，基本的內容反映出君子失時、去國、不遇或不仕，而小人得志、尸祿、君恩不及或法令嚴苛，反映出庶民的心聲。

而這兩個面向，也一直是廣大知識份子常運用詩歌來抒寫情志的重點之一。感士不遇成為中國文人流淌於內心的一條河流，蜿蜒曲曲地吟奏出時不我予的感喟，藉由詩歌來表達內心的苦悶，已然成為一種書寫的模式，所以，解讀中國詩歌時，政治面向反而成為一個切入點。

肆、《詩中旨格》論物象與取義[11]

王玄在《詩中旨格》開章明義即指出：「且詩者，在心為志，發言為詩，時明則詠，時暗則刺之」明確說明詩歌因應於世局之清明或混濁，而有歌詠或諷刺的作意，此即是詩序所指出的詩歌社會的效用。《詩中旨格》的前半部亦

---

[11]《詩中旨格》王玄所撰，約為五代至宋初人。本文採用版本為清代顧龍振所輯《詩學指南》，台北：廣文，1973 年再版、頁 123—128，及《全唐五代詩格校考》，西安：陝西人民教育出版社，1996 年，頁 435—449。

是以詩例與託喻的意義作一釋例，共臚列了七十多例，並且一一說明該詩之託喻的意義，由於詩例甚多，茲舉數例以明其旨。例如：「貫休〈弔邊將〉：『如可忠爲主，志竟不封侯』此刺君子不得時也。」；又如「周朴〈秋夜〉：『關河空遠道，鄉國自鳴砧』此言時之將靜，王道無間阻也。」凡此等等皆是先列詩例，再說明其言外旨意，所指意涵，負面意以傷時、望時、失時、避時、刺亂、賢退、佞進、君子在野之感喟……等等；正面取義則有家國昌明、武臣得時、君子知量，機謀之道、達士之意、君子得位、小人將退……等等。

　　我們從上述的詩格中得知，《二南密旨》、《流類手鑑》、《詩中旨格》以託喻的方式來解讀詩歌，固然可豐厚詩歌言外意，但是是否會溢出「作者之意」？抑是《二南密旨》、《流類手鑑》、《詩中旨格》自騁一己之見？或是適當地反應中國人對於詩歌所作的意義系統的建構？或是自然形成一套文化詩歌的解釋方法？吾人認爲詩格所臚列的物象與意義之間的擬譬取況的表述方式，並非是孤立的存有，而是一種解讀中國詩歌的方式之一，但是，如我們如何進入此一脈絡中？如果不具備此一先前的理解，是否未能解讀中國的詩歌呢？我們前面已指出，中國詩歌寄託的內涵本即具有「公有義」與「私有義」，在共同意義中，具有交互融攝的可能性，在私有意義中，則仍允許個人的情志表抒，但是，我們如何明辨何爲共同意義？何謂私有意義？共同

189

意義是我們必須進入詩歌的文化解釋系統中，進入文化語
脈中，才能探知其中的奧秘，私有意義則是詩家獨自表抒
的意義，是屬於個己的活動，不必涉入整個文化情境中。
我們又將如何進入公有義呢？大量的詩格、詩話即爲我們
提供了豐富的物象與物義對應關係的意義，我們透過這些
詩格的解讀有助理解詩歌中的言外意，除此而外，尚有其
他的進路可助我們解讀詩歌，容後再述。

第五章 託物言志之義理內容

　　詩人以詩歌抒發情志時，是一種內發的情緒感蕩，藉
物象表達曲隱難傳之特殊感懷與際遇時，則是依附於外
物，前者由內而發，後者由外而放，二者若能達致不即不
離的融攝效果則是詠物詩的最高表現。然而我們不禁要
問，詩人借物託象取象所要表達的義理內涵到底是什麼？
詩人藉物來傳釋什麼樣的情感經驗或志氣襟抱？

　　大抵而言，人所面對的是：人與自己、人與他人、人
與社群、人與大自然等對應關係，此一路向是由個己外擴
而及於社群，而近而遠，由親而疏，由點到面，人所面對
的生存場域必然會關涉到此數層面，是故託物言志的義理
內容若從人我的對照性來談，可從個己、社會、國家、大
自然四部份來論述，若從所欲表抒的作用來看，則可從抒
情、明志、諷誡三視域切入。

　　首先，從人我對照性來論，一、藉物來表述自己時，
以具現自己的個性、節操、風範、志節為主述，或以寄寓
自己的遭逢、際遇為主，或以表述自己對人世哲理、世情
的看法為要；二、藉物來表述他人或社會現狀時，往往以
人民之生活情狀為主，兼及政治上的種種措施，例如用人
是否恰當？吏治是否清明？財賦課稅是否適當？三、從人
與家國對治的視域觀之，則藉物來比擬君臣關係、臣對國
之感念憂懷亦是詩人抒寫的內容之一；四、人與大自然的

中國詠物詩「託物言志」析論

關係又如何呢？人如何面對天地間的森然萬物，或透過自
然界表敘什麼樣的襟懷？我們擬透過上述四個角度來觀察
詠物詩歌「託物言志」具體義理內容究竟何指；其下再從
「託物言志」的作用性質來論表敘的模式。

第一節　個我經驗與情志之表述

　　「學而優則仕」是中國文人的自我期許[1]，也是由「獨
善其身」邁向「兼善天下」的途徑，欲將經世濟民的襟抱、
博施濟眾的理想付諸實現，但是，客觀的政治實體未必能
與之相符應，權勢傾軋、名利交爭、是非不辨、道義闇然
不彰，使「邦有道則見，邦無道則隱」的理想成為士人心

---

[1] 據龔師鵬程所云，所謂的「知識份子」與「文人」仍有區別，若
以「知識份子」來概括古代的「士」階層與「文人」階層，未盡
合宜，而文人階層與文官、書生、既重疊又不盡相同，文人仕紳
有時會成為統治階級，有時也會自成權力團體與皇權對抗，唐代
以前「文人階層」仍然依附於政治實體，唐以降，則慢慢形成文
人崇拜的情形，且文人階層不斷向上、向下流動，形成文學社會。
請參見〈中國傳統社會中的文人階層〉，該篇輯入《龔鵬程年度
學思報告：1999 年報》，佛光人文社會學院出版，2001 年，頁 139
—172。

中的一首迴旋曲，款款流淌。詩歌成爲抒情自我的表述，
透過詩歌，我們體契文人蜉蝣般地際遇，也感受到蓬草飄
風的無奈，詩人以詠物來自擬遭逢時，其心情是一種悲壯
而無可奈何，但是，詩歌滌洗生命中的困蹇，反而成爲宣
洩積憤不平的窗口，展現蔚藍於生命的天空中。到底詩人
藉物如何自擬或表述自己的生命遭逢？我們將之區分爲三
類型，其一是以物之特質或特色來擬譬詩人的品德或節
操，其二是以物之處境來自譬個己的遭逢際遇，其三是觀
察物象來喻示人世哲理，言簡意賅，發人省思。

壹、以物特質，託喻品德節操

　　詠物，常藉物之特質來託喻自己的德行節操，所擬取
物象又可分爲正面取象與負面取象二視域。

一、正面取象

　　詩歌中用來託喻人類優美德性的物類，我們歸納《佩
文齋詠物詩選》所得，主要有「水系」中的水、海、江、
泉，以水之澄清，喻人之品德高潔；有花木類的松、柏、
檜、杉、竹、梅、柑、橘、桂、蘭、荷等類，以其凌霜或
芬芳自守來譬喻君子或賢臣之有德有爲，或能不屈於時之
混亂。《二南密旨》所臚列的物象當中，用來託喻君子品德

The物象亦是以蘭蕙喻有德才藝之士，以金玉、珍珠、寶玉、瓊瑰喻仁義光華，以山影、山色、山光喻君子之德，以松竹、檜柏喻賢人志義，以松陰、竹陰喻賢人德蔭，泉聲、溪聲喻賢人清高之舉；《流類手鑑》以植物類的「木」比仁與慈；以器用類的櫃窗幃幕比良善人，以金比義與決烈、以珪璋書籍比有德[2]；凡此種種皆以「物類」的特質，例如馨香、耐寒、澄淨、光影、晶瑩、堅實等來取譬擬喻。詩格中的《二南密旨》與《流類手鑑》取象的組構方式是直接以「甲比乙」呈現，而且是以直敘法說明，而《佩文齋詠物詩選》所輯詠物詩是以詩歌的形式呈現，二者在表述的方式上一直一曲，透過詩格的直敘法我們直接接受物類、物象與物義之關連性（無論能否感知），而我們在覽閱歌詩時，往往是以較迂曲的方式，須透過感知、體悟、想像、理解、契會等方式來獲知，而其組構方式如前所述，包括興寄、擬譬等手法，然而無論是採用直敘或曲隱方式呈現，「比喻」法主要是運用「物性」與所指涉的德性作為

---

[2] 此中有須分別者，《佩文齋詠物詩選》所列之物象與取義是從「詩歌」而得；《二南密旨》與《流類手鑑》二書則是從「詩格」而得，前者是筆者歸納得知，後者是唐五代詩格作者統合而成。二者之間有相和處，可知中國物類取象與取義多有固定的意義。

194

關合性，亦即「以彼喻此」將喻體與喻依連繫在一起[3]，根據季廣茂所言，西方學者曾將隱喻的作用分為四種：修辭論、情感論、語義論、語用論，其中「語義論」則認為隱喻可脫離語境、主體意圖等超語言的因素創造出新意義；「語用論」則指出隱喻意義之創造必須借助於語境、主體意圖等超語言性因素[4]。此二論相反相斥，而在中國詠物詩中，比較常採用的是「語用論」，必須落在語境或主體意圖中才能感知所指所涉。例如以花木為喻，始自屈原以香草美人為譬，蘭蕙菊芷等香草成為正面喻示德行的詠物代

---

[3] 布魯克・羅斯（C. Brooke-Rose）曾經從語法形式將隱喻分為五種形態，一、稱謂性隱喻，只使用稱謂性隱喻而不用字面稱謂，喻旨亦不直接呈現。二、借代性隱喻，以隱喻性稱謂替代已提及的字面性稱謂。三、繫詞性隱喻，喻旨與喻依同時呈現，並以繫詞連接。四、使動性隱喻，以動詞為喻，五、所有格式隱喻，即涉及所有格和中心詞的隱喻。此五種以「借代性隱喻」為中國詩歌喜用者，去除喻體而以僅以喻依來呈現。氏所著為：A Grammar of Metaphor.（London: Seeker and Warburg. 1958），本部份所用，轉引自季廣茂《隱喻視野中的詩性傳統》、北京：高等教育出版社、1998 年，頁 16。

[4] 請參見季廣茂《隱喻視野中的詩性傳統》、北京：高等教育出版社、1998 年，頁 20。

表，其後，詩人們常以詠花來自譬德性，尤其以梅花之暗香疏影、清淺橫斜最得詩人愛賞，在植物界中，松柏竹梅橘之取象常用以譬喻德行與節操。故解讀中國詩歌時，必須進入語用情境中，才能體契所指意涵，我們可以透過具體的詩例來說明。例如何遜〈詠早梅〉（一作〈揚州法曹梅花盛開〉）云：

「兔園標物序，驚時最是梅，銜霜當路發，映雪擬寒開，枝橫卻月觀，花繞凌風台，朝灑長門泣，多駐臨邛杯，應知早飄落，故逐上春來。」

以梅早開，寫銜霜映雪的風姿，詩中所詠皆為「梅」之情狀，然而梅的形象往往與作者之意相關連，亦即作者詠梅，即進入中國攸關「梅」的語用情境中，雖然我們可以僅從字面義讀出梅的風姿，但是其曲隱的深層結構即是欲透過描寫梅花映雪凝寒獨開的神態，來比擬人之勁節不屈的特性，此一關連性即是生發在語境當中。這樣的詩例並非孤例，又如王安石〈梅花〉的「凌寒獨自開」寫梅之耐霜，蘇軾〈紅梅・怕愁貪睡獨開遲〉中有「尚餘孤瘦雪霜姿」掌握梅花雪霜特質，五代李貞白〈春日詠早梅〉云：「已兼殘雪又兼春」以殘雪寫其冰心，以兼春寫其暗香早飄，以上諸詩所呈現的梅花形貌皆直接指出凌寒特質，卻蘊含作

者言外之意，讀「梅」詩，則必須進入此一語境才能體悟
作者之意。

又如詠松，亦是有其語境。例如漢末劉楨有〈贈從弟〉
詩云：「亭亭山上松，瑟瑟谷中風，風聲一何盛，松枝一何
勁，冰霜正慘凄，終歲常端正，豈不罹凝寒？松柏有本性。」
以山松遒勁歷霜，卻能常年亭立端正，不懼冰寒，正是有
耐寒的節操，此詩以松自喻德行，不畏環境惡劣，猶能自
挺風姿，堅貞自持。此詩與張九齡〈感遇、蘭葉春葳蕤〉
中末二句云：「草木有本心，何求美人折」有異曲同工之妙，
張九齡以春蘭秋桂自喻本心，不求外人賞玩，亦是以物之
特性自喻。

詠橘以喻凌霜之節，或以果實喻丹心，例如梁代虞羲
〈橘詩〉云：「獨有凌霜橘，榮麗在中州，從來自有節，歲
暮將何憂？」；隋代李孝貞〈園中雜詠橘樹〉云：「自有凌
冬質，能守歲寒心。」；柳宗元〈南中榮橘柚〉云：「橘柚
懷貞質，受命此炎方」；明代孫七政〈橘〉云：「美人有嘉
樹，結實如黃金，微霜降秋節，芬芳滿中林」；唐人李紳〈橘
園〉云：「憐爾結根能自保，不隨寒暑換貞心」凡此等等，
皆為其例。

由上所述可知，詠物詩中，詩人往往取物的特質來譬
況自己的德行，將自己與物性作一勾連，使讀者能聯類思
考其中相同的質性，寫物其實並非寫物，而是借物來自喻，
以達到曲隱婉約的審美功效。

二、負面取象

　　取象擬譬德行時，往往以正面肯定為多，負面反寫為少，但是亦有其例，《流類手鑑》中以遍生野草喻小人得勢，以霧喻妖氛或小人得志，以虹霓比妖媚，以秋風秋霜比肅殺，以絲蘿兔絲比依附，以荊棘比小人等皆是負面取象。

　　詩歌取例，有白居易〈感鶴〉：

　　　　「鶴有不群者，飛飛在野田，饑不啄腐鼠，渴不飲盜泉。貞姿自耿介，雜鳥何翩翩。同游不同志，如此十餘年，一興嗜欲念，遂為矰線牽，委質小池內，爭食群雞前。不惟懷稻粱，兼亦競腥膻，不惟戀主人，兼亦狎鳥鳶，物心不可知，天性有時遷，一飽尚如此，況乘大夫軒」

詩中以鶴為喻，指鶴鳥原有貞姿耿介之節，十餘年不與鳥雀往來，一旦有欲念，貪食鳥餌，終難逃被捕捉的命運，被捕後，甘心與群雞爭腥膻之食。最後白居易揭示自己的感嘆，「物心不可知，天性有時遷」指鶴鳥猶且會為餌食一飽而遷變自己天性，那麼何況是華冠大夫，所爭者非徒為腥膻之食而已，則悖棄仁義，忘己節操自是不待言了。此詩以「鶴」之德操作正反兩面的對照，昔之耿介與今之懷稻粱，反映鳥之物心不可得知，再用「大夫」來比況鶴鳥，

則人有七情六欲，名利權勢之攘奪，則難保不會更甚於鶴鳥，未能一如昔日「貞姿耿介」了。

　　以上所述，無論是正面取象或負面取象，皆是藉「物性」與「德性」作一關合，「物性」是自然之本質，而人的「德性」亦是本性，不可移奪，故在中國詩歌中常以「物性」來比「德性」。

　　上述以微觀的「物性」來比擬人之「德性」，另外，亦有從物的種類來喻示身份階層之不同。例如《流類手鑑》中，以植物中的百花比百僚，以松竹比賢臣，以百草比萬民，以梧桐比大位；人物中則以夫妻比君臣；動物中則以熊羆比武兵帥、以獬豸比諫臣，以麒麟鴛鴦比良臣君子；建築類中以橋梁比近臣，以舟楫比上宰；地理類中以孤峰比上宰，凡此種種，皆以物之品類為喻，區分身份階層之不同，所取之義，主要是以物類的特殊性來作譬，例如花為植物之精，而官吏為人物中之精，以百花比百僚有其共同的特性。又如以百草比萬民，以草之眾多來比人民之多，亦是取其物品的共同性質。以夫妻來比君臣，取其對應性：有夫才有妻，有君才有臣。

貳、以物處境，寓寄個己遭逢

　　詠物詩當中，常以所詠之物的處境，來譬況比擬自己

特殊的際遇遭逢，例如庾信（513—581）〈秋夜望單飛雁〉
云：「失群寒雁聲可憐，夜半單飛在月邊，無奈人心復有憶，
今暝將渠俱不眠。」，〈重別周尚書〉又云：「陽關萬里道，
不見一人歸，惟有河邊雁，秋來南向飛。」二詩皆借失群
孤雁寫自己羈留北朝的孤寂無奈，河雁逢秋尚可南飛，而
自己出使西魏，後經政權更迭，留居北周，不得回歸的悲
苦無人可識，藉雁之孤飛寫自己之孤寂，終夜不眠。雁有
群居群飛的習性，以孤飛的雁鳥自況離開南朝北羈，景況
一致，將雁喻己，寫出相同的遭逢。又如張九齡〈詠燕〉
云：

「海燕何微眇，乘春亦暫來，豈知泥滓賤？只見玉堂
開，繡戶時雙入，華軒日幾回，無心與物競，鷹隼莫相猜。」

以海燕無心偶入玉堂，引發鷹隼猜忌，最後以「無心與物
競，鷹隼且莫猜忌」來自喻明志。據《全唐詩話》記載該
詩的本事，指出張九齡任宰相時，因直言勸諫，引發李林
甫乘機進讒誹謗，玄宗即派高力士送白羽扇予張九齡，時
值秋涼，張氏懼「秋扇見捐」遂以此詩貽李林甫，言外之
意希望李林甫切莫猜忌。此一本事真實性無可考知，然而
在權力傾軋之際，借詩明志確是詩人自保的方式之一。
　　顧況（725—814）亦曾以〈海鷗詠〉來自訴遭逢，其

云：「萬里飛來爲客鳥，曾蒙丹鳳借枝柯。一朝鳳去梧桐死，滿月鴟鳶奈爾何。」詩中以客鳥借棲丹鳳之枝柯，寫自己與李泌之交情，亦師亦友，其後，李泌官至宰相，徵召顧況爲校書郎、著作郎，有知遇之恩，一旦鳳去梧桐死，海鷗難抵鴟鴉之凌侮，暗喻李泌死後，自己遭權貴欺凌，被貶饒州司戶參軍。以海鷗借棲梧桐一事寓寄自己的遭逢。

又如北宋末李綱（1083—1140）〈病牛〉云：「耕犁千畝實千箱，力盡筋疲誰復傷，但得眾生皆得飽，不辭羸病臥殘陽」刻摹病牛一生爲農事操苦，雖病臥殘陽，仍記掛著眾生能得溫飽，詩以病牛自喻，雖遭排擠罷相流放武昌，卻能關切眾生的心志。另外，白居易有〈禽蟲十二章〉以蟲鳥來自警衰耄封執之惑，每一詩下皆明示所指何意，例如「燕違戊巳鵲避歲」一詩寫燕銜泥常避戊巳日，而鵲巢口常避太歲；「水中科斗長成蛙」寫齊物；「江魚群從稱妻妾」寫江沱之魚，每游輒三，如媵隨妻；「蠶老繭成不庇身」用以自警；凡此十二首，各有作意，詩前有序，自揭作意，云：「莊列寓言，風騷比興，多假蟲鳥，以爲筌蹄，故詩義始於關雎、鵲巢。道說先乎鯤、鵬、蜩、鷽之類，是也。」說明自莊子、詩騷即以物爲喻，遂以蟲鳥爲題，以自警自惕。此外，李賀二十三首詠馬之詩亦自成規模，以喻自身遭逢，悲憤之氣、鬱鬱寡歡之情，充溢其中，雖爲詠馬，實寓寄個人身世之感懷，例如「此馬非凡馬，房星本是星，向前敲瘦骨，猶自帶銅聲」寫此馬天上星宿下凡之馬，非

凡馬可比，雖瘦骨嶙峋，然敲骨仍能鏗然作響，如銅聲清脆。表象寫馬之氣骨非凡，實則寓寄自己非凡之出身與骨氣。又如「摧榜渡烏江，神騅泣向風，君王今解劍，何處逐英雄？」寫項羽之愛馬，向風泣主人，未知何處可再遇此不世出之英雄？寫馬實際是暗喻自己如何尋覓曠世英雄？

　　以上諸例皆是借物之處來喻示自己的遭逢或際遇。

參、觀物情狀，論示人世哲理

《歸田詩話》記載〈詠塔自喻〉一則云：「荊公〈詠北高峰塔〉云：『飛來峰上千尋塔，聞說雞鳴見日升。不畏浮雲遮望眼，自緣身在最高層』鄭丞相清之〈詠六和塔〉云：『經過塔下幾春秋，每恨無因到上頭。今日始知高處險，不如歸臥舊林邱』二詩皆自喻，荊公於未大用前，安晚作於既大用後，然卒皆如其意，不徒作也。」（《歷代詩話續編》、頁 1252）該二詩皆用來喻示人世哲理。荊公早年有用世之心，遂藉「不畏浮雲遮望眼」來諭示自己的不屈性格，其後果真位極人臣。鄭安晚已居高位，藉登塔來喻示居高位之險要，倒不如平凡歸臥山林，反而能悠遊自在，其後果真歸返林園，二詩皆意有所指，非徒詠塔。

　　白居易有〈洞中蝙蝠〉一詩，其云：「千年鼠化白蝙蝠，

黑洞深藏避網羅。遠害全身誠得計，一生幽暗又如何。」
詩中以鼠爲喻，千年鼠化爲白蝙蝠，終日在黑洞中過活，
縱使能遠禍全身，但是一生在幽暗中生活，又有何樂趣可
言？用來指涉一些隱匿避禍之士，縱能潛藏幽暗中，無禍
上身，但是這般闇然無彰之生活，有何光彩？到底詩中所
指之蝙蝠是那些畏事潛隱之人？抑是自嘲已無壯志，幽潛
在黑暗中？不得而知。

　　唐代元稹〈有鳥二十章：紙鳶〉云：

　　　「有鳥有鳥群紙鳶，因風假勢童子牽，去地漸高人
眼亂，世人爲爾羽毛全。風吹繩斷童子走，餘勢尙存猶在
天。愁爾一朝還到地，落在深泥誰復憐？」

以紙鳶假借風勢飛上青天，一旦風吹繩斷，落在泥中有誰
憐惜？表層是以紙鳶爲喻，實則是暗喻得勢小人，終有敗
勢之日。另外，北宋王令亦有〈紙鳶〉云：「誰作輕鳶壯遠
觀，似嫌飛鳥未多端，才乘一線憑風去，便有愚兒仰面看，
未必碧霄因可到，偶能終日逐爲安，扶搖不起滄溟遠，笑
殺搏鵬似爾難。」意亦相彷。
陶淵明〈飲酒二十首‧其八〉云：

　　　「青松在東園，眾草沒其姿，凝霜殄異類，卓然見
高枝，連林人不覺，獨樹眾乃奇，提壺掛寒柯，遠望時復

為，吾生夢幻間，何事絆塵羈。」

以東園青松與眾草作一反襯，青松平時為眾草所掩，在冰
霜之後卓然見枝，而眾草在寒霜之後殄滅沒姿，用以喻示
松在平時不與世推移，在寒霜中能獨能高其姿容，青松、
眾草各有其風姿，浮生亦如斯，人世應如何擇抉，不為物
役，不與濁世同流，是一種抉擇的智慧，以松、草譬況，
哲理自寓其中。

　　李益（748—827）〈隋宮燕〉云：「燕語如傷舊國春，
宮花一落已成塵，自從一閉風光後，幾度飛來不見人。」
以尋常之飛燕，側寫隋宮興亡，幾度來去，宮花成塵，歷
史成跡，春天依舊漫漫而來，而人事已非，所有的盛衰成
敗，轉瞬成空，今昔對照不勝感嘆，而李益偏不從人的視
域來寫，反從一隻尋常飛燕來襯託朝代興衰，以燕為喻，
另有劉禹錫（772—842）〈烏衣巷〉：「舊時王謝堂前燕，飛
入尋常百姓家」，李益寫的是朝代更迭的感懷，劉禹錫寫的
是貴冑子弟的盛衰，取譬的對象雖有大有小，但皆以燕為
喻，刻摹人事盛衰、物是人非的感喟。從歷史更迭起伏[註]，
是否也喻示我們，人世浮花浪蕊，有起有跌，不應執著形
跡與物相，方能自由自在，超然獨處。

　　高啟〈賣花詞〉云：

「綠盆小樹枝枝好，花比人家別開早，陌頭擔得春風行，美人出簾聞叫聲，移去莫愁花不活，賣與還傳種花訣，餘香滿路日暮歸，猶有蜂蝶相隨飛，買花朱門幾回改，不如擔上花長在。」

全詩分作兩部份，前大半部以敘事手法寫盆花枝好樹綠，花開甚早，賣與美人移種，還傳花訣，日暮歸途餘香滿路，蜂蝶相隨；結尾一聯以朱門常改，未若花好長在，喻示人世富貴無常。花與人之富貴相映襯，以花顏綺麗映照朱門之豪富，同樣象徵美好絢爛，然而花顏應是逢春才開，一年一度，而富貴之於人，猶不如花之長在，其實反諷之理深寓其中。

　　以上皆是借物理與大自然之對應變化來諭示人世哲理，所詠之物平實易見，所諭之理亦言簡意賅，發人深省。

第二節　社會情態之擬容取譬

壹、以物為藉，表述生民情狀

　　面對社會不平現狀，詩人不以直訐是非的方式表述心中的積憤，而以物象為興寄、取譬的藉緣，以表抒自己的關懷者大有人在，白居易之詩歌即具備這樣的特質，曾自言其創作的文學觀是：「文章合為時而著，歌詩合為事而

作」，以文學來補察時政，洩導人情，所為詩歌皆有為而作，我們在誦讀其詩時，自然能感染那份關懷民生的飢溺襟抱。〈繚綾〉中云：「……中有文章又奇絕，地鋪白煙花簇雪，織者何人衣者誰？越溪寒女漢宮姬……絲細繰多女手疼，扎扎千聲不盈尺，昭陽殿裡歌舞人，若見織時應也惜。」以繚綾為藉，一端繫著寒貧的織女，一端繫著昭陽殿中的歌舞者，前者辛勤裁剪織熨，後者未知織者之辛苦，「汗沾粉汙不再著，曳土踏泥無惜心」暴殄天物，全無珍愛之心，白居易藉繚綾對照寒女、宮女天上人間兩般的生活，一個似生活在雲霄，綾布纏身，受盡君王寵信，一個費功織布，千聲萬聲無人見憐，可嘆的還是，織者無緣穿上自己編織的雲裳，而穿者卻不懂得珍惜，糟塌繚綾。白居易表象寫繚綾對照出貧女與宮女的景況，其實，許多的言外意含藏其中，貧富不均、賦稅不公、君居高位不識人間疾苦，皆可由詩中款款流露而出。

又，杜甫亦是擅以詩歌來表述生民情狀者，例如〈大麥行〉云：

「大麥乾枯小麥黃，婦女行泣夫走藏，東至集壁西梁洋，問誰腰鐮胡與羌，豈無蜀兵三千人，部領辛苦江山長，安得如鳥有羽翅，託身白雲歸故鄉？」

全詩描寫盜寇犯邊，田間無糧，婦人泣行，丈夫躲藏，官兵與敵對陣，形勢不利，願得羽翼，得歸故里。寫出戰亂中，民不聊生，猶思東歸避禍，藉大麥小麥起興，寫出時代的顛沛流離與辛酸無奈，將生民慘悲描摹生動。以上所舉或借物起興，或借物為喻，示現詩人關懷社會民生的一個面向，此時詠物非徒詠物，而是藉物來諷諭。

二、以物為喻，論世人處境

　　劉禹錫〈昏鏡詞〉云：

　　　「昏鏡非美金，漠然喪其晶，陋容多自欺，謂若他明鏡，瑕疵既不見，妍態隨意生，一日四五照，自言美傾城，飾帶以紋繡，裝匣以瓊瑛，秦宮豈不重，非適乃為輕。」

全詩凡十二句，前十句以敘事手法描寫昏鏡照物霧如，而陋容者不自見其醜，反謂之為明鏡，並以紋繡、瓊匣裝飾之，末二句寫出詩人因昏鏡而引發的感慨，藉秦宮之重，不適所用，反以為輕，猶如昏鏡，陋容者反以為寶。劉禹錫在詞前有序，說明一日見鏡工列十鏡於賈奩，明鏡一，而昏鏡有九，問其故，何以不良者多，鏡工指出求市者，以求合於己宜而買，未必以皎然之明鏡為佳，有感而發遂作此詞。蓋以世人買鏡諷刺世人昏昧，但求己用，而不求

207

良鏡之照物，自欺欺人，猶不自知。

又杜甫〈秋雨歎三首〉，其一，以雨中百草爛死起興，以與顏色鮮明之階下決明子對襯，決明子翠羽滿枝，開花無數，然而，涼風疾吹，恐難獨存，堂上君子見此臨風而泣，蓋以決明子處風雨之處境，以喻君子處時代飄搖之際。第二首寫秋雨紛紛，涇渭不分，田父無消息，而城中斗米可換衾裯的情景。第三首寫風雨寥落，正苦霖雨為患。三首所詠皆是雨之景況，借雨託喻君子感時之悲，有生民雨中無消息之嘆，亦有自身苦雨之傷。

第三節　家國感懷與政治際遇

白居易〈有木〉共有八首，詠八種植物，其一詠弱柳云：「為樹信可玩，論材何所施」指其柔弱無用，只供賞玩；其二詠櫻桃，云：「好是映牆花，本非當軒樹」，指其花美，只合映牆，不可高樹作蔭；其三詠橘，美人移植江南，實成生枳，臭苦不能食，枳與橘雖相似，卻是「中含害物意，外矯凌霜色」，潛生刺棘，真偽無由辨識。其四詠杜梨，陰森覆丘，心蠹空朽，然居社壇之下，無人敢芟斫，幾度野火，風迴亦燒不著。其五詠野葛，因有芳味，主人移種，調飲之後，竟無活者，後悔封植，欲砍伐卻因年深滋蔓，刀斧不可伐。其六詠水檉，彩翠鱗皮似松柏，然枝弱不勝

208

雪，勢高懼風，柔弱於楊柳，早落於梧桐，惟一可賞玩的
是中心無蠹蟲。其七詠凌霄，託根附樹而生，開花亦寄樹
梢，一旦風吹樹摧，則朝爲拂雲花，暮爲委地樵。其八詠
丹桂，四時香馥，直心不曲，雖非梁棟材，猶勝尋常木。
八首詩各有喻諷，惟丹桂爲嘉樹，其序自云：

　　「余讀《漢書列傳》，見佞順婉阿，圖身忘國，如張
禹輩者。見惑上蠹下，交亂君親，如江充輩者，見暴狠跋
扈，壅君樹黨，如梁冀輩者。見色仁行違，先德後賊，如
王莽者。又見外狀恢弘，中無實用者，又見附離權勢，隨
之覆亡者，其初皆有動人之才，足以惑眾媚主，莫不合於
始而敗於終也，因引風人騷人之興，賦有木八章，不獨諷
前人，欲儆後代爾。

序中指出該詩採用風騷「興」的手法，此「興」其實是「比」
的手法，以譬況手法諷詠前人，且不只諷喻前人，亦爲後
世警誡，序中所言，雖明指漢代諸人，實則以古諷今意味
甚強，透過物象的轉移，再將歷史鏡頭投向漢代，則能迂
曲表達自己對時政之不平，所謂「言者無罪，聞者足以戒」
正在此，詠物的效能在此顯露無遺，藉物特質來譬況各種
阿附權貴小人，或是無實材惑眾媚主之小人，意象鮮明可
見。另外，白居易有《新樂府》五十篇，凡九千二百五十
二言，「篇無定句，句無定字，繫於意，不繫於文，首句標

其目，卒章顯其志」揭示是採用詩三百篇之義法，內容所作是爲君、爲臣、爲民、爲物、爲事而作，不爲文而作。每一篇直陳自己的作意，例如〈七德舞〉意在「美撥亂，陳王業也。」；例如〈法曲〉意在「美列聖，正華聲也。」凡此等等皆意在諷誡，其中以詠物爲之者有〈捕蝗〉意在刺長吏，摹寫蝗蟲似雨豔食青苗，河南長吏課人捕蝗，結果蝗價與粟同價，徒使飢人重勞費，諷刺長吏不當措施，反使人民勞困。又如〈百鍊鏡〉意在「辨皇王鑒也」寫百鍊鏡雖有瓊粉金亭磨亮晶瑩，反不如太宗以人爲鏡，可以鑒古察今，使天下安危操控在手掌中，可知帝王之鏡，是以人爲鏡，非揚州百鍊鏡。又如〈青石〉意在「激忠烈也」，寫藍山青石，運載來長安，不願作人家墓前神道碣，亦不願作官家道旁德政碑，只願作顏氏段氏碑，刻鏤二人忠貞節烈，其義心如石屹立不轉，死節如石堅確不移，使觀碑者能改節慕其爲人。又如〈兩朱閣〉意在「刺佛寺寖多也」寫兩朱閣原爲帝子之宅閣，其後化爲佛寺，恐人間宅第盡爲寺廟，遂寫此詩爲諷。又如〈八駿圖〉意在「戒奇物懲佚遊也」；〈澗底松〉意在「念寒儁也」；〈牡丹芳〉意在「美天子憂農也」；〈紅線毯〉意在「憂蠶桑之費也」；〈繚綾〉意在「念女工之勞也」；〈杏爲梁〉意在「刺居處僭」；〈井底引銀缾〉意在「止淫奔也」；〈官牛〉意在「諷執政」；〈紫毫筆〉意在「譏失職」；「隋堤柳」意在「憫亡國」；〈草茫

茫〉意在「懲厚葬」;〈古冢狐〉意在「戒豔色」;〈黑潭龍〉意在「疾貪吏」;〈秦吉了〉意在「哀冤民」;〈鴉九劍〉意在「思決壅」;以上所列諸詩,或以物起興,寄託寓意;或以物擬譬,借彼喻此;或託喻諷戒,使閱覽者能明其所喻示的對象。此〈新樂府〉五十篇當中,以詠物爲之者不在少數,但是其運用手法與一般比興曲隱的手法有異,一般託物言志之詠物,以物爲喻故作隱晦,而此中所用雖亦借物象爲喻,但是,篇名之下已直接揭櫫篇旨,全無隱晦的意味可言,使閱覽者一見即能了知其意,不必更向外求索其意,此種寫作法有曲隱的藝術技巧運用,也彰顯篇旨,形成意旨明確的諷喻詩歌,白氏不隱不晦的作法迥異前人。

　　另外,杜甫亦善寫家國感懷,例如〈病橘〉一詩寫病橘酸澀,不適口腹,藉以勸誡朝廷罷貢,詩云:

　　　「群橘少生意,雖多亦奚爲?惜哉結實小,酸澀如棠梨,剖之盡蠹蟲,采掇爽所宜,紛然不適口,豈止存其皮,蕭蕭半死葉,未忍別故枝,玄冬霜積,況乃迴風吹。嘗聞蓬萊殿,羅列瀟湘姿,此物歲不稔,玉食失光輝。寇盜尙憑陵,當君減膳時,汝病是天意,吾恐罪有司。憶昔南海使,奔騰獻荔枝,百馬死山谷,到今耆舊悲。」

全詩可分爲兩部份說明,前半寫病橘結實小,味酸澀,中空爲蠹蟲所食,紛然不可食,採之無用。後半寫進貢蓬萊

211

殿，物歲不稔，獻之不光輝，何況盜寇充斥，當此之時，
君王當減膳，莫再進獻病橘，以解民困，詩人又恐直言進
諫，引起非議，乃援引漢和帝有南海獻荔枝、龍眼一事，
當時，十里一置，五里一候，勞民傷財，君王當以此爲諫。
詩藉病橘勸諫罷貢，以漢喻唐，意在言內，而不失溫厚詩
教之旨。

第四節　自然景象與自我生命的投映

　　表現人與大自然關係的詠物詩，多藉山、水、石、林、
亭、台、樓、閣等自然景象來展現自我的生命影像，我們
將之區分爲下面數種來分析。

壹、造物有寄，各遂其志

人與大自然相較，顯得渺小而微茫，在登覽、賞玩之餘，
自得其樂，各適其志，例如唐人薛稷〈早春魚亭山〉詩中
寫春氣已動，百草紛榮、杏花已紅、白雲悠然，且寒潤未
生綠苔，見此自然景象欣欣向榮，詩末乃云：「伊余息人事，
蕭寂無營欲，客行雖已遠，玩之聊自足」，寫出詩人寂然無
欲，不隨人去，自在山野中，止息人事營求。張九齡〈與
生公遊石窟山〉中描寫與友探秘尋深，潛洞黝寂、躋險登

高，如在雲夢，泠然御風，意若從雲升空，以「造物良有
寄，嬉游迺愜衷」點出萬物有寄，各愜其意。

江水之刻摹者，其例甚夥，茲舉南朝齊人王融〈赴荆
州泊三江口〉為例，詩中寫抬望天色虹光、危樓疊鼓，平
視朱鷺長蕭、紫騮蓮舟、羽檝畫軒，有人在圖畫中的絕勝
美感，遂能輕泛水浪，拂岸移舟而行。末聯云：「榜歌殊未
息，於此泛安流」道出悠然自在的閒適意態。明人汪廣洋
〈晚晴江上〉直寫江綠山青、花發樹冥、蘭槳過松，遂興
發：「勝境彌思切，漁歌隨處聽」的陶然自得的逸態。

又如唐人崔塗〈泛楚江〉云：「金印碧幢如見問，一生
安穩是長閒」指出客棹遠遊，不羨榮富，唯有安穩長閒才
是一生最大的享有。

以上所列，皆表現出萬物各有所寄，各有所樂，各適其
志，不羨不慕，自得自樂。

貳、當路相假，揭厲從游

以寄情山水來轉化忿悶不平之氣，實則仍有出世之用心，
終南不過是出仕捷徑，無人可招隱，臨水觀漁，徒羨垂釣，
表現亟待進用者亦大有其人，山水之清幽原可息化人世紛
擾，但是無人汲引，遂藉山水自然形勝之美寓寄懷才不遇
之感慨，唐人高適〈和賀蘭判官望北海作〉云：「長鳴謝知
己，所媿非龍媒」，自喻非引薦之龍媒，而宋之問〈景龍四

年春祠海〉云：「留楫竟何待，徙倚忽云暮」以臨海觀水，
忽忽日暮，感慨留楫未行，意有所指。唐人陳昌言〈賦得
玉水記方流〉云：「滔滔在何許，揭厲願從游」，王鑑同題
亦云：「沈淪如見念，況乃屬時休」，杜元穎同題亦云：「異
寶雖無脛，逢時願俯收」以及李沛〈賦得四水合流〉云：「羨
魚猶未已，臨水欲垂鉤」皆表現有用世之心。

參、息心忘歸，超然謝塵

　　藉由「山、水」之賞玩、刻摹，詩家所要表達的情志，
主要有下面二個面向：
一、由於山水景致幽美，不染塵俗，使遊者興發歸隱之心，
例如李白〈江上望皖公山〉描寫奇峰出奇雲、秀木含秀氣，
巉絕青冥，遙望相許，逐興發：「待吾還丹成，投跡歸此地」
之心志；另外，〈與南陵常贊府遊五松〉描寫登遊五松山、
長風獨嘯、逸韻動海、清境幽美、洞壑蕭瑟，秋響百泉，
令人心生「龍堂若可憩，吾欲歸精修。」之高情逸志。其
結構如下所示：

山水清幽 ──〉 息心 ──〉忘歸

二、藉由遊山體悟哲理，人世種種不過如過眼雲煙。而這

種體契，不一定要落實在歸隱的行動中。例如唐人許渾〈贈茅山高拾遺〉云：「雲中黃鵠日千里，自宿自飛無網羅」、朱熹〈武夷天柱峰〉云：「乾坤妙無言，小大自有得」、元代張養浩〈遊香山〉：云「人間勝事忌多取，毋使樂極還生悲」、劉禹錫〈華山歌〉云：「丈夫無特達，雖貴猶碌碌」、王昌齡〈送桿林廉上人歸廬山〉云：「道性多寂寞，世情多是非」等等，皆是由觀山遊山體會人世真正的存有。

　　前述三節託物言志的義理內容多以比擬託諭的方式表述，而人與大自然的關係則常以「興寄」的方式爲之，亦即以「興」的方式來「寄」自己的情志。根據徐復觀所言，「興」的作用有三，一是「興」置於詩歌之首，作爲起勢之用；二是「興」置於詩歌之中，以作聯類的觸發；三是「興」置於詩尾，以含有餘不盡之意於詩歌之外。[5]以上所引之詩，有以「興」起，而以「意」作結，將作意收束在尾句，直抒意旨；或以「興」作結，收束於景色中，含藏不盡之意，以抒曲隱難達之情。託物表述的義理內容從個己而言，是抒情與言志；就抒發的性質而言是詩人心靈的寫照，也是社會現狀的投映，將個人、社會、家國的種種現狀一一投映在詩歌中，以詠物的藝術手法表述難達之情

---

[5] 請參見〈釋詩的比興—重新奠定中國詩的欣賞基礎〉輯入《中國文學論集》初編，台灣學生書局，1982 年版，頁 91—117。

志，使言者與閱者皆能得到喻示效能，此所以《文心雕龍・
比興》曾云：「觀夫興之托喻，婉而成章，稱名也小，取類
也大」，指出「興」之託喻，是以婉約為本質，其取類譬事
用意弘深，至於「比」義取類不常，有喻聲，有方貌，有
擬心，有譬於事者，雖比類繁多，但以切至為貴，詩家在
取用物象時，亦遵守此一原則能達「觸物圓覽」的效能。

第五節　從託物言志的作用性，觀其表抒模式

　　所謂的「模式」是指固定不變的存在方式或型式，具
有固定的理則。[6]詩家在表述時，從作用性質觀之，其所表
抒的模式，主要有三種：一、抒情式；二、明志式；三、
諷誡式，以下分述之。

壹、藉物抒情式

------

[6] 顏師崑陽曾定義「模式」云：「意指事物存在之規模型式，它是
諸多個別事物之共相，也就是諸多個別事物以其共同特徵所形成
固定規模型式之存在方式。」其定義甚明確精準。請參見〈論漢
代文『悲土不遇』的心靈模式〉輯入《漢代文學思想學術研討會
論文集》，頁 209—253。

　　抒情是詩歌的本質，也是託物言志的本質，心有鬱積，借詩表述情懷感喟，所以感物而抒情是詩人宣洩情感的一道窗口。當然，詩歌之初始並非用來詠誦詩人的情懷，而是采詩以觀風俗民情，自屈原，始以文字抒發自己積憤之情，此所以《履園譚詩》云：「古人以詩觀風化，後人以詩寫性情。」（《清詩話》、頁 804）指出古人與今人對於詩歌的觀念有所不同，古者重在詩歌的社會功能性質，其後，則重在個己生命的抒發。當然，詩歌並非僅是作者之詩而已，亦非僅能表述個己感懷而已，尚有其社會性的功能，興觀群怨所指涉的即是有個己之抒怨，亦有群體的興、觀、群的作用性存在其中，對於這樣的體認，王夫之《薑齋詩話》卷上言之最清晰，其云：

　　「『詩可以興，可以觀，可以群，可以怨。』盡矣。辨漢、魏、唐、宋之雅俗得失以此，讀三百篇者必此也。『可以』云者，隨所以而皆可也。於所興而可觀，其興也深；於所觀而可興，其觀也審。以其群者而怨，怨愈不忘；以其怨者而群，詳乃益摯。出於四情之外，以生起四情；遊於四情之中，情無所窒。」

明確揭示四情是詩歌的本質義，由興之深而達可觀之審諦，由群之怨而達不忘之真摯，個人義與社會義皆存乎其

中。

　　喬億《劍谿說詩》卷下亦指出詩歌所以道性情，而性情其深意在於美刺，觸物起興才能使意義深刻，同時也能達到美刺的效能，其云：「所謂性情者，不必義關乎倫常，意深於美刺，但觸物起興，有真趣存焉耳」（《清詩話續編》、頁 1098）

　　表述性情，本出於自然天性，不作偽，不虛矯，如果雕飾辭采，無足觀也，

王世貞《藝苑巵言》引黃省曾之言：「詩歌之道，天動神解，本於情流，弗由人造。古人摛唱，真實厥衷，如春蕙秋華，生色堪把，意態各暢，無事雕模。末世風頹，矜蟲鬥鶴，遞相述師，如圖繪剪錦，飾畫雖嚴，割強先露」（《歷代詩話續編》、頁 956—7）揭示後世創作如剪錦圖繪，雖有嚴飾，不過是頹風末流，且寫物不特寫物，尚要把風流遺韻表顯出來，黃徹云：「坡詠歙硯詩云：『與天作石來幾時，與人作硯初不辭，詩成鮑謝石何與，筆落鍾王硯不知』此皆窮本探妙，超出準繩外，不特狀寫景物也。」（《歷代詩話續編・蛩溪詩話》卷六、375）物與情之關係，在於情是自然流露，而物性之表露亦是圓轉自在，誠如宋范晞文《對床夜語》卷二所云：「用物而不為所贅，寫情而不為情所牽」（《歷代詩話續編》、頁 422）不為物贅，不為情牽，方為上乘。託物言志的作用之一，即在抒情中解放自我，表抒自

我。

貳、託物明志式

志之表露，一方面欲以揭示自己的德行節操，一方面
也用來呈現個人才性與忠貞愛國之情操，將個人之遭逢，
置於物象中曲隱表述，能得言外之意。《六朝詩話鉤沈》「傅
玄說屈原橘頌」條云：「太平御覽卷九百六十六載傅玄橘賦
序：『詩人睹王雎而詠后妃之德，屈平見朱橘而申貞臣之志
焉。』」（頁228）
託物言志，不僅在詩歌中形成傳統，在賦亦然，例如張華
著鷦鷯賦云：「夫唯體大妨物，而形瑰足偉也。」（頁230）
又如章學誠〈屈賦章句序〉云：「〈東皇太一〉，不過祀
神，而或以爲思君。〈橘頌〉嘉樹，不過賦物，而或以爲疾
惡。朱子曰：『離騷不甚怨君，後人往往曲解』，洵知言哉。」
如是而言，則離騷不怨君之意，唯善讀者能解其意，非班
固所謂露才揚己之意。葉燮《原詩‧外篇上》亦云：「虞書
稱：『詩言志』志也者，訓詁爲心之所之，在釋氏所謂種子
也，志之發端，雅有高卑大小遠近之不同，然有是志，而
以我所云才、識、膽、力四語充之，則其仰觀俯察，遇物
觸景之會，勃然而興，旁見側出，才氣心思，溢於筆墨之
外。志高則其言潔，志大則其辭弘，志遠則其旨永，如是
者其詩必傳，正不必斤斤爭工拙於一字一句之間。」（《清

219

詩話》頁 539）揭示「志」爲心之所之，如種子發端，志之高低遠近、大小卑弱，完全會由筆墨外顯，故志大則其辭弘大，志遠則其意旨深永，遇物觸景而發不待外飾，自然天成。所以「志」是創作詩歌之本源，黃子雲《野鴻詩的》第二十六亦有相同的看法，其云：「一曰詩言志，又曰詩以導情性。則情志，詩之根柢也；景物者，詩之枝葉也，根柢，本也；枝葉，末也。」（《清詩話》頁 787）明確指出：情、志是詩歌創作的本源，至於形式上的格律、聲韻、修辭等項，則是創作的技法，應重本再求末，避免本末倒置、捨本求末。錢詠〈履園譚詩‧總論〉第四條云：「詩言志也，志人人殊，詩亦人人殊，各有天分，各有出筆，如雲之行、水之流，未可以格律拘也。」（《清詩話》803）也指出「志」之表敘，各有天分，是格律不可拘控的。由上述諸條詩話所指，可知詩歌所重在「志」但是，此「志」表現在詠物詩中，到底傳釋什麼？或是能表現什麼？

詩人以詠物的方式來表白自己的志氣、志向、襟抱，有從個人的角度以喻不遇情懷，或佞幸環伺，以喻慍於群小，有從大我的角度入手，或以政治混濁，以喻有濟世之志，或有匡民倒懸之志，所表抒的「志」的內容不一而足，基本上皆是以「物」來興寄、擬譬、託喻。例如高適〈詠馬鞭〉指出馬鞭一節一目皆是天然龍竹裁成，末聯云：「把向空中捎一聲，良馬有心日馳千」指出良馬有日行千里的

壯志，借「馬鞭」寫欲騁長才之意，不言而諭。唐人戎昱
〈賦得鐵馬鞭〉亦云：「未入英髦用，空存鐵石堅，希君剖
腹取，還解抱龍泉」表象直寫鐵馬鞭堅如鐵石，希望能獲
得君子試用，方知有龍泉寶劍之堅，實則借馬鞭寫自己求
用之心。

　　實際上，我們歸納詠物明志的內容時，可以得知，詩
人常表現的「志」的內容有以下六種：
一、「以物喻德」借以表白自己高潔人品。例如前述之花木、
動物類之擬譬指涉。[7]
二、「以物喻才」借以求知用於世或抒發懷才不遇之悲感。
例如器用求用，樂器求知音賞聽。
三、「以物喻世」用以揭露世塵混濁，佞幸環伺之情景。例
如塵霧，虹霓以喻塵埃朦朧，世局不靖。
四、「以物喻君」，以象君王高高在上，不可侵犯，或蔽於
群小，賢臣遠遁。例如浮雲蔽日，或午日高照。
五、「以物喻民」，指出人民的處境或生活情狀者。例如白
居易藉牡丹詠農翁之嘆。
六、「以物喻小人」，指出小人得勢，君子失勢。例如張九
齡〈感遇・漢上有遊女〉云：「白雲在南山，日暮長太息」。

---

[7] 本部份所論以條例式呈現，主要是因為所舉物象，前已有述，
毋庸贅言，故簡約提列條目而已。

藉「邪臣之蔽賢，猶浮雲之障日月也。」[8]

參、諷諭勸誡式

以詩歌達到諷諫的方式，自《詩經》始，爲例甚多，例如：

▲魏風‧葛屨：「維是褊心，是以爲刺。」
▲陳風‧墓門：「夫也不良，歌以訊之。」
▲小雅‧節南山：「家父作誦，以究王言凶。式訛爾心，以畜萬邦。」
▲小雅‧何人斯：「作此好歌，以極反側。」
▲大雅‧民勞：「王欲玉汝，是用大諫」
大雅、板：「猶之未遠，是用大諫」

皆明示其作用在諷誡，力其後詩人亦衍其義，推而廣之。詠物借諷的方式，常以「以古喻今」、「以古諷今」爲例。例如《升庵詩話》卷二云：「王昌齡殿前曲」云：「『昨夜風開露井桃，未央前殿月輪高。平陽歌舞新承寵，簾外春寒

---

[8]所引之文見陸賈《新語‧慎微篇》；又，《漢書‧楊惲傳》「田彼南山」注下云：「張晏曰：「山高而在陽，人君之象也。」

賜錦袍』此詠趙飛燕事，亦開元末納玉環事，借漢爲喻也。」
（《續歷代詩話》、頁672）即是以漢喻唐。宋大樽《茗香詩
論》曾對詩與象作一明確喻示，其云：「〈易〉取象，〈詩〉
譎諫，猶之寓言也。但取象如詩之有比，譎諫則不必於象。
第以經解經，有離合矣，固而求之風人，其僭父乎？」（（《淸
詩話》、頁88）譎諫不必以象爲喻，但是詩中之「比」不可
偏廢。以詠物來諷誡者，杜詩有一例，黃徹《䂬溪詩話》
卷二云：「杜集及馬與鷹甚多」，亦屢用屬對，……蓋其致
遠壯心，未甘伏櫪，嫉惡剛腸，尤思排擊。語曰：『驥不稱
其力，稱其德也。』左氏曰：『見無禮於其君者，如鷹鸇之
逐鳥雀也』少陵有焉。）可見杜詩不在詠物象之真切，以
驥馬壯心遠致，未甘伏櫪，而在諷刺無禮於君，又如寫鷹，
以寫壯志未已。

　　職是，詠物本質在抒情言志，並且借物象來諷誡，如
此曲隱方式，可謂得詩三百之遺風。詠物詩「托物言志」
義理內容，藉物來表述情與志，以達諷誡意涵，我們在解
讀詠物詩時，當從物與人，作一關連性，求其意義，而非
取形遺神，並且由個己情志表抒到社會家國現況的投映，
使個己向社群邁進，再由詩人感懷中去體會詩人關切社會
家國的意義性。

第 六 章　託物言志之求意方法

　　詩人藉物來表抒情志或諷諭效能時，我們應如何才能撥
開詠物的表層意義進入深層意義？

　　美國學者 M.H.艾布拉姆斯（Abrams）於 1953 年出版
《鏡與燈：浪漫主義文論及批評傳統》，將西方文藝理論作
一全面回顧與總結，分從：模倣說、實用說、表現說、客
觀說四個面向討論，文中揭櫫藝術批評有四大要點：藝術
家、作品、世界、欣賞者，並圖構四者之間的關係，此一
理論清晰地揭示創作過程中的四大要素：作者、作品、讀
者、世界，事實上，所有的藝術作品探討的問題皆包蘊在
內，其後，西方理論不斷地發展，基本上亦是環繞此四大
問題進行演繹，例如探討作者的理論有歷史論述、傳記學、
年鑑學派等；著重在作品理論有形式主義、新批評、結構
主義等；著重在讀者有詮釋學、讀者反應論、接受美學等；
著重在世界的理論有文化學、人類學、帝國主義等，我們
討論文學亦不能自外於此四大架構，職是，我們在探尋詠
物詩「托物言志」的解讀方法時，亦循此一路向進行論述。

　　前已論及，詠物詩的創作路向有二：客觀與主觀的表
達式，「主觀的表達式」是藉物來表達曲隱之情志，但是作
者曲隱之情志如何被理解？如何透過文本（text）所構作的
語言文字被了解？此亦即我們應如何探求詠物詩中的言外
意？或則說是作者借詠物表達的意蘊如何被讀者體會領

悟？以下我們從三種進路作為求意方法。

　　首先，我們從「作者」視域來思考，作者表意方式有二：一是自言作意，二是不言作意，我們如何探尋作者創作的意圖與作意，以考索藉物抒情言志的可能意蘊？其次，我們從「文本」的意符指涉，來探求詠物的用語方式或文字組構方式能否被理解？其次，論「讀者」如何理解「作者」之意，或如何解讀「作品」，是否能進入作意中，或有誤讀的可能性？而這些意義皆含納在世界——文化之中，此種作詩、讀詩的交互活動其實就是中國人如何觀物，如何寫物，如何透過物象來表述言外之意或曲隱難達之情志的用語方式。

第一節　從「作者」之視域求意方法

傳統解讀文學作品，或對於作品內容的考索、詮解，往往從理解「作者」的層面入手，此即孟子所謂的「知人論世」的研讀方式，此一路向，有助於我們體契作者作意，因為作者所欲表達的文學作品，往往透顯現實世界的遭逢，此一遭逢是作者感發作品的情志來源，故而，小至個人的遭逢，大至時代國家的變動板蕩或太平盛世，皆是詩人表抒的對象與內容。從「知人論世」逆入往往可求得作者之意的相關義涵。

傳統對於詩歌要求命意須有「風人之旨」，所謂風人之旨即是「言者無罪，聞者足以戒」的作用，例如吳雷發《說詩菅蒯》云：「古人宮闈詩固多寄託，然即事言情，亦無不可。惟命意要得風人之旨，辭須矜貴。其襲舊者固不可，求新而類詩餘，尤不可也。」（《清詩話》、頁 833）揭示創作詩歌可即事言情，亦可寄託，然皆要得風人之旨，既然要求有「風人之旨」或「寄託」，則解讀方式更形重要。

　　然而，作者運用詠物詩來言志時，意義的發顯有自言作意的「意在言內」與不言作意的「意在言外」兩種，我們如何求意之所在？

壹、「意在言內」之求索

「意在言內」之此類作品是作者刻意藉物表述時，透過詩歌語言或題、序等方法來表達創作的旨趣，但是藉物只是方法的運用，最重要的仍是意義的呈現，所以在藉物表述時，往往懼作意不被理解或重視，乃刻意自言作意，對於「自言作意」的作品，我們可從下列數方面考察其作意。

一、詩中求意

　　我們在讀解詠物詩時，往往可從詩歌作品中得知作意所在，此乃作者有意作為。例如白居易〈有木〉詩八首，

除了有序自言作意之外，第七首詠凌霄的作意存乎詩中，
與其他諸詩藉興寄、擬譬的表意方式迥不相侔。詩云：

「有木名凌霄，擢秀非孤標。偶依一株樹，遂抽百
尺條。託根附樹身，開花寄樹梢。自謂得其勢，無因有動
搖。一旦樹摧倒，獨立暫飄飄。疾風從東起，吹折不終朝。
朝為拂雲花，暮為委地樵。寄言立身者，勿學柔弱苗」

全詩詠凌霄花依附高樹而生，托根樹身，寄花樹梢，一旦
樹倒風起，委地飄零，無復為拂雲之高花，末聯二句：「寄
言立身者，勿學柔弱苗」點出諷諭的對象「立身者」，莫學
凌霄花托附他樹，而應自立自強，呼應詩序中所云：「附離
權勢，隨之覆亡」，意旨清晰，是詩人在詩中自言意旨之例。
又如杜甫〈古柏行〉云：

「孔明廟前有老柏，柯如青銅根如石。霜皮溜雨四
十圍，黛色參天二千尺。雲來氣接巫峽長，月出寒通雪山
白。君臣已與時際會，樹木猶為人愛惜。憶昨路繞錦亭東，
先主武侯同閟宮。崔嵬枝幹郊原在，窈窕丹青戶牖空。落
落盤踞雖得地，冥冥孤高多烈風。扶持自是神明力，正直
原因造化功。大廈如傾要梁棟，萬牛回首丘山重。不露文
章世已驚，未辭剪伐誰能送？苦心豈免容螻蟻，香葉終經

228

宿鸞鳳，志士幽人莫怨嗟，古來材大難爲用！」

詩詠孔明廟前之老柏樹，詩分三部份敘述，前八句寫老柏
之形象，根如石，柯如青銅，經霜老幹粗四十合抱，極力
誇飾其高可參天，並與夔州地理形勝關合，上通巫峽雲氣，
寒接雪山月色，再將老柏與孔明作一關合，寫劉備與孔明
之風雲際會，使後人愛樹如見其人之氣節凜然。次寫自己
經由此地的感懷，古柏高大卓立，仍能蒼翠如蓋，與武侯
祠前的老柏作一對照，冥冥孤高招致烈風，仍能屹立，彷
彿得諸神明護持。末段再寫古柏之用，雖無花葉文采，但
是大材堪爲棟樑，可惜不爲世用，樹幹遭螻蟻聚食，香葉
爲鸞鳳棲息，遂興發：「志士幽人莫怨嗟，古來材大難爲用」
的感嘆，末二句有畫龍點睛之妙，將老柏材大無用與志士
幽人懷才不遇作一關合，使人得知其作意所在。

　　又，南朝宋鮑照〈望孤石詩〉云：「江南多暖谷，雜樹
茂寒峰，朱華抱白雪，陽條熙朔風，蚌節流藻，輝石亂煙
虹，泄雲去無極，馳波往不窮，嘯歌淸漏畢，徘徊朝景終，
浮生會當幾，歡酌每盈衷。」詩以孤石爲主述，由詩家「望」
孤石而生發人世感懷，先寫孤石所處之周遭環境，再寫孤
石經多歷春、朝暮雲虹的景象，最後由孤石之「孤」，歸結
浮生無幾，歡酌時盈懷難遭。由詩中即可求得詩旨。鮑照
另一首〈山行見孤桐詩〉寫法同於〈望孤石〉，先詠孤桐所
處的外在環境，再寫冬泉夏霖秋霜之景況，孤桐晝夜不風

自鳴，令棄妾望之掩淚，逐臣對之撫心，悲涼不勝，最後歸結願爲君子堂上鳴琴的幽懷。以孤桐孤生叢石，悲涼不可任，幸願成爲鳴琴來表抒君子終願貢獻自己的情志。此二詩皆可從詩中求索其旨趣。又如梁朝詩人沈約〈詠竹詩〉云：「無人賞高節，徒自抱貞心」二句完全寫竹，然言外之意了然可知，一指高風亮節，一指貞心（虛心有待）空抱的情形，以物喻人，貼切可曉。是故「意在言內」可由詩中求意。

二、詩外求意

指詩歌正文之外的詩題、詩序可管窺作意所在。

1、詩題求意

　　詩歌的內容是詠物，但是若僅從詩歌解讀，無法得知作意，詩人乃有意在詩題中標示作意，使讀者在閱讀該詩歌時將物的景況、處境或特質與詩人作一鉤連，以求得作意所在。例如張九齡〈感遇〉凡十二首，我們若僅從詩歌解讀時，只能得知物象的表層意義，其深層意蘊我們不易求解，但是一與詩題相勾連時，作意立刻浮現出來，譬如

〈感遇‧蘭葉春葳蕤〉一詩藉春蘭秋桂馨香自潔寫「草木
有本心，何求美人折」，以喻自己懷芳抱潔，自勵自美，不
求人知。〈感遇‧孤鴻海上來〉寫孤鴻遊於冥冥天上，得避
弋者，比起巢在三珠樹之雙翠鳥，時時懼有金丸彈射，反
顯得逍遙自在，藉鴻自喻，不求不忮，反能悠遊於天地間。
其第七首〈感遇‧江南有丹橘〉云：

　　　「江南有丹橘，經冬猶綠林，豈伊地氣暖，自有歲
寒心，可以薦嘉客，奈何阻重深？運命惟所遇，循環不可
尋，徒言樹桃李，此木豈無陰？」

詩中所寫僅是表述丹橘綠蔭，結實纍纍，可荐嘉客，奈何
阻重深，繼以世人徒愛桃李芬芳，未解丹橘經冬猶綠的特
質。表層意義寫丹橘的特質與景況，但是，我們對照詩題
的「感遇」即可體會張九齡擬借丹橘的遭遇來自喻有豐美
才情，惜無人引荐的處境，詩題，常是我們進入詩旨的一
把鑰匙，透過詩題，我們才能解開作意所在，但是，並非
所有的詩人皆會以詩題來呈現詩旨，有時更不標立詩題，
令人無從求解，例如李商隱的無題詩，千古無人可解，究
竟是政治寄託？或是隱晦不倫之戀？或是另有所指？自古
即有獨恨無人作箋之憾，致使玉谿詩謎，永成惘惘難解之
畸笏、悵恨，永難求解。
　　當然，也有詩題詠物，然內容無以相襯，例如王若虛

《滹南詩話》卷三云：

「近世士大夫，有以墨梅詩傳于時者，其一云：『高
髻長眉滿漢宮，君王圖上按春風。龍沙萬里王家女，不著
黃金買畫工。』其一云：『五換鄰鐘三唱雞，雲昏月淡正低
迷，風簾不著欄干角，瞥見傷春背面啼。』予嘗誦之于人，
而問其詠何物，莫有得其彷彿者，告以其題，猶惑也，尙
不知爲花，況知其爲梅，又豈知畫哉？自「賦詩不必此詩」
之論興，作者誤認而過求之，其弊遂至于此，豈獨二詩而
已。」（《續歷代詩話》、頁 526）

王氏譏評時人〈墨梅詩〉莫得其彷彿，告以其題，猶惑也，
不知爲花，何況爲梅，是作詩之人工力太差，詩題反而無
可無不可，致令欲求神遺形反如霧中看花，謎中猜謎詠物
致此興味全無，何況欲由詩題求意乎？

2、詩序求意

　　詩題無法彰顯詩旨時，詩人往往透過詩序來表露作意
所在，此亦是作者有意作爲。例如駱賓王的〈在獄詠蟬〉
我們從詩題可知獄中作詩，其積忿可見，但是如何與所詠
之物作一勾連？如何透過物象來體契作意？常常不易得

知，於是作者乃透過詩序來告知我們作詩緣起、所抒情事
及所表事件等等，駱賓王的〈在獄詠蟬〉之序篇幅甚長，
且精采處不遜於原詩，其序云：「……（蟬）聲以動容，德
以象賢，故潔其身也，稟君子達人之高行；……」，以蟬潔
身自愛、有君子美德自喻，遂以詩歌來宣洩積憤之情，是
故詩中所寫，以「比」法來自喻，每一聯寫蟬，實際上是
寫自己，即是運用物的特質來寫自己的德行，末聯寄意尤
深：「無人信高潔，誰爲表予心」，寫出高潔無人可知，誰
能爲自己表白心志？此即是透過詩序明確指出詩旨所在。

又如白居易的〈新樂府〉五十篇，以詩序說明寫作動
機及緣由，其云：

「凡九千二百五十二言，斷爲五十篇，篇無定句，
句無定字，繫於意，不繫於文。首句標其目，卒章顯其志，
詩三百之義也。其辭質而徑，欲見之者易喻也；其言直而
切，欲聞之者深誡也；其事覈而實，使采之者傳信也；其
體順而肆，可以播於樂章歌曲也。總而言之，爲君、爲臣、
爲民、爲物、爲事而作，不爲文而作也。」

序中明確標示作意，欲使見者易曉，聞者深誡，是爲
天下而作，非爲文造情之作。此五十首樂府詩除了有總序
說明作意之外，在每一篇歌詩的題目之下，並明示用來諷
刺何人、何事，使作意更豁顯，但是五十首並非皆是詠物

詩，然也有佔量不少的詠物詩篇（請詳前面所述），此一特殊的指明作意，與一般曲達隱意的詩歌迥異。另外，白居易《有木八首詩》亦是前有序言，說明每一種植物所諷詠的是對應於各種不同的佞幸小人，主要是讀漢書列傳所引發的作意，以漢代人物為喻，以古為戒，實際上用以告誡時人。（詳見第五章第三節所述）

　　另外，南朝宋鮑照有〈松柏篇〉寫松柏受命長青，感人生浮脆，詩以松柏起興，繼而敘事抒情，曲盡人事之哀，讀之令人鼻酸，哀詩若此，不知為何而作，詩序則揭示作詩本末，鮑照因患腳氣病四十餘日，病劇讀樂府詩龜鶴篇、病危見長逝詞，舉目皆悲，遂成此詩，經由詩序，可知作意感浮生有限。

　　詩序的用語方式較詩題為寬，詩題必以簡略數字為之，不能大作文字，寫作動機、創作緣由、旨趣所在皆不易透過詩題得知，但是詩序卻不受限於文字詳簡，可盡情發揮，此所以詩序常為作意所在。至於「詩歌」的部份，既以詠物為主，又以曲隱其意為先，文字之精鍊，須關注形式要求（例如律詩須注重平仄、押韻、對仗）故抒發的自由度，自然不似散式句的詩序來的自然與自由，所以詩序是解讀詩旨的另一道金鑰匙。

　　詩人不在詩題、詩序、詩歌中呈現詩旨，但是以自作

註解的方式明示作意，讀者解讀該詩時，亦能體悟其旨意
所在，自作注解的例子較少，詩人較少以此種型態面世（非
詠物詩有其例），多爲後世讀者爲詩作註的例子較多，此不
從作者視域切入，故存而不論。

貳、「意在言外」之求索：

　　作者不言作意，主要的目的有二，其一是隱晦其事，
不欲人知，其二是大家皆知其事或易知其事，反故作玄秘，
曲隱其事，其實眾人皆知。然經過時移事遷，若無詳注或
詳箋，後人遂不得其解。
　　如果是作者刻意曲隱其事，不欲人知，則作意較難考
索。例如李商隱〈錦瑟〉中的：「錦瑟無端五十弦，一弦一
柱思華年」，對於此二句，歷來說法非常紛歧：
▲劉邠〈貢父詩話〉指出李商隱有錦瑟詩，人莫曉其意，
或謂是令狐楚家青衣也。
▲胡應麟《詩藪》認爲錦瑟是青衣，見唐人小說，謂義山
有感作者。
▲胡震亨《唐音癸籤》以爲錦瑟爲真瑟者痴，以爲令狐楚
青衣，以爲商隱莊事楚、狎絢，必絢青衣亦痴，商隱情詩，
借詩中兩字爲題者儘多，不獨錦瑟。
▲朱鶴齡認爲是以錦瑟起興，非專賦錦瑟，或遂實以令狐
楚青衣，說尤誣，當亟正之。

▲朱彝尊則指出是悼亡詩，意亡者善彈此，故睹物思人，因而託物起興。[1]

凡此諸說正足以證明義山自隱晦其意，後世莫知其意，只能謎中作謎。此所以《文心雕龍・知音篇》云：「音實難知，知實難逢，逢其知音，千載其一乎」指出千載知音難逢難知，則作者之意不可知、不可解亦非偶然，攸關知音難知以《呂氏春秋・孝行覽・本味篇》記載伯牙子期知音的故事最為傳誦，其云：「伯牙鼓琴，鍾子期聽之。方鼓琴而志在太山。鍾子期曰：『善哉乎鼓琴，巍巍乎若太山』少選之間，而志在流水。鍾子期又曰：『喜哉乎鼓琴，湯湯乎若流水』志在高山流水，唯知音者能知之，知音難逢難知，其若斯乎！」揭示知音之難逢難知，自古而然，音樂猶且難知，則故作隱晦之詩，欲求解作意，更是困難重重了。

　　歐陽修《六一詩話》亦曾云：「聖俞曰『作者得於心，覽者會以意，殆難指陳以言也。』」（《歷代詩話》、頁267）明白揭示作者之意，覽者能意會，非語言文字可以表述清晰的，所以我們在解讀詩歌時，不知作者之意，並非我們的視界不足，而是作者用意有明言、隱言之別，更何況詩

---

[1] 本部份參考《李商隱詩歌集解》劉學鍇、余恕誠著　北京：中華書局　1996年三刷。

人才份有限，同樣是詠物，表達的技巧自有深淺，不可強求，此所以曹丕云：「雖在父兄，不能以移子弟」。張戒《歲寒堂詩話》卷上亦云：「人才各有分限，尺寸不可強。同一物也，而詠物之工遠近；皆此意也，而用意之工有淺深。」（《續歷代詩話》、頁 454）用意之工既有淺深，則作意之隱顯自然亦有淺深、明晦之別。讀者讀不出託喻之意，非讀者之過。

　　既然作者不言作意，則讀者如何逆入求索作意？「託物言志」之言外意如何可能被求得？此時我們必須進入歷史脈絡中求解，亦即以「知人論世」的方法求意。

一、以「知人論世法」求意

　　所謂的「知人論世」是孟子所提出來的一種解讀作品的路徑，其云：「以友天下之善士爲未足，又尚論古之人。頌其詩，讀其書，不知其人，可乎？是以論其世也，是尚友也。」（《孟子‧萬章下》）讀其詩，當知其世，以論其人，透過時局的掌握，我們才能知道詩人對治什麼樣的環境、什麼樣的處境？要表達什麼樣的情志？此時，如果詩人不言其詩旨，我們又無從詩題、詩序、詩歌中求解時，我們必要進入作者的時代中，了解其生平、交遊、遭逢，明白其對治的時局或困境，才能理解詩歌所言、所指涉的人、事、物等等。

一、史傳求意

　　如何才能進入作者所處的時代背景中呢？史傳記載常能提供我們比較正面的資料，同時代人或詩人交接往來的作品亦能提供我們有力的證據，至於詩話本事的勾稽或逸事的輯佚，亦能補強史料之欠缺，但是詩話亦常有附會之處，運用時，仍須以正史為主，或以詩人相關文字記載為主，方不會為詩話所拘執。

　　歷史脈絡的掌握，是我們進入作者時代的一條線索，但並非是唯一的解法，因為作者可以受時代感召而有相關作品產生，但是，作者亦能自外於時代之外，獨抒性靈，而未必關涉時代的脈動，詩以抒性情，未必須與時代作勾連，所以歷史研究法，縱使知道內證、外證運用之重要性，亦無足可完全用來解讀歧義性大的詩歌作品。此中關涉作者與時代是否有一必然性的存有，作者可以自外於社會時代之外，但是仍不能不受時代的影響，此一影響有有形與無形兩種，有形的影響是直接透顯時代的關連性，無形是指潛伏時代的因子，不易察知。

吳雷發《說詩菅蒯》云：

　　「詩貴寓意之說，人多不得其解。其為庸鈍人無論

已；即名士論古人詩，往往考其爲何年之作，居何地而作，遂搜索其年、其地之事，穿鑿附會，謂某句指某人，某句指某事。是束縛古人，苟非爲其人、其事而作，便不得成一句。且在是年只許說是年話，居此地只許說此地話，是幸而爲古人，世遠事湮，但能以意度之耳。若今人所處之時與地，昭然在目，必執其詩而一一皆合，其尙可逃耶？難乎免矣！」（《清詩話》、頁 833）

明確指出後人穿鑿附會解詩，縱使將詩繫年，搜索時、地，不過是束縛詩意，未必能合解，所以在運用史傳典籍時，仍要避免附會穿說。另外《六朝詩話鉤沈》有一條云：「劉琨贈盧諶詩」云：「琨詩託意非常，攄暢幽憤，遠想張陳，感鴻門白登之事，用以激諶。諶素無奇略，以常詞酬和，殊乖琨心，重以詩贈之，乃謂琨曰：『前篇帝王大志，非人臣所言矣。』……匹磾遂縊之，時年四十八」（頁 254）指出金匹磾爲善體詩意，讀出劉琨詩中言外意，自縊而死。揭示我們體會作者之意不是一件容易之事。

二、本事求意

　　詩話當中，有許多記載詩歌本事者，或言作詩之始末，或揭創作之意旨者，不一而足。
　　例如《全唐詩話》中的「白居易」條下說明白居易〈楊

柳詞〉託意永豐荒園內盡日無人看管楊柳，宣宗聞之，移
種禁中，白居易又續作一詩，其後洛下文士多有續作。此
一條例是屬於說明作詩始末。又如「王維」條下記載寧王
李憲貴盛時，奪賣餅之妻，後使見前夫之始末，王維賦詩
云：「莫以今時寵，難忘異日恩，看花滿眼淚，不共楚王言」。
亦是借事明詩，說明作詩本事。又如「劉禹錫」條下記題
二詩始末，其一為〈元和十年自朗州名至京戲贈看花君子〉
云：「紫陌紅塵拂面來，無人不道看花回。玄都觀裡桃千樹，
盡是劉郎去後栽。」其二為〈再遊玄都觀〉云：「百畝中庭
半是苔，桃花淨盡菜花開，種桃道士歸何處，前度劉郎今
又來。」二詩寫劉氏出牧連州，尋貶朗州，居十年，召回
京師，旋又出牧十有四年，再重遊玄都觀觀桃，意有不屈，
劉郎重回，連挫愈勇之意。凡此皆從本事中求其意，然而
「本事」有時亦是附會穿鑿之說，未可盡信，須與史實相
求證。

第二節　從「文本」視域之求意方法

　　當我們從「作者」的視域去求索「託物言志」的言內
或言外意時，仍有其不足性，此即是作者刻意隱晦的部份，
但是，除了從「作者」視域之外，我們另一條解讀的脈流
是進入「文本」的世界中，直接從詩歌中的文字求索其藉

物言志的意蘊所在，其方法有下列數則。

壹、內證求意：事典、語典之採用

　　語言文字本即是一種意符，透過意符的指涉，我們才能捨筏登舟、得魚忘筌，獲得意義。所以無論是新批評或形式主義，皆欲直接從作品或文本來解讀作意，我們要體契「託物言志」曲隱難達的作意時，有時直接透過文本的閱讀可助我們進入作者構作的文字世界中，去體悟其作意所在。

　　在中國詩歌中，有一種歷史符碼是解讀詩歌不可偏廢者，此即是對典故的掌握。典故，一般分爲語典與事典兩類，語典是指運用前人經史子集中的文字爲之，事典是指歷史故事之運用，典故的作用在於運用簡略的文字，以豐厚繁複的意義或意象，達到精約簡略之美感效能。從作者而言，典故可簡化文字之使用，以豐富詩歌的意蘊；從作品而言，精約簡單之文字，可使詩歌達到精簡凝鍊的效能；從讀者而言，典故即是一種歷史的符碼，可加強豐富的聯想力，以與歷史作勾連。其優點固然很多，但是缺點亦有，若是濫用典故，則如掉書袋，不忍卒睹；若是強用僻典，則無法興發美感，反而使意義晦澀難明；若是用典不恰當，易使讀者誤讀其意，反而使詩意闇然不彰；職是，善用典故，善讀典故，是一個環節，讀者、作者、作品皆須進入

此一環節中才能環環相扣，而無歧義出現，但是，如此求知，勢必困難，此所以「詩無達詁」之意，從來詩歌難解、難知不僅是作者是否故意曲隱其意，有時文字語言本身即充滿歧義性，求解時，自然會有不同的解法出現。所以從文本解讀作意時，困難度並未消減，有時反而造成更加深或更多歧義產生。例如李白〈古風〉凡五十九首，第一首云：「大雅久不作，吾衰竟誰陳」此一「大雅」即可能有二義：其一是指《詩經》中的〈大雅〉，其二是指中原雅正之聲。

　　詩歌中用典的情形非常普遍，所以能懂典故之特殊意義，才能幫助我們體契詠物詩言外意的運用。從「文本」求解意蘊來觀察，典故此一意符究竟能表述多少意旨，是作者無法估量的，也是讀者無法體會的。所以除了解讀典故之外，我們還能從什麼視域求解托物所言之情志呢？物象特質的掌握提供另一面向。

貳、從物象特質求意

　　詠物詩，在中國傳統中自成格局，物象之採用往往有公有義與私有義之別；所謂的公有義是指在傳統的詩歌文化活動中，已然形成某一物象的共同義，此一共同義是大家認可、肯定的，詩人只要一刻摹此物，立即能興發相同

意義的觸發，例如「橘」自屈原〈橘頌〉以後即形成一種
樹木經冬猶綠、果實可荐嘉客的象徵，一旦詩人運用此一
意象時，之即可興發共同意義的美感與意蘊，張九齡的〈感
遇・江南有丹橘〉即是其例。又如梅花之冰清玉潔，用來
象徵不畏艱困環境猶能自挺風姿，詩人亦往往借梅來自喻
節操，蘇軾、王安石皆有詠梅之詩。又如飛雁，其習性是
群居，逢冬南飛的候鳥，詩人寫雁鳥時，常以雁鳥知時節
而南來北往反襯詩人連鳥都不如，不得回歸鄉里或故國；
又以雁鳥單飛失群自喻離群遠離故里的無可奈何，庾信不
得回歸南朝即以雁鳥自喻；又如葵花之向日、向光性，用
來比喻臣子之忠貞之本性，日，一般指稱君王，故向日的
意象即是耿介忠貞。凡此種種，皆是共有義的會通，而共
有義的形成非一日而成，乃經過歷史的汰洗、物象的特質
表現與歸納，才能形成文化的脈流，詩人們匯入此流域中，
源遠流長地往下開展。例如蟬有居高食潔、以及高潔受難
的形象[2]，例如《春秋繁露・天道施》指出：「蛻蛻濁穢之中，
含得命施之理，與萬物遷徙而不自失者，聖人之心也。」
蟬居濁穢，不失本性，是聖人用心所本。《史記・屈原賈生

---

[2] 將高潔受難的形象與蟬關合起來，乃施逢雨先生在〈旁通與寄
託──兩種解讀詩詞的特殊方式〉中所提出來的，並從《說苑・
正諫》裡找出實例說明，吾人不敢掠美。請參該文，頁 11，輯入
《清華學報》第二十三卷第一期，1993 年。

列傳》亦指出:「濯淖汙泥之中,蟬蛻於濁穢,以浮游塵埃之外,不獲世之滋垢,皭然泥而不滓者也」能於塵穢中不染世垢,由於蟬有此特性,詩人藉以自況時,亦以此特質來表述,例如梁代范雲云:「端綏挹霄液,飛音承露清」寫承露高鳴;白居易〈早蟬〉云:「今朝無限思,雲樹遶溢城」寫蟬聲催衰,思念故園;元稹〈春蟬〉「風松不成韻,蜩螗沸如羹,豈無朝陽鳳,羞與微物爭」寫蟬聲鼎沸,朝鳳不爭;唐人鮑溶〈聞蟬〉「誰念因聲感,放歌寫人事」寫聽蟬引發人事悲感;李商隱〈蟬〉「煩君最相警,我亦舉家清」寫蟬居高難飽,自己亦薄宦沈淪;唐人趙嘏〈風蟬〉「聽處無人見,塵埃滿甑生」寫蟬聲獨噪,寂寥無人見賞;凡此等等皆借蟬之特色,居高獨鳴,寫自己清高自持,卻難免飄若飛蓬,遠離故鄉;或沈淪下僚,仕途趑趄,或物歲改變,而盛年不待。蟬成為高潔受難的象徵,在詩歌當中,衍成流域,創作者不斷借此意涵演述自己的遭逢際遇。

　　私有義是指詩人不遵循詩歌文化傳統的詠物意象,而是自造新的意象或是脫離物象的公有義,自創新的意象與意蘊,此時新的意象必須語意清晰、意象鮮明才能讓讀者有明快、鮮活的形象,印存腦中,形成新的物象。例如杜甫的〈花鴨〉即是一例,以卓然不群、色澤鮮明的花鴨來寫其矯然不同流合汙的個性。從來寫鴨不從此一視角切入,獨杜甫借花鴨表述耿介堅貞之個性,是為花鴨私有義

的建構，但是，私有義有時經後人不斷衍述創作，亦可形成新的公有義，納入詩歌文化中。

參、從語言文字技巧求意

《左傳》中有一段記孔子之言：「言之無文，行而不遠」，此「文」是指雕飾文采之文，所有的內容必須依附於形式才能展現，故而「文」之形式亦不當廢棄，此段即證明「文」之重要。所以自《詩經》以來，賦比興技法之運用，即是未曾廢棄形式技巧的重要性。我們從託物言志的「文本」入手時，「作意」之求得，與形式技巧之運用亦息息相關，我們可從組構方式的二種理型來求意。

一、興寄型求意

托物言志的組構方式有「興寄、擬譬」二式，我們可透過二式之分解可助我們求解言外意或言內意。

　　「興」在詩歌中的位置，有三種組構方式：

　　　　　　興＋詩
　　　　　　詩＋興＋詩
　　　　　　詩＋興

此一「興」即是藉物的一種表現法，「興」在前，即藉物起

興之法;「興」在中，即形成頓跌，以引發更深蘊的情感，使主題另有開展;「興」在末，即將情感投向客觀之物，以形成有餘無盡之情。[3]「興」與「意」的關係，也有三種表達方式：

興即意

興＋意

意＋興

第一式：「興即意」，是指藉物起興，意在興中顯露。例如唐人杜荀鶴〈旅懷〉云：「蒹葭月冷時聞雁，楊柳風和日聽鶯，水涉山行二年客，就中偏怕雨船聲。」詩詠蒹葭月與楊柳風時，將自己作客異鄉、到處遷徒流蕩的無奈，由怕聽雨打船聲點染而出。「興」指物與景關合而成的風月之意象，而「意」是指飄流不定、羈旅行役的客旅情懷，此意在「興」中透顯。

---

[3] 徐復觀在〈釋詩的比興：重新奠定中國詩的欣賞基礎〉中對於「興」用法，指出三種：興在前、中、後，每一種用法所揭示的情感效應不同，意義的表達亦有所不同，此段論述頗能闡述「興」在中國詩歌中特殊的義理位階，本部份所用「興寄」的三種組構方式，參考其說。請詳參《中國文學論集》頁 91—117、台灣學生書局、1982 年。

　　又如元人虞集〈洪崖橋〉云：「澄江如練碧悠悠，一色蘆花覆遠洲，無盡青天歸雁急，月明寒影不曾留。」全詩以景起興，亦以景作結，詩中並無托寄之意，故不屬於興寄型的詠物詩，興寄型必有「興」有「寄」。

　　第二式：「興＋意」，是指先以興法起勢，後加上作意或旨意所在。

　　例如白居易〈燕詩示劉叟〉詩分二段，前半寫樑燕雙飛，辛勤覓食餵養四隻小雛燕，待雛燕羽翼長成，舉翅高飛不回顧，任雌雄雙燕悲呼終不回。詩後半則云：「燕燕爾勿悲，爾當反自思，思爾爲雛日，高飛背母時，當時父母念，今日爾應知。」寫昔日背母高飛，今當有雛背爾高飛。「興」是藉燕歌詠，「意」是告誡劉叟應以燕爲戒。
又如唐人張說〈時樂鳥篇〉先寫南海靈禽，形類鸚鵡，神稟鳳凰，持符瑞以驗明王，後寫「人見嚶嚶報恩鳥，多慚碌碌具官臣。」。「興」爲時樂鳥，「意」爲諷刺碌碌無功之官吏。

　　第三式：「意＋興」，是指先寫出作意，再將有餘無盡之意，蕩向所藉之景或物中，以含蓄作結。
在詠物詩中，此例較少，主要是因爲詩歌的美感，迥常採用藉物起興的方式較能觸發美感，故詠景物或抒懷之詩歌，較常用「以景作結」的方式，將作意蕩向景中，含藏不盡之意，盡在意象之中。

　　另外，蘇軾有一例是「意＋興＋意」的特例，〈異鵲〉

一詩寫先君行仁孝於家，鵲鳥集於家園之桐花，藉鳥鵲作巢於園，寓寄「善惡以類應，古語良非夸，君看彼酷吏，所至號鬼車」關合鵲爲善鳥，善惡以類相聚，不行仁孝之酷吏，所至之處但見鬼車號。此詩之「興」是鵲鳥，而「意」是「行仁孝」與「善惡相類應」。

此中關涉，「託物言志」之「意」是在「言內」或「言外」？基本上，興寄型的託物言志，以「意在言內」爲多，而蕩向無垠之作意，則是指「興象」無限，而非「意」之無限。

綜上所言，在詩歌中，興寄型的託物言志有上述諸型，而「興」的用法多與「景」、「物」相關連，我們在求解「興寄」類的作品時，應將物象與「意」作一統合理解，才易求得作意所在。

二、擬譬型求意

託物言志的組構方式另一型是「擬譬」，此即是「比」法，讀者如何在「文本」中求得作意所在？「比」法的解讀，成爲不可或缺的一環。「比」的用法有：明喻、隱喻、略喻、借喻四型，其中明喻與隱喻因爲有喻體、喻詞與喻依，所以解讀上較不構成困難，略喻是省略喻詞的方式，但是我們仍可得到類比的關連性，最難求解的是「借喻」，

無喻體與喻詞，在求解時縱使知道有言外意，又如何知道
此一言外意的確指爲何？例如杜荀鶴（846—907）〈小松〉
云：「自小刺頭深草裡，而今漸覺出蓬高，時人不識凌雲木，
直待凌雲始道高」全文以賦筆寫松，但是松只是表層意義，
其深層意在表述小松不爲人識，直長到凌雲高松，世人始
知非短小之荆叢。此詩例即是全詩是比法，是省略喻體與
喻詞的「借喻」，知其必有深層意，但是，讀者必難得知杜
荀鶴因何事有感而寫此詩，或是針對某事、某人而寫此詩，
這就是讀者可以從形式技巧上求得其可能的言外意，但是
在文本中卻永遠無法確實知道「意」之所指，到底是何事？
同時，本文的意義在不同的讀者來看，可能有不同的理解
與體會，這就是文本的局限所在。例如《石林詩話》卷上
云：

　　「杜子美〈病柏〉、〈病橘〉、〈枯棕〉、〈枯楠〉四詩，
皆興當時事。〈病柏〉當爲明皇作，與〈杜鵑行〉同意。〈枯
棕〉比民之殘困，則其篇中自言矣。〈枯楠〉云：『猶含棟
梁具，無復霄漢志』當爲房次律之徒作。惟〈病橘〉始言
『惜哉結實小，酸澀如棠梨』，末以比荔枝勞民，疑若指近
倖之不得志者。自漢魏以來，詩人用意深遠，不失古風，
惟此公爲然，不但語言之工也。」（《歷代詩話》、頁414）

此中所言，其實是一種「比」法，而非「興」法，但是「古

人用意深遠」則求詩意時，必須深探其迂曲的表意方式，
猶如子美所詠四詩，非徒詠物而已，是在刺時弊。楊倫的
《杜詩鏡詮》指出：「四詩寄託深遠，語意沈鬱，不襲漢魏
之跡，而能得其神髓」亦是認為讀杜詩應在言外求意，才
能得其神髓。至於李西崖指出〈病柏〉是傷房次律之詩，
而《石林詩話》則以〈病楠〉是為房次律所作，蓋房次律
是中興名將，中外景仰，竟為賀蘭進明所壞，房為融之子，
再世秉鈞，故曰出非不得地。二論相斥，我們從此又可得
知，作意確實難求，讀者無法在「文本」之中，得到所指
涉之人、事、物、理，但是不同的讀者卻給予不同的解讀
的進路與理解方式。以上為作者不言作意，我們在文中求
意時，可能遭到如許困難。但是有一種比法是作者將意顯
露其中，讀者可輕易取得作意所在。例如王安石（1021—
1084）〈古松〉云：「森森直幹百餘尋，高入青冥不附林，
萬壑風生成夜響，千山月照掛秋陽，豈因糞壤栽培力？自
得乾坤造化心。廊廟之材應見取，世無良匠勿相侵。」前
半以賦筆寫古松之生長情形，直到末聯「廊廟之材應見取，
世無良匠勿相侵。」直接呴示古松有廊廟之材，若無良匠
且莫砍伐，用世之心非常明顯，冀能有人援引推荐，即托
物以達喻示告知或諷戒的效能。

第三節　從「讀者」之視域求意方法

　　中國文論較少從讀者切入思考，比較強調「作者」作意之呈現，或如何探尋作者寫作之用心，或作者到底要表抒什麼？而不強調「讀者」到底讀出什麼？理解什麼？或以什麼視域檢解讀詩歌？其預期的文化背景又如何等等。這些皆是以讀者爲核心的討論，甚被漠視，甚至連「文本」都較易被忽視，例如人品與詩品的討論仍是繫著作者而發言，討論作者的人品到底能否與詩品相孚應，反不去探求「文本」的藝術成就，對詩品的肯定是基於人品的肯定，這樣的思考，往往反映出中國人對於人品德行的要求，與作品的成就高低無關，但是，人品之高似乎又架設出詩品宏高的品味，所以，趙翼才會指出「心聲心畫總失真，文章寧復見爲人？」的疑問。

　　雖然中國文論較重視「作者」作意之呈現，但是仍然有從讀者角度思考的論述，詩話中爲例不少，我們擬重新思考：詠物詩有言內與言外之意，讀者在解讀時，如前所述，可分從「作者」、「作品」兩個視域觀察，但是若從「讀者」視域進入時，會出現什麼樣理解情形？會讀出什麼？是不是會將自己的存在感受置入解讀的活動中呢？或是刻意曲讀，以求附會己意或自己的關切點或需求呢？

　　以下我們逆向從「讀者」的視域來解讀詠物詩中的托物言志的方法。

251

壹、「以意逆志法」求意

　　《孟子・萬章上》云：「故說詩者，不以文害辭，不以辭害志，以意逆志，是爲得之。」此段文字是孟子回答弟子咸丘蒙所說的，主要的含意是指說詩之法，不可以一字而害一句之意，不可以一句而害設辭之志。所謂「以意逆志」所呈現的效能是要能讀出作者之意，而不作字面意義的拘執求索。「逆」是反訓，即是「順應」之意，以讀者之意去體契作者之意，不作字面求索，期能體解作者用意，所以「以意逆志」的基本工夫在於讀者必須充份掌握作者創作的情境，才能體契其語言所呈現的語境與意蘊。「以意逆志」所操作的法則仍然以「作者」爲本位的思考，期能契會作者之意。復次，所謂進入詩歌的語言脈絡，是指閱讀詩歌時，必須進入詩歌的用語情境，詩話中攸關此類的論述不少，例如張戒《歲寒堂詩話》指出杜甫〈戲爲六絕句〉非爲庾信、四傑而作，「乃子美自謂也。方子美在時，雖名滿天下，人猶有議論其詩者，故有『嗤點』、『哂未休』之句。夫子美詩超今冠古，一人而已，然而其生也，人猶笑之，歿而後人敬之，況其下者乎。」（《歷代詩話續編》）、頁466）張戒認爲子美六詩並非爲庾信、四傑所作，而是自謂，所如此解讀杜詩，是否是一己之意，或是確實進入杜詩的語境？根據楊倫《杜詩鏡詮》注杜詩亦云：「昌黎詩：

『李杜文章在,光燄萬丈長,不知群兒愚,那用故謗傷,
蚍蜉撼大樹,可笑不自量』。當公之世,其排詆者亦不少矣。
故偶借庾信、四子以發其意,皆屬自寓意多,非如遺山論
詩絕句通論古今人之詩也。」楊倫的說法同於張戒,認為
杜甫其實是借四傑、庾信寫自己受當時人「嗤點」與「哂
未休」。於此可知,要識得作意,確實要能心有體契,而杜
甫果真此意?蓋杜甫不可重出,作意亦不可求得,反而給
了讀者更大更多的發揮空間了。

　　進入作者語境是我們解讀的路向之一,但是繫年、編
年、作注的方法,果真有助我們理解作意所在?吳雷發《說
詩菅蒯》曾對此作一批駁,其云:「詩亦有淺深次第,然須
在有意無意之間。向見註唐詩者,每首從始至末,必欲強
為聯絡,遂至妄生枝節,而詩之主腦反無由見,詩之生氣
亦索然矣。」(《清詩話》、頁 833)指出讀者強作解人,將
詩的前後關連性一一鉤連出來,恐怕亦是妄生枝節,不可
依憑。至於以作者處境來體會作意,或是詩中所指之意境,
或許不失為一體悟的方式之一,張表臣《珊瑚鉤詩話》卷
一云:「東坡稱陶靖節詩云:『平疇交遠風,良苗亦懷新』
非古之耦耕植杖者,不能識此語之妙也」僕居中陶,稼穡
是力,秋夏之交,稍旱得雨,雨餘徐步,清風獵獵,禾黍
競秀,濯塵埃而泛新綠,乃悟淵明之句善體物也。」(《歷
代詩話》、頁 459)重新經驗陶靖節的詩中處境,東坡才知
淵明善於「體物」,可知事未經過,乃不知其要妙之處。所

以「以意逆志」是進入作者情境的方式之一。但是我們又
將如何進入體契呢？歷史典籍的運用、詩人生平遭逢的了
解，是我們進入作者語境的方式之一，但是縱使進入作者
用語的情境，難道不會有歧義出現？或是誤讀出現？事
實，詮釋學者原本即不從作意去解讀作品，而是從讀者的
視野去觀看作品，到底看到了什麼？理解了什麼，並不是
他們所關心的，他們所關心的是，這些解釋如何進入自己
的解讀系統中？自己以什麼樣的角度來詮讀此一作品？這
永遠是一個因人而異的無解問題，同時也在不同的歷史情
境中，讀人各以其意去疏解文本的意義，此時，文本的開
放性，容許各家作不同的詮解。所以以意逆志與知人論世，
仍將陷入歷史迷霧之中。

貳、重新詮釋與誤讀的可能

由於詠物之托喻效能不欲明示作意，或刻意曲隱其
意，常使後人讀之、觀之不得其解，「言內意」猶且不懂，
更遑論求得「言外意」，於是解讀者往往以己意揣度作者之
意，使「作者未必然，讀者何必不然」情形頻生。「作品」
產生，已是獨立的文學作品，應獨立於作者之外，此即是
西方文論所強調的「文本」的意義，我們解讀「文本」可
以不依循作者之意去思考，直須以己意解讀、揣摩。讀者

反應論、接受美學、詮釋學所闡發的視域即是從「讀者」
的視域出發，讓作品獨立成「文本」，而讀者的參予才算創
作活動的完成，讀者才是賦予「文本」意義的關鍵，如果
沒有讀者，則創作過程仍未完成，只有在「文本」被閱讀
之後才能有新意義產生，此一新意義即是閱讀的意蘊所
在。但是，此中仍會有問題，不同的讀者、不同的視域、
不同的觀看詮解方式，以及不同的存在感受，在在影響解
讀之後意義的不同。例如王若虛《滹南詩話》卷三云：「〈猩
毛筆〉云：『身後五車書』按莊子，惠施多方，其書五車，
非所讀之書，即所著之書也，遂借爲作筆寫字，此以自贊
耳。而呂居仁稱其善詠物，而曲當其理，不亦異乎？只平
生幾兩屐，細味之亦疏，而拔毛濟世事，尤牽強可笑。以
予觀之，此乃俗子謎也，何足爲詩哉。」(《歷代詩話續編》、
頁 522）明白揭示，黃山谷所謂的身後五車書，並非指所讀
之書，而是指創作之書，對自己期許甚高，王若虛批評前
人誤讀黃詩，但是究竟黃詩之意果真如此？亦有可能王若
虛誤讀的結果，職是，讀者如何解讀詩歌，尤其是解讀「言
外意」之詩時，其誤讀的情形將更多而不會更少。

又如《歸田詩話》「詠鷗詠魚」條云：「荊公〈詠鷗〉
云：『依倚秋風氣勢豪，以欺黃雀在蓬蒿。不知羽翼青冥上，
腐鼠相隨勢亦高。』又〈詠小魚〉云：『遠岸車鳴水欲乾，
魚兒相逐尙相歡。無人挈入滄溟去，汝死那知世界寬』二
詩皆託物興詞，而有深意。」(《歷代詩話續編》、頁 1252）

指出詩有深意，究有何深意亦未詳闡，令人不能無惑，所以詮解活動在詩學活動中反而是一種充滿歧義的解釋過程。此一歧義並非由於讀者單向問題，而是文字本身充滿無限可解的因子，而作者刻意作奇或曲隱其意，亦會使解讀過程蒙上一層面紗，永遠撥撒不開，也永遠沒有所謂的正解或確解，只能獲得「依稀」，或是大家公認的最大公約數來看待某詩，此一共同約數並不代表正解，在詮解的過程中亦無所謂的正解了，因爲一切意義皆是被解釋出來的，站在歷史的任一定點中，皆有其不同的歷史視界，能看多遠，能看多少，與所站立的歷史立點有關，我們視古，後之視今，亦猶今之視昔，皆會蒙上時代的烙印，不同的烙印有不同的關切點，所遮所撥出來的景觀亦各有不同，所以歷史無所謂的是與非，而是不同的解釋角度問題而已。

　　讀詩解詩不僅因讀者而有不同的詮解，亦有誤讀的情形出現，例如葛立方《韻語陽秋》卷二：

　　「老杜詠〈螢火詩〉云：「幸因腐草出，敢近太陽飛。未足臨書卷，時能點客衣」似譏當時閹人用事於人君之前，不能主張文儒，而乃如青蠅之點素也。說者乃謂喻小有才而侵侮大德，豈不誤哉。」（《歷代詩話》、頁494）

葛立方認爲杜甫詠〈螢火蟲〉一詩用以譏諷當時閹人用事

256

於君前，並非所謂的小才侵悔大德的用法。葛立方之駁議
果真正確乎？恐亦是一家之說而已，但是解說必有理據，
傳統解詩，往往以「日」象徵君王，所以，葛氏認爲「敢
近太陽飛」應是指涉君王，然而如此解詩，是否過解？前
人云杜詩字字有來歷，非博學者無以會其意、知其所用，
然而果真字字有來歷，則杜詩莫非在掉書袋？同樣一詩解
者各有不同的體會，曾季貍《艇齋詩話》云：「老杜〈螢火〉
詩，蓋譏小人得時。其首云：『幸因腐草出，敢近太陽飛』
蓋言其所出卑下也。其卒章云：『十月清霜重，飄零何處
歸？』蓋言君子用事，則掃蕩無遺也。老杜之詩所以冠絕
古今者以此。詩人李嘉祐亦嘗賦〈螢火〉詩云：『映水光難
定，凌虛體自輕。夜風吹不滅，秋露洗還明。向燭仍藏焰，
投書更有情，猶將流亂影，來此傍簷楹』八句規規然詠一
物而已，視杜詩真所謂小巫也。」(《歷代詩話續編》)、頁
286）指出〈螢火〉一詩其實是譏刺小人，主要仍是扣緊「太
陽」二字用以指涉君王，則螢火則是小人，不論是葛立方
或是曾季貍，二人基本上皆將螢是比附爲政治上小人得
志，用意相近。

　　解詩不易，由此可知，而詩學涵養亦關乎賞鑑評騭之
高下，例如葛立方《韻語陽秋》卷二又云：「沈存中云：『退
之〈城南聯句〉云：『竹影金瑣碎』金瑣碎者，日光也，恨
句中無日字爾』余謂不然，杜子美云：「老身倦馬河堤，踏
盡黃榆綠槐影」亦何必用日字？作詩正欲如此。」(《歷代

詩話》、頁 494）讀詩，審美觀點不同，由此例可知，詩人
故意以「金瑣碎」代替「日」，而讀者以爲該詩未能用「日」
爲憾，可見作詩不易，解詩更不易。

　　攸關杜甫〈八陣圖〉中的「遺恨失吞吳」到底意究何
指，一謂不能滅吳爲恨，一謂吳蜀二國唇齒相依，以有吞
吳爲恨。二意皆可解，但是到底何者才是杜甫原意？所以
蔡夢弼借東坡之夢來說明自己對此詩的解釋，讀詩解詩須
用超驗思考：夢境求解，令人匪夷所思，但是，爲了增強
論點，不得不然。蔡夢弼《杜工部草堂詩話》卷二云：「東
坡蘇子瞻〈詩話〉曰：『僕嘗夢見人云是杜子美，謂僕曰：
『世人多誤會予八陣圖詩『江流石不轉，遺恨失吞吳』世
人皆以謂先主武侯皆欲與關羽復仇，故恨不能滅吳，非也。
我意本謂吳蜀唇齒之國，不當相圖，晉之所以能取蜀者，
以蜀有吞吳之意，此爲恨耳。』」（《歷代詩話續編》、頁 210）
正是投映出解詩的另一個窗口，令人玩味。解讀詩歌不易，
由此可見一斑，另外，　　　　關於誤讀，蔡夢弼《杜工部草
堂詩話》又指出一則非常有趣的解詩例子，卷二指出劉斧
有〈摭遺〉小說，以王榭爲人名，一日偶入烏衣巷，後以
王榭所居爲烏衣巷，王榭爲一人姓名，遂託口於錢希白，
終篇又取劉夢得詩以實其事，實是劉斧妄言。（《歷代詩話
續編》、頁 210）以「王榭」代「王謝」實爲大謬，前者爲
小說人物，後者則爲王、謝大家，若以此比附，實謬之千

里遠，但是，讀者果能不作如此想像？「文本」既已產生，則詮解在人，人人異說亦理所當然。

　　曾季貍《艇齋詩話》又指出會讀詩者，當能在詩的字裡行間，體契其意，其云：「韓退之雪詩、筍詩，皆譏時相。雪詩云：『未能裨嶽鎮，強欲效鹽梅。松篁遭挫折，糞壤獲饒培。巧借奢豪便，專繩困約災。威貪凌布被，光肯離金罍。』筍詩云：『得時方張王，挾勢欲騰騫。縱橫公占地，羅列暗連根。始訝妨人路，還驚入藥園，萌芽防浸大，覆載莫偏恩。外恨包藏密，中仍節目繁。戈矛頭戢戢，蛇虺首掀掀。身寧虞瓦礫，計欲掩蘭蓀』其言皆有譏誚，非徒作也。」（《歷代詩話續編》、頁 286）揭示出該詩應另有所譏誚，非僅用以詠雪、詠筍，讀者如何在字裡行間求解言與意之相孚應呢？實在不易，此所以箋詩重要。

　　解讀不易，詩話爲例甚夥，我們在詩話中可檢視一些作爲例證：
▲曾季貍《艇齋詩話》云：「老杜：『青青竹筍迎船，白白江魚入饌來』山谷云：『此送人迎庭闈詩，故用此二事，皆孝於親者』然王祥臥冰，於魚事用之則可；孟母乃母亡後，思母所嗜，冬月生筍，恐不應用也。」（《歷代詩話續編》）、頁286）
▲謝榛《四溟詩話》卷一云：「〈越裳操〉言白雉而意自見，所謂『大樂必易』是也。及班固〈白雉〉詩，加以形，古體變矣。」（《歷代詩話續編》）、頁1137）

▲謝榛《四溟詩話》卷一云：「子美曰：『庾信平生最蕭瑟，暮年詞賦動江關』託以自寓，非稱信也」(《歷代詩話續編》)、頁1163)

以下我們再舉韓愈〈雙鳥詩〉爲證：
▲葉夢得《石林詩話》卷上云：「韓退之〈雙鳥詩〉，殆不可曉。頃嘗以問蘇丞相子容，云：『意似是指佛老二學。』以其終篇本末考之，亦或然也。」(《歷代詩話》、頁414)
▲張表臣《珊瑚鉤詩話》卷一云：「退之〈雙鳥詩〉，或云謂佛老，或云謂李杜。東坡〈李太白贊〉云：『天人幾何同一漚，謫仙非謫乃其游。揮斥八極隘九州。化爲兩鳥鳴相酬，一鳴一止三千秋。開元有道爲少留，縻之不可矧肯求？』乃知謂李杜也。」(《歷代詩話》、頁459) 關於韓愈〈雙鳥詩〉葉夢得認爲是指佛、老二學，而張表臣卻認爲是指李白杜甫二人，讀法不同，解法自然迥異，並非解者無詩學素養，而是懂太多，反而縛手縛腳，拘泥於「雙」的確指，張表臣依附東坡之說，若東坡有誤則張表臣亦誤，完全是人云亦云。

另外，楊愼《升菴詩話》卷二指出王昌齡的〈殿前曲〉爲詠趙飛燕事，亦開元末納玉環事，借漢爲喻。(《歷代詩話續編》、頁672)是解者認爲以漢喻唐；又楊愼《升菴詩話》卷二指出王之渙〈梁州詞〉春風不渡玉門關，言君恩

澤不及於邊塞，所謂君門遠於萬里也。薛能〈柳枝詞〉『和
花香雪九重城』亦此意。(《續歷代詩話》、頁 672) 則是別
有會心，讀出君恩不及的言外意。而此果真是作意所在？
千古俱往，何可求知？

　　由上所論可知，解讀詠物詩中的「托物言志」可從三
視域入手，而每一視域其實是在調整作者與閱讀者之間的
距離，但是中國一向以作者爲本位的思考，1969 年羅蘭巴
特宣告作者已死亡後，讓文學活動的焦點由作者轉向讀
者，我們在調整「讀者」的焦點後，是否應重新審視作者、
文本、讀者之間的關係，一向以作者爲思考的中國文論，
在歷經西方思潮衝擊之後，是否有新的視野可與之對治、
對應，或擷長補短？其實，詩可讀，然有不可解處，是否
應強作解姿？謝榛《四溟詩話》卷一有一段文字頗令人深
思，其云：「詩有可解、不可解、不必解，若水月鏡花，勿
泥其跡可也」。(《歷代詩話續編》)、頁 1137) 讀詩應感會其
審美意識，不必強作解釋，才不會拘泥於文字障中，至於
「意」之可解或不可解，已非最重要的，因爲詩本無達詁，
如何閱讀，如何求解已無固定模式，前所云解讀之進路雖
有三徑，但是，我們應本著得魚忘筌之態度面對，若連魚
都未能獲得，則何妨如王夫之《薑齋詩話》卷上所云：「作
者用一致之思，讀者各以其情而自得」(《清詩話》、頁 1)
來各自體會呢？

第七章 託物言志之審美效能

「託物言志」本在「作意」上求曲隱，則此一曲隱方式，能傳達什麼美感？我們可從三個角度來觀察其審美效能：一、作者藉物把作意呈現在作品中，作者所欲表現的美感效能是什麼？二、作品以曲隱方式示現作者之意，則其組構或表抒方式呈現出什麼樣的美感？三、讀者透過作品來理解、體契作者之意，則讀者所獲之美感又如何？[1]

第 一 節 託物言志，曲達隱意：作者之真

「託物言志」以曲隱方式來表達作意，其美感即在朦朧含蓄中隱約透顯而出，以下我們分從作者的面向來論曲達隱意的美感效能。

壹、抒情言志迂曲表達含蓄美感

明人李東陽《麓堂詩話》曾云：「詩有三義，賦止居其一，而比興居其二。所謂比與興者，皆託物寓情而爲之者也。蓋正言直述則易於于窮盡，而難于感發。惟有所寓託，

---

[1] 如果從「作者已死」，或詮釋學的角度來觀看，則「作意」不可求得，一切意義皆必須透過讀者詮解才能產生，也就是讀者才是文學活動中意義的創造者，捨棄讀者，文本不過是一堆廢紙。

形容摹寫，反復諷詠，以俟人之自得，言有盡而意無窮，
則神爽飛動，手足舞蹈而不自覺。此詩之所以貴情思而輕
事實也。」（《歷代詩話續編》頁 1374）指出比興手法的特
質即是以寓託的方式來寄託無窮之意，所以透過此一層迂
曲的表達方式，使詩歌含有餘不盡之意於其中，使內蘊的
情志透過「託物寓情」的轉化，讓激越迭宕的情緒得到舒
緩，藉物類的聯想來觸發同質美感的省察與感發，此種美
感往往是不可方物，而美感自然流露無遺，這種若即若離、
似是而非、朦朧含蓄的美感即是興象無限之美。明人陸時
雍《詩鏡總論》曾云：「善言情者，吞吐深淺，欲露還藏，
便覺此衷無限」（《歷代詩話續編》頁 1416）即明確指出這
種含蓄美感是一種「吞吐深淺，欲露還藏」的美，讓人感
懷無限。詠物詩即在這種「欲露還藏」寓寄美感，對於「物
之形」與「情之神」的論述，我們可借清人葉矯然《龍性
堂詩話》初集中所說的一段話，替這種「似與非似」的美
感作一啓引：「詩貴神似，形似末也。楊廷秀作〈江西宗派
詩序〉云：『形焉而已，……味焉而已矣，酸鹹異和，山海
異珍，而調脂之妙，出乎一手也。似與不似，求之可也，
遺之亦可也。』宋人論詩，此最神解。……東坡云：『賦詩
必此詩，定非知詩人。』徐熙畫花卉，意在不似，有高於
似者，是謂神似。〈詩〉曰：『惟其有之，是以似之』神似
之謂也。」（《清詩話續編》、頁 946）美感不是建構在「相
似」或「模仿」之中，而是遺形取神之美，譬若山水畫，
若雕縟精細，與照相何異？藝術之美當在神采飛動中展現

「似有若無」的美。葉氏所云，作品重在神似而非形似，託物言志的創作法則亦然，在遺形取神、不即不離中映照美感。此一運用興象無限之美的詩歌多以物象與景象作一關合，而在立象的同時，人文的圖象亦應時而生，使人與物的關係達到融合統攝，例如唐人韋莊〈銅儀〉詩云：「銅儀一夜變葭灰，煖律還吹嶺上梅，已喜漢宮今再睹，更驚堯曆又重開，窗中遠岫青如黛，門外長江綠似苔，誰念閉關張仲蔚，滿庭春雨長蒿萊。」詩詠銅儀，該器為觀天象計時之用，前半寫銅儀的作用性，一夜之間節候忽變，彷若春來大地，嶺開梅花，後半因節侯嬗變，窗景遠觀，青岫如黛，江綠如苔，引發詩人閉關困守的感念，而滿庭春蒿既象春景，又關合詩人春蒿滿懷的心緒，以物關合外在景致，再由景致與詩人的主觀的情意結合，呈現物我雙寫的意象。

又如韋應物〈詠水精〉云：「映物隨顏色，含空無表裡，特來向明月，的皪愁成水。」前二句詠水精表裡無色，遂能晶瑩照色，隨物呈形，後二句則詩意一轉，將水晶照月，含融了月色之水樣的迷離，而此迷離的月色，即是詩人望月生愁，如水流漾的情思流蕩，詩中既關合水晶之玲瓏剔透，又寫愁思若水，以水晶映向明月作一鉤連，使水晶、明月、愁思相縊合，而人與物俱在其中矣。這樣藉物表達迂曲的情意，正是一種含蓄的美感，使外在客觀之物與主觀之情相合相翕。

貳、主文譎諫，言者無罪之社會性

　　詩歌除了可以抒發個人積憤的情志、感蕩的思緒之外，尚可達「上以風化下，下以風刺上，主文而譎諫，言之者無罪，聞之者足以戒」（毛詩大序）的社會效能。司馬光《溫公續詩話》亦衍述其說：「古人爲詩，貴于意在言外，使人思而得之，故言之者無罪，聞之者足以戒也。」（《歷代詩話》、頁277）亦是從詩歌的社會性效能立意。

　　詠物詩中的託物言志，主要是借物表抒，以物之具實可感，來抒發抽象之情志，從道德美善的觀點來看，美感建構在情之「真」與譎諫之「善」，而以詩歌之「美」來示現，以達到真善美的境域。是故，在中國詩歌傳統中，一直不忘記、廢棄詩的社會性功能，[2]也就是這種政教美刺或

---

[2] 文學可以是一種無價值、無目的、無關心的迷狂創作，也可以是一種帶有功能性的創作。在中國文學史上，一直將文學與實用的目的性、功能性相結合，建構在政教的立場或道德的層次上，例如「詩可以興、觀、群、怨」中的「群」即是從讀者的立場肯定其社會效用；或是「詩，一言以蔽之，曰思無邪」即是重在其感發的道德效能上。或如〈毛詩序〉所云：「感天地，動鬼神，莫近於詩，先王以是經夫婦，成孝敬，厚人倫，美教化，移風俗」亦是落在功能性的政教立場上。這種政教的或載道的文學觀，一直是中國文學的主流，實際上，文學的功能常伴隨著目的性而有所不同，載道的內容也會隨著變移。

主文譎諫的功能。實際上，文學本應是一種獨立存有的藝
術品，但是從先秦時期采詩、獻詩、賦詩的活動中即賦予
詩歌的社會性格與功能性，其後，到東漢末年逐漸有死生
契闊、逐臣棄婦、他鄉遊子之作出現，成爲抒情自我的一
種表達方式，但是其功能仍在傳統的框架中未曾突破，所
以以迂曲政教方式來說詩，一直是漢代以來解詩的一種模
式。詩人，以含蓄蘊藉之託諭手法來寓寄未能直言的意旨，
形成美刺諷諭之作用，遂有上承《詩經》比興手法、屈原
香草美人的寓情草木、託意男女的寄託說出現，託物言志
之說，亦即在這個傳統中成形，以「言在此而意在彼」的
託喻手法將曲隱難言之意，藉由詩歌的物象來轉化，使聽
聞者能省察是非，故託物言志的義理內容之一，即用來反
映社會生民的情狀，或是反映治亂興衰的感喟。

　　黃子雲《野鴻詩的》第六十條曾明確指出這種社會功
能云：

　　　　「由三百篇以來，詩不絕於天下者，曰：美君后也，
正風化也，宣政教也，陳得失也，規時弊也，著風土之美
惡也，稱人之善而�無良也。故天子聞之則聖敬躋，大夫
聞之則訏謨遠，多士聞之則道義明，匹夫匹婦聞之則風節
厲而識其所以愧恥矣。若夫月露之詞，勦襲之說，攸謬之
談，穠纖之句，諛佞之章，有何裨益於世教人心，而夫子
刪詩之義謂何？」（《清詩話》頁 793）

黃氏所論，直指詩歌，可正風化、宣政教、陳得失、規時
弊。至於詩歌如何運用此一迂曲手法來表述呢？試舉辛棄
疾〈詠石〉[3]一例說明，其詩云：「巨石亭亭缺嚙多，懸知千
古也消磨。人間正覓擎天柱，無奈風吹雨打何！」全詩首
二句歌詠亭亭巨石，因千古風雨磨洗，使得巨石多處缺損，
無復崢嶸之姿，後二句詩意一轉，轉向人間亦在尋覓擎天
巨石，奈何客觀條件不利，風雨不息。詩雖詠巨石，但是
與稼軒的生平作一關連，則其曲隱之意在表述時代風雨飄
搖，內有權臣主和，外有金兵爲患，在此一內憂外患之下，
誰爲國家巨石可撐此一亂世的作意隱約透顯而出。這種不
直言時代亂象、佞幸阻道，而由詠物來見其懷抱，正是藉
物來抒發諷諫的曲意。

　　又如皮日休〈金錢花〉云：「陽陰爲炭地爲爐，鑄出金
錢不用模，莫向人間逞顏色，不知還解濟貧無？」詩前二
句詠金錢花，詠其成形得天地陰陽之孕育，詩以譬況法將
天地陰陽譬爲炭爐，鑄出錢狀不須模具，後二句詩意逆轉，
寫金錢花雖璀璨向人照映多姿的花容，縱使再多，亦未能
解貧者之困。全詩以金錢花爲託喻，指出貧富不均的社會
現象，藉物諷諫，曲達隱意。

---

[3] 原題爲〈游武夷，作棹歌呈晦翁十首〉此爲其一，作於紹熙四
年（1193），時稼軒在福安應詔臨安，途經福建建陽，與朱熹同
游，相贈之作。

參、溫柔敦厚之詩教傳統

《禮記·經解》云：「孔子曰：入其國，其教可知也；其為人也，溫柔敦厚，《詩》教也；疏通知遠，《書》教也；廣博良易，《樂》教也；潔靜精微，《易》教也；恭儉莊敬，《禮》教也；屬辭比事，《春秋》教也。故《詩》失之愚，……其為人也，溫柔敦厚而不愚，則深于《詩》者也；……」

揭示詩教可以陶養溫柔敦厚的性情，此乃重在濡染的效能上[4]，將「溫柔敦厚」定位為一種修養的境域，而此一境域有時與前述的主文譎諫相關合，例如《禮記正義》指出：「溫謂顏色溫潤，柔謂情性和柔。《詩》依違諷諫，不指切事情，故云溫柔敦厚是詩教也。」即是以溫柔態度，依違諷諫；但是吾人認為二者仍有不同，主文譎諫重在社會效能，而溫柔敦厚則是一種個人性情修為，對儒家而言，此一修為，擴大成為一種陶冶教化的文化傳統。

為何詩教可以達致此境？誠如宋人胡仔《苕溪漁隱叢話》前集卷四十八所云：

「詩者，人之情性也。非強諫爭于廷，怨忿詬于道，怒鄰罵坐之為也。其人忠信篤敬，抱道而居，與時乖逢，遇物悲喜，同宋而不察，並世而不聞，情之所不能堪，因

4

發于呻吟調笑之聲，胸次釋然。而聞者亦有所勸勉。比律
呂而可歌，列干羽而可舞，是詩之美也。其發爲訕謗侵陵，
引頸以承戈，撥襟而受矢，以快一朝之忿者，人皆以爲詩
之過。是失詩之旨，非詩之過也。

指出詩歌之創作出自人的真性情，以忠信篤敬之心，遇物
悲喜，以呻吟調笑之聲，配以律呂之歌，干羽之舞，則所
有的訕謗侵陵，皆可化爲烏有，故詩能致溫柔敦厚之情。
施補華《峴傭詩話》第十二條亦云：「譏刺語須含蓄，如少
陵『落日留王母，微風倚少兒』，太白『漢宮誰第一，飛燕
在昭陽』、『只愁歌舞散，化作彩雲飛』皆刺明皇、楊妃事，
何等婉曲！若香山〈長恨歌〉、微之〈連昌宮詞〉直是訕謗
君父矣。詩品人品，均分高下。義山『如何四紀爲天子，
不及盧家有莫愁』，尤爲輕薄壞心術」（《清詩話》頁 894）
施氏所云，少陵與太白皆以漢喻唐，得溫柔之旨，至若白
居易之〈長恨歌〉直寫六軍不發無奈何，婉轉娥眉馬前死，
終是君王掩面救不得的情景，未曾爲君王者諱，是失之太
露，故而創作縱使是譏諷之作或諷諫之詩，亦須以含蓄爲
本質。託物言志所諷喻的效能，亦是建立在溫柔敦厚、不
直接揭露的本質上。

又，例如崔塗〈幽蘭〉云：

「幽植眾寧知？芬芳只暗持，自無君子佩，未是國
香衰，白露沾長早，春風到每遲。不如當路草，芳馥欲何

爲？」

前六句寫幽蘭獨自馨香自傳，惜無君子懷佩，而白露早沾，
春風遲來，懼芳顏早衰，末二句一轉，芳香無由傳知，未
若路旁之草，猶得他人眷顧。表層意以幽蘭爲詠，實則寓
寄有德自守之君子，然懷才不遇，又懼年歲易老，遂感嘆
不如當今權貴之得勢。按此，以幽蘭自況，不明示仕途困
蹇的幽怨，而感懷已流露無遺，此即是以敦厚迂曲手法傳
達己意，亦扣合傳統香草美人之比興手法。

　　又如虞世南〈詠蟬〉云：「垂緌飲清露，流響出疏桐，
居高聲自遠，非是藉秋風。」前二句寫蟬以喙飲清露，鳴
聲自高桐流洩而出，後二句說明鳴聲所以能傳遠方，乃因
居高聲音自然遠傳，並非秋風助響。全詩以居高食潔之蟬
來託諭有德君子，非憑藉外力以虛張聲勢。以蟬自況，意
在言外。

　　綜上所論，從創作的功能性或作用性來看，作者「託
物言志」是爲了表抒、託喻自己的情志；從接受的社會面
而言，是一種迂曲的閱讀方式，可達「言者無罪，聞者足
以戒」的效能；從文化面向而言，則呈現出中國特有的詩
教：溫柔敦厚的本質。

第　二　節　擬象取義，建構美典：作品之美感

　　內在情與外在物的關合即是詠物詩託物言志的基石。

美，究竟存在主體或客體，一直是美學界爭論不休的論題[5]，
詠物詩中的「託物言志」是將主體性的「情」藉由客體之
「物」來抒發，使內在情與外在物關合，使之具實可感，
從組構方式觀之，託物言志之組構方式有興寄、擬譬二種；
從社會運用的意義而言，取類環譬形成新的文化典故；從
作用性而言，關連作者之意的寓寄，與讀者之解讀的憑藉
與進路。

壹、以興寄來觸發聯類之美感

劉若愚揭示「興」的意義可以解釋爲「聯想的方式」
（associational mode），是詩人以這種方式來呈現自然的現
象，然後表現出由這種現象所激發或聯想的人類感情。[6]實

---

[5] 美學有幾大課題：美是什麼？美存在於何方？存在主體或客
體，或主客交融？美的價值是什麼？美與道德的關涉如何？其
中，最大的爭議以美到底存在主體性或客體性的論辯最烈。客觀
論者認爲美存在於審美客體的自然屬性或規律中；主觀論者認爲
美存在審美者主觀的情感、意念、欲望之中。主客合一論者則指
出美是審美者主觀心靈投映在審美客體上的一種美感總合。不論
是哪一派，皆各有源流，各成流派。

[6]請參見劉若愚《中國文學理論》第六章實用理論，頁235，台灣：
聯經出版事業公司，1985年二印。劉若愚論述中國文學理論時，
主要是從美國學者 M. H.艾布拉姆斯（Abrams）《鏡與燈：浪漫主

際上，劉若愚所論只將「興」義定於「起勢說」，徐復觀則將之置於：起、中、末三處，（見前所論，茲不再詳引）。託物言志的詩歌類型中，有以物象興發美感，再由美感觸發情志的作用。例如李白〈古風〉描寫白鷗飛入滄江，與海人相狎而不與雲鶴爲伍，寄形月沙，沿芳戲春，使李白興發「吾亦洗心者，忘機從爾遊。」的澄淡心志。此詩即是藉白鷗之悠然自得爲起興，再寓寄自己欲與白鷗結爲忘機友的快適自得。

又如唐人曹鄴〈情〉一詩爲詠牛羊：「東西是長江，南北是官道，牛羊不戀山，只戀山中草。」藉牛羊吃草起興，寓寄江水滔滔，官道漫漫，各適其性，不必羨慕山之高，水之闊，得其本性，即能怡然自悅。

又如元人倪瓚〈居竹軒〉描寫翠竹如雲，雨後垂陰，黃鸝自語，白鶴能馴，末聯云：「遙知靜者忘聲色，滿屋清風未覺貧。」藉竹起興，寓寄幽居之欣然自喜。

宋人劉克莊〈芙蓉〉云：「湖上秋風起棹歌，萬株映柳更依荷，老來不作繁華夢，一樹池邊已覺多。」描寫芙蓉盛開，秋風棹歌，映柳依荷的美景，人在其中，不須再向人世紛擾求繁華，只宜池邊午夢即可。籍芙蓉起興，寫當

義文論及批評評傳統》中的四大藝術批評座標：模仿說、實用說、表現說、客觀說衍義而成：形上理論、決定理論、表現理論、技巧理論、審美理論、實用理論六部份。

下享有的怡然，末句以景作結，又將餘意蕩向無邊，青樹
綠池，想像無邊。

　　以上諸例皆是先詠物，再由物象之美啓引詩人聯類的
情意，此一模式，即是託物興寄的手法。而興寄的美感又
與「借代」攸關，所謂的借代是指美感上的借代，非修辭
學上的借代，修辭學上的借代是指以名詞或事物的特徵來
替代原有的名詞或事物，而美學上的借代是以甲物之美，
取代對乙物之描寫，使我們透過乙物之摹寫達到興發甲物
之美。此一方法，常以具象來借代抽象之美，或由某一特
色來代替全體之美，例如梅、松、柏常借代爲凌霜傲骨的
代表。以花木之具象形姿來諭示抽象之德，即是一種借代
的美感。[7]

---

[7] 梅家玲曾撰〈論謝靈運「擬魏太子鄴中集詩八首并序」的美學
特質〉一文，對於「擬代」提出精闢見解，指出擬作的美感活動
有：閱讀活動的具體化、創作活動中的「神入」和「賦形」、從
讀者到作者──「即境即直」的「創造性」轉化等三項，該文輯
入《漢魏六朝文學新論：擬代與贈答篇》，頁 36，台北：里仁，
1997 年。蔡師英俊亦有〈「擬古」與「用事」：試論六朝文學現象
中「經驗」的借代與解釋〉輯入〈第三屆國際漢學會議論文集〉，
台北：中研究文哲所，1999 年。事實上，最早關切此一問題者，
爲龔師鵬程〈論李商隱的櫻桃詩：假擬、代言、戲謔詩體與抒情
傳統間的糾葛〉，文中提出七個論點：一、假擬體是依文學本質
性的虛構而發展，二、假擬體類型眾多，其一是依文類傳統及規

貳、以「借彼喻此」達物象與意旨之關合

　　「借彼喻此」之比擬取譬手法，重在物象必與所欲寓
寄之旨相關合，才能生發託意，此中表意手法有二，一是
「言內意」，即詩中直抒其寓寄之理或情志；一是「言外
意」，指作意在語言文字之外，讀者或可簡約得知，或須上
下求索方能得知。

　　例如宋人梅堯臣〈鴨雛〉一詩，先以敘事手法寫春鴨
羽冷，未能孵卵，託雞孵雛，雛小末辨，擁翅情深，一日
鴨行水涯，稟性未斷，汎入中流，雞呼不回。其次再藉鴨
雛一事引發所寓寄之理，云：「人之苟異懷，負義不足箏，
有志在養毓，勿論報德限。」將雛鴨比作人，將道理分作
兩截說明，其一說明人有異志，負義不報，猶如雛鴨泛入
中流，任雞呼喚仍不回顧；其二指出施恩者，何必要求回
報呢？正如養鴨，功其在我，何必求報。以鴨喻人，旨意

範構作，其二是作者順文字之結構而起造。三、類同戲劇，具模
擬、表演的美學典型。四、有些是寓言，有作意所在。五、假擬
以客觀摹寫爲主，恰與抒情言志傳統相對。六、須重新對假擬體
反省檢視。七、李商隱假擬體結合魏晉擬意代作文學慣例。此一
論題雖僅言李商隱，事實上已關涉到六朝「擬意代作」的現象了。
該文輯入《文學批評的視野》，頁 193—218。台北：大安出版社，
1990 年。

已在詩句「人之苟異懷」中示現，是屬於「意在言內」的手法。

同樣是詠鴨，杜甫的〈花鴨〉創作手法異於梅堯臣，以花鴨不沾泥滓，獨立緩行，由於黑白與群鴨有別，反引發群鴨生妒心，最後「稻粱霑汝在，作意莫先鳴」指花鴨因接受稻粱飽食，遂被告知莫先鳴叫。全詩皆以描寫花鴨的特立獨行為主，最後花鴨仍未免在群鴨的供給下，被警告不可作意先鳴。「言內意」全寫花鴨，而「言外意」則須讀者自己領會，或可以喻忠臣直諫之士，因有才德，分辨黑白是非，引發群小生妒，最後，因受威迫，不得直言進諫。同樣是「比」法，〈花鴨〉是借喻，借鴨喻人，省略喻辭與喻體。

以上二詩表意的方式不同，但是基本上皆是採用「以彼喻此」的手法寓寄自己的情志，將物類之處境與人類的處境作一關連，俾益讀者易於體會感知，取用「譬喻」法即是運用此一相類的特性來描寫。

劉禹錫〈庭竹〉云：「露滌鉛粉節，風搖青玉枝，依依似君子，無地不相宜」亦是採用「比」法，然加上「似」字是喻辭，將竹子與君子用「似」字鉤連，寫竹即寫君子。此又與上二例無喻辭之用法迥異。

又如唐人李義府〈詠烏〉寫上林苑白日颺朝彩，中夜有鳴琴相伴，日夜漫歌彩舞昇平的情形，末二句一反前面綺麗景象的描寫，轉向寒鴉的心境：「上林多少樹，不借一枝棲」反襯烏之孤寂無枝可依的悲感。明人高啓〈歸鴉〉

亦有同工之妙，描寫夕暉中，寒鴉爭宿不飛，荒村流水，
古戍淡煙，一片淒茫下，興發「借問寒林樹，何枝最可依」
的悲感。二詩雖然一寫宮苑，一寫寒村，但是手法一樣，
皆以無枝可依之寒烏寫自己不知何去何從之感慨。曹操〈短
歌行〉：「繞樹三匝，何枝何依」亦有是嘆。寫鳥實是寫人。

宋人王十朋〈小雁蕩〉詠雁云：「歸雁行飛集澗阿，不
貪江海稻粱多，峰頭一蕩雖然小，飲啄猶堪避網羅。」寫
雁歸雁蕩山之澗阿，地理形勝雖未如江海之大，然而不貪
稻粱多寡，小小雁蕩山頭亦自足自樂，遠避羅網羈捕。表
象藉雁之不貪飲啄，能遠遁羅網，其深意尤在告誡世人或
諭示自己不忮不求，不貪榮利必能避禍遠災。以此「借喻」
方式來喻人，其含意深刻可知。此例全無喻體與喻辭，但
是言外意不難探知。

宋人楊萬里〈春半聞歸雁〉云：「春光深淺沒人知，我
正南歸雁北歸，頭上一聲如話別，一生長是背人飛。」寫
雁北歸而人正南行，以雁一生背人遠飛，猶似自己常飄零
異鄉，孤寂可知，思歸可知。本詩雖以雁的角度寫背人長
飛，實則寫自己似雁流徙。

明僧梵琦〈海東青行〉寫高麗國獻海東青予天子，金眸
鐵翎，猛志迅騰，拘捕狡兔，奔雲入霄，無所逃遁，束身
歸來如木雞，眾鶻難以並功，末聯語氣一轉：「爾輩無材空
磊磊，不應但費官廚肉」以眾鶻無功尸肉，譬若尸位素餐
庸庸無功無祿之眾僚，一語雙關。

又如唐人裴迪〈青雀歌〉云：「動息自適性，不曾妄與

燕雀群，幸忝鵷鸞早相識，何時提攜致青雲。」寫青雀適
性而飛，不與燕雀妄交，幸識能高飛之鵷鸞，冀能借以提
攜直上青雲，其表象雖寫青雀，實欲借擢拔之力，使能一
展長才。

　　以上諸詩皆以譬喻法或明喻、或隱喻、或略喻、或借
喻的手法來諭示情志或道理，借物取譬，達到聯類想像的
美感。

參、物類取譬形成詩歌傳統，沿用不輟

　　物類取譬，若能形成一種典範，不僅可豐富詩歌，亦
可形成新的美感聯想，例如前述的花木類，馨香襲人者多
用以喻君子之德，凌霜類的花木多喻勁節之士或孤貞自守
的忠臣，器用類多喻求用之心，樂器類多喻求知己賞音，
天、日多喻君國，凡此等等自成一套新的詩典，閱讀時須
進入這樣的情境中，才不會有隔的感覺，或無法求其言外
意。《升菴詩話》卷三曾云：「古詩：『文綵雙鴛鴦，裁爲合
歡被。著以長相思，緣以結不解』……既取其義以著愛而
結好，又美其名曰相思，曰不解云。……會而觀之，可見
古人詠物託意之工矣。」（《歷代詩話續編》、頁 690）詩以
合歡被爲喻，一指相思，二指結不解之緣，可見得古人很
早即懂得運用「詠物託意」的手法了，所以閱讀時，不能
僅從字面意求索，尙須在言外求意。趙執信《談龍錄》第
二十三條亦云：「始學爲詩，期於達意。久而簡澹高遠，興

寄微妙，乃可貴尙。所謂言見於此而起意在彼，長言之不足而詠歌之者也。若相競以多，意已盡而猶刺刺不休，不憶祖詠之賦〈終南積雪〉乎？」（《清詩話》頁279）即明示興寄微妙之詩歌的可貴。

　　《詩品》卷中評嵇康云：「過爲峻切，訐直露才，傷淵雅之致，然托諭淸遠，良有鑒裁，亦未失夫高流矣。」評顏延之：「體裁綺密，情喻淵深」，卷下評酈炎又云：「托詠靈芝，懷寄不淺」諸例皆說明託喻之重要性，寄懷淵深，不可直敘其意，或訐直露才，必出以淸遠之託喻或淵雅之意。

　　例如以花之馨香喻示有德之君子的詩歌已形成一種典型。岑參〈優鉢羅花歌〉[8]云：「白山南，赤山北，其間有花人不識，綠莖碧葉好顏色。葉六瓣，花九房，夜掩朝開多異香，何不生彼中國兮生西方？移根在庭，媚我公堂。恥與眾草之爲伍，何亭亭而獨芳！何不爲人之所賞兮？深山窮谷委嚴霜。吾竊悲陽關道路長，曾不得獻于君王。」寫蓮花生長窮谷深山不爲人賞，移種庭院，亦恥與眾草爲伍，然不得獻君，怊悵滿懷。此詩託喻的內容亦是承香草美人的傳統而來。又如前述崔塗〈幽蘭〉亦是在此一傳統中，表抒懷才不遇或沈淪下僚的感懷傷喟。

第　三　節　鉤深抉微，體契中情：讀者之善讀

---

[8] 優鉢羅三字是梵語的音譯，實際上即蓮花。

　　託物言志，是一種「言有所託，意有所指」的表達方式，希望讀者能讀、善讀，且讀出「言內意」或「言外意」。沈德潛《說詩晬語》第三十七條云：「朱子云：『楚詞不皆是怨君，被後人多說成怨君』此言最中病痛，如唐人中，少陵故多忠愛之詞，義山間作風刺之語；然必動輒牽入，即偶爾賦物，隨境寫懷，亦必云主某事，刺某人，水月鏡花，多成粘皮帶骨，亦何取耶？」（《清詩話》頁 497）揭示歌詩或有寄託，或有言外意，皆不可牽強指出某事刺某人，某人主某事，否則粘皮帶骨，亦不過強解之詞，一無可取，猶如屈原之作原非全是怨君，被後註解成怨君之作，實非屈原本心，可見得讀者之善讀的重要性。若是一昧拘執己見，不但不能讀出作者之意，未免有強作解釋之謬，關於解讀之難，詩話中有幾例，可爲證明：

▲薛雪《一瓢詩話》云：「看詩須知作者所指，才是賈胡辨寶。若一昧率執己見，未免有吠日之誚」（《清詩話》、頁 628）

▲薛雪《一瓢詩話》云：「詩文無定價，一則眼力不齊，嗜好各別；一則阿私所好，愛而忘醜。或心知，或親串，必將其聲價逢人詋項，極口揄揚。美則牽合歸之；疵則宛轉掩之。」（《清詩話》、頁 631）

▲葉矯然《龍性堂詩話初集》云：「讀詩自當尋作者所指，然不必拘某句是指某事，某句是指某物，當於斷續迷離之處，而得其精神要妙，是爲善讀。」（《清詩話續編》、頁 946）

　　牽強拘執不可、極口揄揚亦不可，至於拘於某句爲某意，或指某事，皆是附會之說，可能悖離作者之意，非爲善讀。但是，讀者新悟之意，或旁通出來的深意，難道不可爲典型？或是讀者一定須回歸到歷史層面來逆尋作意所在？實則不然，作意固然無法精確把握，但是含意仍然存乎作品之中，而讀者閱讀之互動與重新理解，亦可帶動新的存在感受，閱讀的意義非僅尋找作意所在，也可能存在讀者新的感知與歷史情境的契會。也就是說，理解固然重要，而在託物言志的詠物詩中，能讀、善讀，鉤深棘幽，探求作意，或求其言外意才是理解的起點。

　　綜上所論，託物言志所傳遞的美感效能，從作意而言，可達「主文譎諫，言者無罪」之效能，從作者情志之抒發，可達「曲達隱意，以抒中情」之表達效果；從藝術技法觀之，則擬譬取類，可建構詩歌美典，若從讀者視域觀之，則聯類觸發，可興發物象之會通感知的美感。

第八章　結論

　　王夫之曾云:「詠物詩,齊梁始多有之。其標格高下,
猶畫之有匠作,有士氣。徵故實,寫色澤,廣比譬,雖
極鏤繪之工,皆匠氣也。又其卑者,餖湊成篇,謎也,
非詩也。李嶠稱『大手筆』,詠物尤其屬意之作,裁翦整
齊而生意索然,亦匠筆耳。至盛唐以後,始有即物達情
之作,……」(《清詩話‧薑齋詩話》頁20)這段話包括
三層意涵,其一是拈出詠物詩的流變,自齊梁開始才增
多,其二指出詠物詩歌創作法包括兩種寫作模式,一種
是客觀的觀物寫物,詩家以摹寫外在審美客體爲主,極
盡鏤繪之能事;一種是主觀的寫物,欲藉由「物象」來
表抒自己情志的方式。其三、在詠物詩的流變當中,齊
梁時期一直發展到李嶠,詠物之詩,皆是裁剪整齊的匠
筆之作,迄盛唐以後才有以「即物達情」的方式創作,
其說洵然。雖然六朝亦有以物託喻的詩歌,但是數量不
多,這與六朝人巧構形似之美,爭價一字之奇的風尙有
關,到了唐代有張九齡、杜甫、白居易、元稹、劉禹錫
等人的創作才使鏤繪雕縟﹒剪裁整齊的客觀詠物詩走向
主觀表抒情志的路線。爲什麼王夫之貶斥摹物刻形之作
而褒讚即物達情之作呢?主要是因爲第一種詠物詩的觀
物寫物方式,是以具現外在景、物爲主,第二種有詩家
所欲表抒的情志在內,使詩歌的意蘊,不必僅存在物象

的摹寫而已，而必須扣緊詠物的特質來表述自己特殊的
感懷或情志，這也是中國詩歌中一再強調詩中必有我之
性情，有我之身份。而理解或閱讀詠物詩時，不僅是一
種單向的讀者活動而已，勢必關連到社會文化運用或解
讀詠物詩的方法與特質，我們必須進入詩歌情境中才能
解讀其意或掌握其託喻的精髓所在。

　　所以進入閱讀的文化語境，是一種必然的趨向。所
謂的「文化語境」（context of culture）指運用語言系統的
整個社會環境，是一種抽象、概括性的概念，包括日常
生活中的社會行爲，及文化所積累的思考、價值等觀念。
[1]詩歌不僅是一種文學的藝術表現，同時也是一種集體的

---

[1] 文化，定義紛歧，人類學者認爲文化即是一種社會行爲，例
如英國泰勒爵士（Sir E.B. Tylor1832—1927）在《原始文化》
中指出文化是一種複雜的整體，包含知識、信仰、藝術、道德、
律法、習俗、以及作爲社會一份子所獲的一切能力和習慣。美
國瑪格雷特·米德（Margaret Mead,1901—78）指出文化是一
個社會或是次團體所習得的行爲。雷蒙·威廉斯（Raymord
Williams,1921—88）指出文化包括了生產組織、家庭結構、表
現或是主導社會關係的機構、社會成員藉以溝通的特殊形式。
克里弗·吉爾茲（Clifford Geertz，1926—）則認爲文化是我
們對著自己訴說關於自己的故事，這些故事的集合體就是文
化。請參看《文化研究》（cultural studies）原著 Ziauddin Sardar

社會行為，它包含有關詩歌的文化活動。在中國的詩歌
文化活動中，它不僅是詩人或文學家藉以表抒自己情志
的創作手法之一，同時也成爲文化體系中互動的社會行
爲，有「作詩」、「賦詩」、「獻詩」、「教詩」等活動，所
以詩歌在中國已成爲一個體系龐大的文化行爲。[2]
王夫之所述雖然以作畫取譬說明詠物詩，形繪外貌，雖
有色澤之美，鏤繪之工，亦僅稱爲匠作，必有「即物達
情」方能稱爲詠物之上作。此段話其實揭示中國詠物詩
必然不走向純粹客觀詠物的路線，而必向旁推曲鬯的路
線發展。

　　職是，在中國的詩歌中，一直存在「託喻」的言說
方式，所謂的「託喻」，據顏師崑陽所云，即是一種連結
作者之「實存情境」、作品「語言情境」，與讀者「語言
情境」的連類脈絡中所進行以詩歌爲媒介的社會文化行

（1951—），譯者陳貽寶，台北：立緒，1999 年。

[2] 根據顏師崑陽云，「詩歌文化」涵括了與詩歌有關的一切社
會文化活動，例如春秋時，外交時「賦詩言志」的行爲，不是
一種「詩學」，卻是一種「詩歌文化」的現象。請參見〈論詩
歌文化中的「託喻」觀念──以《文心雕龍・比興篇》爲討論
起點〉頁 212，該文輯入《魏晉南北朝文學與思想學術論文集》
第三輯，台北：文津，1997。

爲。[3]是故解讀中國詩歌時，不可僅視爲一種作者的個己
行爲而已，實際上已關涉到整個作詩、讀詩、賦詩、教
詩的文化活動。

　　爲什麼中國詩歌會形成此一特殊的「託喻」的詩歌
文化呢？魏源序陳沆的《詩比興箋》云：「離騷之文，依
詩取興，引類譬喻，詞不可徑也，故有曲而達；情不可
激也，故有譬而喻焉。」[4]明確揭示中國創作詩歌的方法，
以「取興」的方式來表達不得直言的意涵，以「引類譬
喻」的方式，代替所欲表抒的激憤情感，以婉曲的方式
來表達，可達致「言之者無罪，聞之者足以誡」的諷喻
效能。故而此一擬譬取況或藉物取興的創作手法，成爲
創作詩歌的技巧之一，所以解讀中國詩歌亦須透過此一
「依詩取興」、「引類譬喻」的隱曲方式，才能得其三昧。
而此一特殊的表抒方法，在詩歌文化中已儼然形成一個
固定的解讀系統，欲明悉中國詩歌隱曲的作者之言內意
或言外意時，必須進入此一共同解讀詩歌的語境中，才
能經由表層物象，進入言說的意義系統當中，此所以王
逸序〈離騷〉時指出：「善鳥香草，以配忠貞；惡禽臭物，
以比讒佞；靈修美人，以媲君王；宓妃佚女，以譬賢臣；
虬龍鸞鳳，以託君子；飄風雷電，以喻小人。」(《離騷‧

---

[3] 同註二所引之文，頁242。
[4] 坊間版本甚多，本文使用台北：鼎文版，1979。

序》）揭示中國詩歌當中，物象之比擬，往往有一個指涉的象徵系統，此一系統成為進入詩歌文化語境的谿徑之一。是故，解讀詠物詩時，除了客觀寫物之基模外，往往須透過理解物象的象喻系統，才能正確地體悟詩中之意。此一象喻系統，非僅是屬於作者的特殊或個己的表抒技巧，尚關連到中國詩歌文化當中的言詮系統。例如張曲江的〈感遇〉十二首，並非僅是表象地描寫蘭葉秋桂的葳蕤皎潔，旨在透過表象的蘭桂來代表賢臣或忠貞之士「草木有本心，何求美人折」的高風亮潔；藉江南丹橘經多猶綠，表明自己不僅有歲寒之心，且有用世之心，奈何舉荐無路，只能徒呼「運命惟所遇，循環不可尋」的感喟。又如「漢上有遊女」明寫追求遊女，實則以遊女譬喻君王，而自己追慕不得，書札無由傳送，並以白雲喻小人，說明自己有用世之心，奈何君王旁邊多佞幸，無由接近君王。如果我們讀解張九齡此數首感遇詩，僅從字面意義求索，根本無法理解題目為何為「感遇」的因由，必得透過詩歌文化象喻系統，才能正確讀出其遭遇李林甫佞言受貶的心情。這就是詠物詩託物言志的重要根據。

　　這種迂曲的託物表達情志的作用何在？為何要以詠物的方式表達，其作用如何？沈德潛曾云：

　　　「事難顯陳，理難言罄，每託物連類以形之；鬱

287

情欲舒，天機隨觸，每借物引懷以抒之；比興互陳，反覆唱歎，而中藏之懽愉慘戚，隱躍欲傳，其言淺，其情深也。倘質直敷陳，絕無蘊蓄，以無情之語而欲動人之情，難。……」（《清詩話・說詩晬語》頁471）

明確指出，事、理有時是抽象的，難以陳述，藉物來形容譬況，以言淺情深，比興互用，則必可達到託物連類的效果。所以我們肯定「託物言志」有其必然的需求性，因爲它可以達致一些效能，譬如借用物象的特質，以表抒類同的德性、處境或經驗，形成一種比類合誼的借代法。這種借代法，可以勾連作者與讀者之心意互動，在詩歌傳統中，形成典型化的象徵譬喻的作品，比比皆是，例如自從屈原以香草美人爲譬，形成一種典範後，草木成爲詠物詩擬譬己志的方式之一。例如前引白居易《有木》八首詩，前六首託弱柳、櫻桃、枳橘、杜梨、野葛、水檉諷刺在位者，至第七首則以凌霄諷刺附麗權勢者，第八首詠丹桂，詩云「風影清如水，霜華冷如玉，獨占小山幽，不容凡鳥宿，重任雖大過，直心自不曲。縱非梁棟材，猶勝尋常木」，詩中所詠雖爲丹桂，其實用以自喻高風亮節，所以《韻語陽秋》指出白氏素善李紳，不入李德裕之黨，素善牛僧孺楊虞卿而不入宗閔之黨，素善劉禹錫而不入伾文之黨，中立不倚，峻節凜然。於八木之中，而自比於桂，殆未爲過也。(《歷代詩話・韻語

288

陽秋》頁 614）亦是承襲屈原香草典範而來，以嘉木自
喻。《韻語陽秋》又云：

> 「珍木奇卉，生於深山窮谷之中，不遇賞音，與
> 凡木俱腐，好事者之所深惜也。唐招賢寺有山花，色紫
> 氣香，穠麗可愛，以託根招提，偶赦於樵斧，固爲幸矣，
> 而人藉有知其名者。白樂天一日過之，而標其名曰紫陽。
> 於是天下識所謂紫陽花者，其珍如是也。豈不爲尤幸乎！
> 樂天之詩曰：『何年植向仙壇上，早晚移栽到梵家。雖在
> 人間人不識，與君名作紫陽花』忠州鳴玉溪有如蓮，葉
> 如桂，香色豔膩，當時亦無有識之者。樂天又賦詩云：『如
> 折芙蓉栽旱地，似拋芍藥挂高枝。雲埋人隔無人識，惟
> 有南賓太守知。』嗚呼，抱道懷才之士，埋光鑠采於山
> 林皋壤之間，如此花者多矣，求如樂天之賞鑑者，孰謂
> 無其人乎。（《歷代詩話·韻語陽秋》頁 615—6）

葛立方借紫陽花說明抱道懷才之士，埋鑠采於山林皋壤
之間，如此花者多矣，求如樂天之賞鑒者，難道無其人
乎？又如梅花詩自有歲寒心，在詩歌中自成典型，葛立
方又指出葉少蘊效屈原〈橘頌〉，作〈梅頌〉一篇，以謂
梅於窮冬嚴凝之中，犯霜雪而不慴，毅然與松柏並配，
非桃李所可比肩，不有鐵腸石心，安能窮其至？以上諸
例皆以草木自比自況，是一種避開正面指斥的作用，這

289

種用法儼然成爲中國詩歌託物言志的一種傳統。運用豐
富的文化象徵系統，勾連創作與閱讀的想像，可擴大觸
類旁通的基礎，且採用物象特質比擬個人品德時，可避
開平鋪直敘寫作法，加強藝術特色，若以物象對應於人
世，是一種避開直斥的婉曲手法。人有悲喜之心，亦有
怨怒嘻笑之情，含藏自己情緒的變化而以隱約、擬譬的
方式來表達時，詠物成爲表抒情緒的方法之一，例如葛
立方《韻語陽秋》卷二十云：

> 「君子爲小人誣衊沮抑，則其詩怨，故寓之於物
> 以舒其憤，如朱書〈古鏡詩〉所謂：『我有古時鏡，初自
> 壞陵得。蛟龍猶泥蟠，魑魅幸月蝕』是也。小人既敗，
> 君子得志之秋，則其詩昌，故寓之於物，以快其志，如
> 劉禹錫〈磨鏡篇〉所謂：『萍開綠池滿，暈盡金波溢。山
> 神妖氣沮，野魅真形出』是也。……」(《歷代詩話》頁
> **684**)

揭示小人誣衊或君子得志，皆寓之於物，藉以舒憤快志，
以「鏡」來擬譬，主要是運用鏡子「照象」的原理，一
方面可具實反映物象，一反面可以代表光淨無垢的映
照，若鏡子蒙垢即君子受污，若鏡子光淨無跡，則代表
小人無所遁形。這樣的抒寫模式，成爲詩家的表呈方式
之一，不可視爲偶發之詩。所以，在詩歌當中，以物象

之特質來擬譬某一欲諷刺或託喻的對象時，常採用此一旁推曲鄙的表達方式。

　　本論題所論，即在探究詩人如何藉物迂曲地將自己的情志表達出來？這些物象與物義之對應關係如何？「作意」如何通過「文本」向「讀者」傳遞？「讀者」又將如何逆尋「作意」所在？或者根本是「作意」不可尋，一切的理解皆是詮釋？而這樣特殊的表抒方式與求解過程，呈現的審美效能是什麼？

　　詩歌所要表達的是內蘊的情志，透過語言文字表抒出來，文本的表達模式可以是偏抒情的，也可以是偏說理、議論或敘事的，所託的內容，對應於群己的關係則有：人與自己、人與他人、人與社會、人與大自然等項。所託之意，有言內與言外兩種，採用的手法以比、興、「比興」法。

以上所架構出來的研究成果如下：

1、詠物詩有兩種基模，一種是客觀摹寫物象，一種是主觀摹寫物象，寓寄作意於其中，「託物言志」的論述即從第二種有寓寄的詠物詩展開論述。而「意」之表述有言內意與言外意二型，分別將寄託、託物言志作一剖析，確立二者之異同。

2、託物言志的理論基礎，先從物我的關係來觀察中國人觀物的方式與進程，指出由形──形似──神的過程，發展出「得其環中，超以象外」的境界，並以「不

即不離」作爲創作詠物詩的最高原則。而「不即不離」
與託物言志之關係建構在：一、借物之形，抒我之情，
二、託物之象，寫我之志，三、隨意賦形，所在充滿。
三者的觀照路向是：形似──神似──隨物賦形

　　「託物言志」用語的方式有興寄、擬譬二種組構方
式，而物象之呈現主要有模仿式詠物詩、表現式詠物詩
二型，表現式的詠物詩才是詩家傳遞託物言志旨趣所在
的類型。再從言外之意探求「得意忘象」的託喻境界，
指出作意有揭露式與隱藏式二類，而意之種類有言內意
與言外意二型。

3、託物言志的物類取象範疇有人文器用之建築、武備、
儀器金錢、衣飾用品、文書、樂器、食用品等項；自然
界有無生物的天文、山石、水系三類，生物有植物之花
木類及動物之走獸、禽鳥、魚族、蟲類等品類。取義則
主要從物性入手，分作：人文器用、食品、天文地理、
花木、走獸、禽鳥諸類來分析託喻的意涵。並將《詩格》、
《二南密旨》、《流類手鑑》、《詩中旨格》四種詩格中託
喻的物類作一歸納分析，以明悉中國詠物詩中的「託物
言志」其來有自。

4、託物言志的義理內容，勾勒出物象與物義所要表抒
的內容是什麼？人存在的感受即是對人文世界與自然世
界的觀照與省悟，從個我經驗與情志之表述、到社會情
態之擬容取譬、家國感懷與政治際遇，乃至於自然景象

與自我生命的投映的內容中，我們可以管窺託物言志的
內容，其實是映照詩人存在的處境。最後歸結出詩人運
託物言志其表抒模式有：抒情式、明志式、諷誡式三型。
5、託物言志求意的方法，主要可從作者、作品、讀者
三視角切入，從作者視域契會作意時，有「作者有自言
作意」與「不言作意」兩型，其下再從知人論世的角度
來考察，運用史傳、典籍進入讀者的歷史場域，以了解
其遭逢，作為理解詩歌的前置視野。從文本探求時，重
在語言文字的形構技巧，可運用的法則有三種，內證主
要從典故探求，對詠物詩物象特質的體契與歸納以了解
文化語境，接著再從託喻的組構方式來探求興寄、擬譬
的意義。從讀者視域入手，則有二法，其一是以意逆志，
以求作意所在；其二是重新詮釋或有誤讀的可能性，以
開發讀者的再創造的閱讀活動。
5、託物言志之審美效能如何？指出託物言志的美感來
自三方面：作者、作品、讀者，並將之置入中國詩歌的
文化活動中理解。從作者而言，可迂曲的表達自我，同
時達到主文譎諫，言者罪的效能以及溫柔敦厚的詩教傳
統。從作品而言，擬象取義，建構物象美典，以興寄與
發美感，以擬譬達到物象與意旨的關合，以物類取譬形
成詩歌的傳統，沿用不輟。從讀者善讀而言，可鉤深抉
微，體契中情。

　　本論題所探討的是作者之「意」如何藉「物」來表

抒，而讀者又如何進入文本中體契作者之意，或另出新
意，如果一切的理解都是詮釋，那麼，閱讀活動，本來
就是一種再創造，不管作意能否求知，作者從來未曾死
亡過，而讀者的意義顯然也在歷史進程中加深擴大自己
的形象。試以結構表勾勒所論之內容如下：

表二十七：詠物詩託物言志結構表

一、理論基礎：不即不離

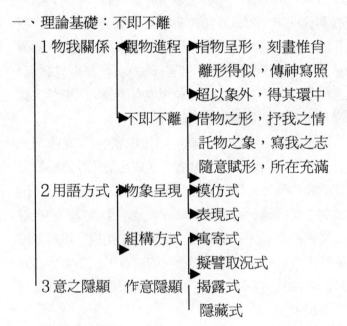

```
        ┌ 1 物我關係  ┌ 觀物進程 ┌ 指物呈形，刻畫惟肖
        │            │          ├ 離形得似，傳神寫照
        │            │          └ 超以象外，得其環中
        │            │
        │            └ 不即不離 ┌ 借物之形，抒我之情
        │                       ├ 託物之象，寫我之志
        │                       └ 隨意賦形，所在充滿
        │
        ├ 2 用語方式  ┌ 物象呈現 ┌ 模仿式
        │            │          └ 表現式
        │            │
        │            └ 組構方式 ┌ 寓寄式
        │                       └ 擬譬取況式
        │
        └ 3 意之隱顯   作意隱顯 ┌ 揭露式
                                └ 隱藏式
```

二、義理內容

294

1 個我表抒 ▶以物特質，託喻品德節操
　　　　　　　以物處境，寓寄個己遭逢
　　　　　　▶觀物情狀，諭示人世哲理
2 社會情狀 ▶以物爲藉，表述生民憒狀
　　　　　　　以物爲喻，諭世人處境
　　　　　　▶
3 家國感懷
4 自然景象 ▶造物有寄，各遂其志
　　　　　　　當路相假，揭厲從游
　　　　　　▶息心忘歸，超然謝塵
5 表抒模式 ▶藉物抒情式
　　　　　　　託物明志式
　　　　　　▶諷諭勸誡式

三、求意方法

1 從作者求意 ▶意在言內 ▶ 詩中求意
　　　　　　　　　　　　▶詩外求意 ▶詩題求意
　　　　　　　　　　　　　　　　　▶ 詩序求意
　　　　　　　▶意在言外 ▶知人論世法 ▶史傳求意
　　　　　　　　　　　　　　　　　　本事求意

2 從文本求意 ▶內證求意─事典語典
　　　　　　　▶從物象特質求意
　　　　　　　▶從語言文字技巧求意 ▶興寄型
　　　　　　　　　　　　　　　　　　譬況型

3 從讀者求意 ▶ 以意逆志法
　　　　　　　▶ 重新詮釋與誤讀
四、審美效能 ▶ 作者之真 ▶ 抒情言志迂曲表達含蓄美感
　　　　　　　　　　　　主文譎諫言者無罪之社會性
　　　　　　　　　　　▶ 溫柔敦厚之詩教傳統
　　　　　　　作品之美 ▶ 以興寄觸發聯類美感
　　　　　　　　　　　　借彼喻此達物象與意旨關合
　　　　　　　　　　　▶ 物類取譬形成詩歌傳統
　　　　　　▶ 讀者善讀

參考書目

壹、 基本典籍

一、經部
十三經注疏（標點本）李學勤主編　北京：北京大學出版
社　1999 年
　　毛詩正義　三冊
　　春秋左傳正義　三冊
　　禮記正義　三冊
詩經集傳　朱熹　汪中斠注　台北：蘭台書局　1979 年
詩三家義集疏　二冊　清王先謙　吳格點校　台北：明
　　文書局　1988 年
詩經釋義　屈萬里　台北：中國文化大學出版社　1980
　　年

二、史部
二十五史　　　　　　　　　　　　　台北：鼎文
文史通義校注　二冊　章學誠著　葉瑛校注　台北：仰
　　哲　無出版年月

三、集部

先秦漢魏晉南北朝詩　三冊　逯欽立輯校　台北：木鐸
　　出版社　1988 年

漢魏六朝百三家集　六冊　明張溥輯　台北：文津
　　1979 年

全唐詩　二十五冊　北京：中華書局　1996 年 6 刷

全五代詩　二冊　清李調元編　何光清點校　四川：巴
　　蜀書社　1992 年

宋詩鈔　四冊　清吳之振、呂留良、吳之牧選　管庭芬、
　　蔣光煦補　北京：中華書局　1996 年二刷

元詩選　二冊　清顧嗣立編　台北：世界書局　1967 年

明詩綜　二冊　清朱彝尊編　台北：世界書局　1962 年

清詩匯　八冊　清徐世昌編　台北：世界書局　1982 年

佩文齋詠物詩選　五冊　清張玉書、汪霦敕編　台北：
　　台灣商務印書館　景印文淵閣四庫全書集部第六七
　　八至六八二冊　1986 年

歷代詠物詩選　二冊　清俞琰輯　易縉雲、孫奮揚註
　　台北：廣文書局　1968 年

詠物詩　元謝宗可　台北：台灣商務印書館　景印文淵
　　閣四庫全書集部第一二一六冊　1986 年

詠物詩　明瞿佑　光緒刻本　台北：藝文印書館　景印
　　叢書集成三編　輯入武林往哲遺箸

樂府詩集　二冊　宋郭茂倩編　台北：里仁　1984 年

古謠諺　清杜文瀾輯　台北：新文豐　1986 年
楚辭補注、山帶閣註楚辭　宋洪興祖、清蔣冀　台北：
　　長安出版社　1984 年
杜詩鏡詮　楊倫編輯　台北：華正　無出版年月

四、詩話

歷代詩話　二冊　何文煥輯　台北：漢京文化事業有限
　　公司　1983 年
歷代詩話續編　三冊　丁福保輯　北京：中華書局 1983
　　年
六朝詩話鉤沈　張明高、鬱沅編　北京：中國廣播電視
　　出版社　1997 年
全唐五代詩格校考　張伯偉編撰　西安：陝西人民教育
　　出版社　1996 年
宋詩話全編　十冊　吳文治主編　南京：江蘇古籍出版
　　社　1998 年
明詩話全編　十冊　吳文治主編　南京：江蘇古籍出版
　　社　1997 年
宋詩話輯佚　二冊郭紹虞輯　北京：中華書局　1980 年
清詩話　二冊　丁福保輯　台北：西南書局　1979 年
清詩話續編　三冊　郭紹虞輯　台北：木鐸出版社
　　1983 年
清詩話訪佚初編　杜松柏主編　台北：新文豐出版社

1990 年

詩學指南　清顧龍振編　台北：廣文書局　1973 年

詩人玉屑　魏慶之　台北：台灣商務印書館　1980 年

詩話總龜　前後集二冊　阮閱編　周本淳校點　北京：人
　民文學出版社　1998 年

百種詩話類編前編　台靜農　台北：藝文印書館　1974 年
　5 月

茗溪漁隱叢話　宋胡仔
　台北：長安出版社　1978 年
　廖德明校點北京：人民文學出版社　1984 年 5 月三
　刷

唐詩品彙　高廷禮　台北：學海出版社　1977 年

詩源辨體　許學夷　北京：人民文學出版社　1987 年

唐詩別裁　沈德潛　台北：台灣商務印書館　1978 年

明詩別裁　沈德潛　台北：台灣商務印書館　1978 年

清詩別裁　沈德潛　台北：台灣商務印書館　1978 年

隨園詩話　袁枚　台北：宏業書局　1983 年

談龍錄、石洲詩話　趙執信、翁方綱　台北：木鐸出版
　社　1982 年

劉熙載論藝六種　詩概　徐中玉、蕭榮華點校　四川：
　巴蜀書社　1990 年

五、 文論彙編

中國歷代文論選　三冊　台北：木鐸出版社　1981 年

魏晉南北朝文論選　北京：人民文學出版社　1996 年

宋金元文論選　北京：人民文學出版社　1984 年

清代文論選　二冊　王鎮遠、鄔國平編選　北京：人民
　　文學出版社　1999 年

中國近代文論選　郭紹虞、羅根澤主編　台北：木鐸出
　　版社　1988 年

近代文論選　二冊　周紹良、王利器編選　北京：人民
　　文學出版社　1999 年

貳、　文學論著

中國文學理論史　黃保真、成復旺等人合著　台北：洪
　　葉文化事業有限公司　1994 年

中國文學批評史　王運熙、顧易生　上海古籍出版社授
　　權台北：五南出版公司　1991 年

中國文學批評通史　王運熙、顧易生主編
　　先秦兩漢文學批評史　顧易生、蔣凡　上古籍出版
　　社　1990 年
　　魏晉南北朝文學批評史　王運熙、楊明　上海古籍
　　出版社　1989 年
　　隋唐五代文學批評史　王運熙、楊明　上海古籍出

版社　1996 年

宋金元文學批評史　顧易生、蔣凡、劉明今　上海
古籍出版社　1996 年

清代文學批評史　鄔國平、王鎮遠　上海古籍出版
社　1996 年

中國文學理論　劉若愚著　杜國清譯　台北：聯經出版
　　事業公司　1985 年二刷

中國文學理論與實踐　王夢鷗　台北：時報文化企業有
　　限公司　1995 年

中國文學史料學　潘樹廣主編　台北：五南圖書出版社
　　1996 年

中國文學論集　徐復觀　台北：台灣學生書局　1982 年

朱自清古典文學論文集　朱自清　台北：源流出版社
　　1982 年

比興物色與情景交融　蔡師英俊　台北：聯經出版社
　　1986 年

文化文學與美學　龔師鵬程　台北：時報文化出版企業
　　有限公司　1988 年

文化符號學　龔師鵬程　台北：台灣學生書局　1992 年

文學散步　龔師鵬程　台北：漢光文化出版事業　1975
　　年

文學與美學　龔師鵬程　台北：業強出版社　1986 年

文學批評的視野　龔師鵬程　台北：大安出版社　1990 年

文學美綜論　柯師慶明　台北：長安出版社　1986 年

文學文本解讀　王輝耀　武漢：華中師範大學出版社
　　　1999 年

文學解讀學導論　曹明海　北京：人民文學出版社
　　　1997 年

文學理論導讀　Terry Eagleton 著　吳新發譯　1999 年
　　　五刷

詮釋與過度詮釋　艾柯等著　柯里尼編　王宇根譯　香
　　　港：牛津大學出版社　1995 年

抒情傳統的省思與探索　張淑香　台北：大安出版社
　　　1992 年 3 月

鏡與燈：浪漫主義文論及批評傳統　艾布拉姆斯　北大大
　　　學出版社　1989 年

陳世驤文存　陳世驤　台北：志文出版社　1972 年

語義學　英杰弗里‧利奇（Geoffrey　Leech）　李瑞華
　　　等人譯　上海：上海外語教育出版社　1987 年

修辭學　黃師慶萱　台北：三民書局　1979 年三版

修辭學與文學閱讀　高辛勇　北京：北京大學出版社
　　　1997 年

讀者反應理論　龍協濤　台北：揚智文化公司　1997 年

誤讀　安伯托‧艾可　張定綺譯　台北：皇冠文化出版

有限公司　2001 年

解釋的有效性　赫施　王才勇譯　北京：三聯書店
　　1991 年

翻譯與語意之間　黃宣範　台北：聯經出版事業有限公
　　司 1982 年三印

漢魏六朝文學新論：擬代與贈答　梅家玲　台北：里仁
　　書局　1997 年

參、　　詩學論著

中國詩話辭典　蔣祖怡、陳志椿主編　北京出版社：1996
　　年 1 月

中國詩學鑑賞篇　黃永武　台北：巨流圖書公司　1991
　　年 5 月

中國詩學思想篇　黃永武　台北：巨流圖書公司　1991
　　年 5 月

中國詩學考據篇　黃永武　台北：巨流圖書公司　1991
　　年 5 月

中國詩學思想史　蕭榮華　華東師範大學出版社　1996
　　年

中國詩學體系論　陳良運　北京：中國社會科學出版社
　　1992 年

中國詩學批評史　陳良運　南昌：江西人民出版社
　　1995 年
中國古典詩歌評論集　葉嘉瑩　台北：桂冠圖書公司
　　1991 年
中國古典詩論中「語言」與「意義」的論題：「意在言外」
　　的用言方式與「含蓄」的美典　蔡師英俊　台北：台
　　灣學生書局　2001 年
中國古代詩歌鑑賞學　台北：劉煥陽　北京：中國文學
　　出版社　1996 年
中國古代接受詩學　鄧新華　湖北：武漢出版社　2000
　　年
中國詩歌美學史　張松如主編　莊嚴、章鑄著　吉林大
　　學出版社　1994 年
中國詠物詩選　陸堅選注　鄭州：中州古籍出版社
　　1990 年
中國詩學縱橫論　黃維樑　台北：洪範書局　1978 年
六朝詩論　洪順隆　台北：文津出版社　1985 年
六朝情境美學　鄭毓瑜　台北：里仁書局　1997 年
抒情與敘事　洪順隆　台北：國立編譯館主編　黎明文化
　　公司印行　1998 年
記號詩學　古添洪　台北：東大圖書公司　1984 年
結構詩學　班瀾　內蒙古大學出版社　1999 年
迦陵談詩二集　葉嘉瑩　台北：東大圖書公司　1985 年

詩言志辨　朱自清　台北：漢京文化公司　1983 年

詩史本色與妙悟　龔師鵬程　台北：台灣學生書局
　　　1986 年

詩比興箋　清陳沆　台北：鼎文書局　無出版年月

魏晉詠物賦研究　廖國棟　台北：文史哲出版社　1990
　　　年

唐宋詠物詩賞鑑　陳新璋編著　廣東：廣東人民出版社
　　　2000 年三刷

北宋詩學中「寫意」課題研究　謝佩芬　國立台灣大學
　　　文史叢刊　1998 年

隱喻視野中的詩性傳統　季廣茂　北京：高等教育出版
　　　社　1998 年

藝術與詩中的創造性直覺　雅克‧馬利坦著　劉有元、
　　　羅選民等譯　北京：三聯書店　1991 年

肆、　美學、思想、文化及其他論著

中國美學思想史　敏澤　齊魯書社　1989 年

中國美學範疇辭典　成復旺主編　北京：中國人民大學
　　　出版社　1995 年

中國美學範疇與傳統文化　張皓　武漢：湖北教育出版
　　　社　1996 年

六朝美學　袁濟喜　北京：北京大學出版社　1992 年

神與物遊：論中國傳統審美方式　成復旺　台北：商鼎
　　文化出版　1992 年

接受美學理論　羅勃‧赫魯伯（Robert C. Holub）董之
　　琳譯　台北：駱駝出版社　1994 年

情感與形式　蘇珊‧郎格　劉大基譯　商鼎文化出版社
　　1991 年

藝術的奧祕　姚一葦　台灣開明書店　1978 年八版

藝術社會學　阿諾德‧豪澤爾著　居延安編譯　1988 年

中國哲學範疇導論　葛榮晉　台北：萬卷樓　1993 年

文化與社會　Jeffrey C. Alexander 、 Steven Seidman
　　主編　吳潛誠總校　台北：立緒文化事業有限公司
　　1998 年

文化與社會　彭淮棟譯　台北：聯經出版事業公司
　　1985 年

文化研究　Ziauddin Sardar 原著 陳貽寶譯　1999 年

中國文化之精神價值　唐君毅　正中書局　1979 年

多維視野中的文化理論　莊錫昌等編著　台北：淑馨出
　　版社　1991 年

史學：文化中的文化　張廣智、張廣勇著　台北：淑馨
　　出版社　1994 年二刷

意義　彭淮棟譯　台北：聯經出版事業公司　1984 年

伍、碩博士論文暨期刊論文

一、碩博士論文

論漢賦之寫物言志傳統　曹淑娟　台灣師大碩論　輯入
　　《國文研究所集刊　第二十七號　1983 年 6 月

齊梁詠物詩與詠物賦之比較研究　李玉玲　高雄師大碩
　　論　1991 年 5 月

論南宋詞中的寄託　葉淑麗　中央大學碩論　1991 年 5
　　月

中國古典詩歌中的寄託　馬美娟　清華中文碩論　1993
　　年 6 月

蘇軾意內言外詞隅測　劉昭明　東吳大學碩論　1994 年 5
　　月

從言意之辨探究六朝文學語言理論　王振岱　靜宜大學碩
　　論　1999 年 6 月

漢代美學中形神觀念之研究　張淑英　中央大學碩論
　　1999 年 12 月

詠物與敘事──漢唐禽鳥賦研究　吳儀鳳　輔仁中文博
　　論　2000 年 6 月

唐詩魚類意象研究　吳瓊玖　台灣師大碩論　2000 年 6
　　月

宋末三家詠物詞研究　金永哲　台灣大學博論　2001

年 1 月
六朝物色觀研究——從感物到體物的詩歌發展　江明玲
2001 年 6 月

二、期刊論文

論寄託　詹安泰　詞學季刊　3 卷 3 號　頁 11—25
寫實心態與即物手法的傳統　古添洪　台北：中外文學
　　3 卷 2 期　頁 42—57 1974 年 7 月
屈原作品中隱喻和象徵的探討　彭毅　台北：文學評論
　　第一集　洪健全教育文化基金會　頁 293—325　1975
　　年 5 月
從文學現象與文學思想的關係談六朝巧構形似之言的詩
　　廖蔚卿　輯入《中國古典文學論叢》冊一詩歌部　台
　　北：中外文學月刊社　頁 39—70　1976 年 5 月
文學研究的理論基礎——試論「知」與「言」台北：中
　　外文學 7 卷 7 期　頁 4—21　1978 年
文學研究的美學問題（上）：美感經驗的定義與結構　高
　　友工　台北：中外文學　7 卷 11 期　頁 4—21　1979
　　年 4 月
文學研究的美學問題（下）：經驗材料的意義與解釋　高
　　友工　台北：中外文學　7 卷 12 期　頁 4—51　1979
　　年 5 月

詠物詩的評價標準　黃永武　古典文學第一集　台北：
　　學生書局　頁 159—178 1979 年 12 月

詩歌創作過程的兩種模式——「詩緣情」與「詩言志」　鄭
　　毓瑜　台北：中外文學　11 卷 9 期　頁 4—19　1983
　　年 2 月

溫柔敦厚，詩教也——試論詩情的本質與表達　楊松年
　　台北：中外文學 11 卷 10 期　頁 8—17　1983 年 3 月

隱喻及換喻——以唐詩爲例　簡政珍　台北：中外文學 12
　　卷 2 期　頁 7—23　1983 年 7 月

試論杜甫詠物詩中的興　簡恩定　台中：東海文藝季刊　7
　　期　頁 25—36　1983 年 3 月

遊於物——論六朝詠物詩之「觀象」特質　陳昌明　台北：
　　中外文學 15 卷 5 期　頁 139—160　1983 年 7 月

漢代至六朝「比興」觀念的演變及其所形成的審美論點
　　鄭毓瑜　文學評論第九集　頁 37—57　台北：黎明
　　文化事業公司　1987 年

律詩的美典（上）高友工　台北：中外文學 18 卷 2 期　頁
　　4—34　1989 年

律詩的美典（下）高友工　台北：中外文學 18 卷 3 期　頁
　　16—32　1989 年

中國語言文字對詩歌的影響　高友工　台北：中外文學 18
　　卷 5 期 頁 4—38　1989 年

六朝「巧構形似」的美學範疇與西方模擬說　楊晏瑋　文
　　學與美學第一集　淡江中研所主編　台北：文史哲出
　　版社　頁 109—143　1990 年

「興觀群怨」的美學意涵──試論孔子詩教的用心　謝大
　　寧　台灣：國立中正大學學報　2 卷 1 期　1991 年 10
　　月　頁 41—61

論漢代文人「悲士不遇」的心靈模式　顏崑陽　輯入漢代
文學與思想學術研討會論文集：漢代文學　台北：文
　　史哲　1991 年　頁 207—253

「旁通」與「寄託」──兩種解讀詩詞的特殊方式　施
　　逢雨　台灣：清華學報　新 23 卷第 1 期　頁 1—30
　　1993 年

論孟子的「以意逆志」與「知人論世」說──中國早期
　　的文學批方法　張致苾　台中：台中商專學報文史社
　　會篇　1993 年 6 月

文心雕龍「比興」觀念析論　顏崑陽　輯入魏晉南北朝文
　　學論集　台北：文史哲出版社　1994 年

蘇軾寄託詞發微（上）　陳新雄　台北：書目季刊　28 卷 4
　　期　頁 3—23　1995 年 3 月

蘇軾寄託詞發微（下）　陳新雄　台北：書目季刊　29 卷 1
　　期 頁 43—55

詩喻易象異同論　李貴生　台北：中外文學　24 卷 10 期
　　1996 年 3 月　頁 79—103

論詩歌文化中的「託喻」觀念──以文心雕龍・比興篇爲
　　討論起點　輯入《魏晉南北朝文學論集　顏崑陽　台
　　北：文津出版社　1997 年
中國文評詮釋模式中的比喻特性　王建元　台北：中外文
　　學 20 期 1997 年 7 月　頁 109─124
從「言意位差」論先秦至六朝「興」義的演變　顏崑陽　台
　　灣：清華學報 28 卷 2 期　頁 143─172　1998 年
從「興於詩」論李白詩詮釋的一個問題　蔡瑜　台灣：台
　　大中文學報　12 期 2000 年 5 月 頁 233─258
「擬古」與「用事」：試論六朝文學現象中「經驗」的借代
　　與解釋　蔡英俊　中央研究院第三屆國際漢學會議
　　2001 年 6 月 29 日至 7 月 1 日

圖表目錄

國家圖書館出版品預行編目資料

中國詠物詩「託物言志」析論 ／林淑貞
著. -- 初版-- 臺北市：萬卷樓, 民 91
面；　　　公分

ISBN 957－739－386－1 (平裝)

1.中國詩-評論

821.8　　　　　　　　91004360

中國詠物詩「託物言志」析論

著　　　者：林淑貞
發　行　人：許錟輝
出　版　者：萬卷樓圖書有限公司
　　　　　　臺北市羅斯福路二段 41 號 6 樓之 3
　　　　　　電話(02)23216565‧23952992
　　　　　　FAX(02)23944113
　　　　　　劃撥帳號 15624015
出版登記證：新聞局局版臺業字第 5655 號
網 站 網 址：http://www.wanjuan.com.tw
E-mail：wanjuan@tpts5.seed.net.tw
經 銷 代 理：紅螞蟻圖書有限公司
　　　　　　臺北市內湖區舊宗路二段 121 巷 28 號 4F
　　　　　　電話(02)27953656(代表號)　FAX(02)27954100
E-mail：red0511@ms51.hinet.net
承 印 廠 商：晟齊實業有限公司
定　　　價：300 元
出 版 日 期：民國 91 年 4 月初版